凝语思教辙迹深

柴荣 著

文化艺术出版社
Culture and Art Publishing House

目录

1 序 建构言语经验，塑造健全人格

1 **第一篇 凝思语文心**

3 **第一章 对语文教学的认识**
3 第一节 学语文就是学生活
7 第二节 积累是语文学习的重中之重
11 **第二章 建构言语经验**
11 第一节 思考和领悟是构建学生言语经验的关键
20 第二节 建构文本意义与培养语文应用、审美与探究能力
28 **第三章 手拄规律杖，足踏科学石**
28 第一节 阅读教学语中重，而今迈步从读越
36 第二节 去文几何里，先知学问题
43 第三节 阅读涉长道，过程中求索
49 第四节 主动独立体验学 思量问题是主线
55 第五节 学习方法之精加工策略
62 第六节 用思维流程表现性评价表为学生获得阅读能力搭桥

69 **第二篇 行走教学路**

71 **引 语 遵循阅读的思维流程，设计文学作品的教学**
75 **第一章 小说教学**
75 第一节 扣住民俗鉴赏人物 探鲁迅小说教学法

85 第二节 小说教学学生言语活动设计
90 第三节 以故事的形式结构教学
92 第四节 牵着大家的手，我们一起走——关于自主学习的展示问题
95 第五节 师生俱自得，教学皆有情——小组合作学习
100 **第二章 散文教学**
100 第一节 寻情解文
103 第二节 动词——解读山水散文的钥匙
106 第三节 游踪·山水·人情
111 第四节 荆轲·英雄
113 **第三章 诗歌教学**
113 第一节 象征派·外国诗·通感
114 第二节 解读西方象征派诗作的方法
116 第三节 主题决定材料
118 **第四章 戏剧教学——巧析叹词，把握人物**
122 **第五章 理清思维路，行走无拘挛**
122 第一节 旧知带新知
125 第二节 多角度看问题
127 第三节 大问题拆成小问题
129 第四节 用追问的方式搭思维的台阶
132 第五节 课上学习问题现，踏错踩误调思维

143 **第三篇 游弋活动中**

145 第一章 评点杂志
151 第二章 社会生活评论与演讲
156 第三章 吟诵古典诗词 涵养文人气质
160 第四章 演绎经典剧目 体味人生百态

163 第五章 开设经典作品选修课 优化学生的思维品质
170 第六章 学语言文字应用 综合实践中使用

175 **第四篇 徜徉网络海**

177 第一章 应用信息技术促进语文教学的研究
184 第二章 双课堂促进语文教学实效性研究

199 **第五篇 真知自实践**

201 篇首语 有的放矢
202 第一章 战争岁月 诗意人生——《荷花淀》教学设计
212 第二章 叙事中抒情——《故乡人》教学设计
221 第三章 “一切景语皆情语”专题网络教学设计
232 第四章 情感价值与实用价值——《哦，香雪》课堂教学实录
232 第一节 教学设计思路
234 第二节 《哦，香雪》课堂实录
245 第三节 教学反思
246 第四节 学生学习后感受
248 第五章 赏景 品情——《滕王阁序》教学实录
256 第六章 选择平凡事物，抒写内心感受——老舍《想北平》习作教学设计
261 第七章 铺陈描写，尽书真情——艾青《大堰河——我的保姆》人物形象与作者情感

序　建构言语经验，塑造健全人格

语文是母语，每个人每天都在使用。经过义务教育进入高中的学生，每节语文课是否都能有所得，教师能否找到提高学生语文能力的增长点，不得而知。

语文课是以课文作为学习载体的。不管什么版本的语文教材，大多数课文是彪柄千古的名家名篇。这些名篇都是作家对生活的思考与感悟。所以，学语文不仅是学语言文字的使用，更是学习名家对生活的态度。从这个角度看，学语文就是学着去生活。

《普通高中语文课程标准（实验）》中指出："语文是最重要的交际工具，是人类文化的重要组成部分。工具性与人文性的统一，是语文课程的基本特点。"学语文，既要学习使用语文这个工具，也要学习语文学科所承载的人文性。而人文性在文学作品中表现得尤其突出。

独特的文学作品生命力强。而这独特表现在作家创造出别人不曾想到的内容，即使别人想到了，但表现形式也各有千秋，这里面既有语言驾驭能力的问题，也有作家思维品质的问题。

人类社会生活无比丰富，情感世界更是多姿多彩，教材因篇目的限制，选文中呈现的情感是有限的。但就是这些有限的情感，许多学生都未曾感受到，甚至根本不理解，更不要说把这些健康美好 的情感内化为自己的情感，以致造成情感缺失，人格的不健全。

学生是教育教学的主体，学生学语文，最终要构建出学生自己的言语经验，在构建言语经验的过程中会把其认同的内化为自身的行为，完成对自己人格的塑造。

教师是学生学习的指导者，要寻找出符合每个学生语文能力发展规律的方法，创设出使用语言的环境，帮助学生构建出自己的言语经验，同时引导学生认同真善美。

叶圣陶先生说过，语文教学特有的任务是重视语言文字的理解和运用。

2011 年《全日制义务教育语文课程标准（实验）》明确提出："语文课程是一门学习语言文字运用的综合性实践性课程。"

基于这样的认识，在课前，我用写初读感受和提问题的方法获得学生原有的言语经验和学习中遇到的问题，而解决学生提出的问题，我主要是设计合理的言语活动来解读文本，在文本解读中培养学生的思维品质，构建学生的言语经验，塑造学生的健全人格，最终让学生获得阅读和写作能力。

如学习陆蠡的《囚绿记》时，我设计了这样一个言语活动：为学生提供一个学习材料：德国作家歌德《发现》的诗句："我看到荫处 / 小花一朵 / 好像是明星 / 又像是明眸 / 我想采下它 / 它婉言道 / 难道采下我 / 让我枯掉？"要求学生阅读《囚绿记》写一段话。内容包括"我"囚住常春藤的原因，常春藤被囚后的样子，"我"当时的心情。

设计这个活动学生可以参考歌德的诗句理解原文内容，然后用自己的语言写出对原文的理解，学生写的与原文的是不一样的。两者之间的差距就是师生对话的空间。而产生距离的原因无外乎以下两个：一是学生对原文的理解有误，而理解有误一定是学生阅读时有盲点；二是学生理解是正确的，但现有言语经验使其表达不够清晰。这就是这节课学生语文能力的增长点。在课堂上，教师要用教学方法拉近学生与文本的距离。

在细读文本、品味语言的过程中给学生搭思维的台阶，扫除学生阅读时的盲点，引导学生发现正确的阅读方法，在多次实践之后内化为学生自己的阅读能力，并构建出自己的言语经验，同时在理解、写作的过程中让学生感受、欣赏到文章所承载的人文内涵，如语言美、情感美、意韵美、文化美等等，进而在思想上认同、行为上趋同。

我对语文教学的理解：以课文为载体，练语言、培思维、重情感、富精神、育全人。用一句话表述：建构言语经验，塑造健全人格。

第一篇

凝思语文心

第一章 对语文教学的认识

学语文就是学生活。而学好语文有四点表现：能读懂文章，语言表达能力强，有良好的思维品质，同时表现在外的语文素养高。

第一节 学语文就是学生活

场景一：初一《绿色蝈蝈》

导入时教师问学生喜欢什么小昆虫，七个学生分别从外形、颜色、习性说了自己喜欢的小昆虫，两个学生既说了喜欢的昆虫也说了不喜欢的昆虫。还有许多小手举着要发言。教师因为时间关系说先说到这儿，然后老师说喜欢昆虫的学生一定纯真善良。接着教师出示《绿色蝈蝈》要掌握的字词让学生填空。

场景二：高一《我与地坛》

导入时教师放了一段史铁生的录像，最后一个场景是《我与地坛》

发表在 1991 年 1 月的《上海文学》上，韩少功先生说即使这一年没有其他作品发表，这一年也是丰年。接着教师让学生读第一部分填空：地坛与史铁生有着怎样的关系？请联系文中相关语句，把“地坛之于史铁生，是一个”补充完整。

场景三：初一《金色花》

教师问学生作者为什么选择变成金色花，学生说金色花圣洁、代表幸福、象征儿童世界的纯洁。接着教师朗读苏教版的《金色花》，让学生听并圈出与人教版的不同之处，还要说哪个版本好。

这三个场景的共性是教师教学环节的安排问题。

场景一：七个学生说喜欢昆虫，两个学生说不喜欢，还有许多学生要发言，说明学生的学习热情已被老师调动起来，而且学生在谈这个话题时都是从生活中见到的昆虫谈的，此时学生最关心的是蝈蝈长什么样。结果教师却说喜欢昆虫的学生一定纯真善良，隐含的意思是不喜欢昆虫的学生一定不纯真善良，这是什么道理？以后学生还能讲真话吗？

再者，《绿色蝈蝈》是写蝈蝈的，学生都不知道蝈蝈长什么样，就算他学完《绿色蝈蝈》这篇课文，以后他见到蝈蝈他还是不认识，但老师认为这个不是语文课要解决的问题。结果这节课，教师带着学生一直在分析文本的语言如何好，布丰如何喜爱小昆虫。

场景二：韩少功先生说即使 1991 年这一年没有其他作品发表，这一年也是丰年。这是对《我与地坛》极高的评价。为什么他评价这么高，学生一定会想，一定想读读这篇文章，看看这评价准吗？下面学生最想做的事就是阅读原文。结果教师只让学生读第一节，然后回答问题，生生地把学生的阅读兴趣给压回去了。

场景三：

作者为什么选择变成金色花，学生说了很多理由，所说理由是从人教版七年级上册的注释（金色花：又译作“瞻波伽”或“占波”，印度圣树，木兰花属植物，开金黄色碎花）中得来的。而这些文字组合在一起，对于初一学生来讲只是抽象的认识，并没有多少感性的认识。如果这时给学生出示金色花的图片，再介绍在生活中，印度家家都有金色花，学生就会明白正是因为金色花有黄色、小巧的外形，在印度是家花的特点，人们才会把金色花当作圣花，用它象征圣洁、幸福。

结果学生没看到金色花长什么样，接着的环节是让学生比对哪个版本好。能入选教材的都是翻译大家的作品，谁比谁好难以评定。但语言比较是语文课该做的事。

文章本是作家对生活的书写、理解、思考与感悟，语文教材又是以文章作为学习的载体的，这么看来，语文课本该与生活联系得最紧密，甚至可以说语文课与生活是一体的，但语文课讲的内容与生活毫无关联，生生地把语文与生活截流。

这里面有教师对语文学科的认识问题，也有教师没有真正走入文本的问题。

走进文本就是走进作者的精神世界

走进文本是要走进作者的生活，走进作者的感情世界，走进作者的思考中。跟着作者在文本中呈现的思维流程一步步地认识作者所认识的世界，一步步地达到作者所认识的层面以及理解作者在文本中要表达的情感。

而走进文本难在：教师如何设计教学就能使学生更容易理解文本。其一，教师在备课时要有登顶精神，能认识到作者要表达的各个层面。其二，在教学设计时，不是带着学生去欣赏文章，而是让学生自己去发现，但学生一般情况下很难发现，教师要给学生思考搭台阶帮助学生学习。

比如《涉江采芙蓉》，学生读完后最喜欢的诗句是“同心而离居，忧伤以终老”，学生觉得悲伤扑面而来。追问学生为什么会有这样的感觉？学生就把这句诗翻译一遍，说一辈子都在忧伤中，感觉太悲伤了。表面上看学生好像理解这句的感情了，而实际上学生的理解仍停留在字句的表面。

教师要搭思考的台阶：让学生把这句诗放在整首诗中去思考。诗人为什么在尾句写这句。

学生再读诗，他的关注点在前三句。学生会把前三句诗翻译一下，但仍未走进诗中。教师再搭思考的台阶：把这三句所写的内容想象成画面，并用自己的语言描述一下，想想诗中主人公在这个场景中会是什么心情。

一个人，过江去采芙蓉，长兰花的沼泽地有许多香草。这个人采了一朵荷花，想把它送给所爱的人，但所爱的人在远方。花无所遗，心里应该很难过。他回头眺望故乡，故乡离得太远了，根本看不到，悲伤从心底涌起。

这时教师再搭思考的台阶：这个人是游子还是思妇？让学生再读诗。学生由“还顾望旧乡”可知，这个人是游子，由“所思在远道”中的“远道”可知“采芙蓉”的应是女子。女子在思念男子的同时，游子也在向故乡的方向眺望着女子。“同心而离居，忧伤以终老”，这句话自然就出来了，相爱的人能长相厮守是一种幸福，但相爱的人不能在一起，思念就会折磨着双方，悲伤之情自然涌起。如果悲伤不是一时，而是一世，也就是悲伤成为常态生活，悲伤的力量就有了压倒人的冲力，悲伤的气息就会弥漫在空气中让人无法承受。这就把由思念带来的折磨具体化了。这句是情感的自然抒发。

此时教师再配以文学理论知识的点拨：动作是人心理的外化。前面“采”“遗”“还顾望”这些男女主人公的动作都是他们悲伤心理的外在表现，而“采”“遗”“还顾望”正对着“同心”，即相爱的两个人。如果前面没有这些动作，“同心而离居，忧伤以终老”的悲伤度就不强烈，正是前句有了这几个动作，后句才有了感人的力量。所以抒情之前要有对应的动作做铺垫，情感抒发才会有力量。

学生在初读文本时总是先有大体感觉，个别句子吸引他。但真正走进文体，必须放在整个语境中去思考，顺着作者的思维流程跟着文本中的人、物去思考，才能真正走进作者要表达的感情中，进而理解作者。这是走进文本的语文学堂。

在学堂中学到了正确的语文知识、思考方法、价值判断，获得了健康而丰富的情感。而把这些内化成学生自己的行为，还需要在生活中运用。

用在生活

比如课上学到的字音“虚室 shì”，生活中就不能读成教室 shǐ；学到站在他人角度思考问题，生活中与他人发生矛盾时，就要从对方角度想想对方这么做的原因，生活中就会减少矛盾；学到了要笑着面对生活，生活中遇到困难就不会抱怨生活……

把学到的内化为学生行为表现需要在生活中多次实践。所以语文学习要有实践活动。

第二节　积累是语文学习的重中之重

一、积累点滴汇知识海

语文学科知识在教材中不以系统的形式呈现，是以文章的形式呈现，而文章的顺序也不存在梯度问题。文章呈现出来的知识能力、过程方法、情感价值态度观，就是学生学习的范本。

学生面对文章，所学的东西有很多。教材选用的文章大多是名家名篇。而名家名篇是作者生活的外化，语言使用又带有作家明显的写作习惯。所以语文课程目标“知识和能力、过程和方法、情感态度价值观”的实现是交融在一起的。学生在学知识的同时还要获得语文能力、学语文的方法，对待生活的态度。

语言的最小单位是字词。从表面上看，多学一个字，少认一个字，对一个人的语文素养没有质的影响。学了它，跟没学它少有质的变化，但在你需要它时，它又会对你的语文学习产生影响。如你学习了“冠”guān是帽子的意思，guàn是把帽子戴在头上的意思，不使用它时，它伏在你脑中。当你读报纸看到“冠心病”，你能判断它读“guān”；当你看到“沐猴而冠”时你能判断它读“guàn”；当你读骆宾王《易水送别》中的“此地别燕丹，壮志发冲冠”时，你能判断它读“guàn”；当你读司马迁《信陵君窃符救赵》中的“平原君使者冠盖相属于魏”时，你能判断它读“guān”。如果你判断错误，你的这个知识点掌握就有问题。由此看出：语文学科的知识点在你不需要它时，它好像蛰伏期的动物，它的存在你感觉不到，甚至觉得学不学都无所谓，一旦你需要它时，它又很重要。正是这些知识点构建起语文学科，而这些小知识点是语文学习的根基，根基不牢自然语文能力也不会太高。

二、细读文本架能力桥

听说读写是语文的基本能力，它们共同构建起一个人的语文素养。而每种能力的养成都需要不断积累才能获得。

文章是语文学科学习的载体，对文章的解读能力是语文阅读能力的核心。细读文本是培养学生语文阅读能力的方法。

如老舍的《想北平》，学生觉得文章写得很打动人心，就是说不上为什么好。比如学生看不出第4段作者写“嫩蜻蜓”跟作者抒发的内心感受有什么关系。让学生先看文本：“面向着积水潭，背后是城墙，坐在石上看水中的小蝌蚪或苇叶上的嫩蜻蜓，我可以快乐地坐一天，心中完全安适，无所求也无所怕，像小儿安睡在摇篮里。”再细读：由虚词“或”，可以知道“嫩蜻蜓”与“小蝌蚪”是选择关系。由“小蝌蚪”可知道，这是春天，同时从“小”字看出作者的感情是喜爱，可以推出作者用“嫩”字也有喜爱的感情。

再借助学生所学帮助学生思考。学生在初中学过朱自清的《春》。

其中有“小草偷偷地从土里钻出来，嫩嫩的，绿绿的”这句话，学生知道“嫩嫩的”写的是草的初生。

把这两点结合在一起思考我们就知道：蜻蜓是平凡的事物，但作者能抓住刚初生的蜻蜓嫩的特点，他一定是长时间地快乐地坐在石头上看蜻蜓，他才能写出这个特点。

这就是阅读方法。而语文方法是多而杂的。就阅读而言，每种文体都有其对应的阅读方法。如阅读古代诗歌中的写景诗，先要就其诗句的字面意思进行确认，然后在脑中构想出诗所描述的画面，再确认其使用的表现手法，最后得出诗要表达的情感。

而掌握方法也不是教师讲一遍学生就能掌握的，需要学生不断地运用、不断地积累，最终内化为自己的能力。

语文学科其学习载体是文章，是文学作品，情感表达是它们的共性。而人类情感是丰富多彩的。一个人的一生不可能亲身体验全人类的丰富情感，而阅读可以让读者跟着作者、跟着作品中的人物游弋在情感之海中。情感同样也是需要积累的。

如果在阅读没学过的文章时能调动已学过的情感，就能更好地理解作者要表达的情感。如张晓风的《行道树》，写行道树为人类吸烟尘是一种痛苦，但行道树承受痛苦却不表露出来。这是学生在初一学到的。到了高二，学生学阿贝尔·加谬的《西西弗的神话》时，如果学生能调动起这种情感，就会容易理解作者表达的西西弗是幸福的情感。

语文学科积累是重中之重。知识能力、方法、情感态度价值观三个维度全是要积累的，只有这些要素融汇整合在一起，学生的语文素养才会全面提高。

三、勤读勤思乘方法舟，得情感态度价值观

仍以张晓风的《行道树》为例，在解读这一段话时，得到阅读的方法：用关联词判断句子的表意重点；根据句意推导重点词语的意思；连贯句意得出作者要表达的意思。再思考作者表达的感情，借行道树来抒

写像行道树一样的人，即奉献者，赞美的是奉献者的崇高精神。这是一种健康积极的情感；社会需要、人们需要的事业就是神圣的事业，这是正确的人生态度；一切神圣的事业都是需要人为此承受牺牲的，为人类的幸福而牺牲个人幸福的人，他们是神圣的，因而他们也是幸福的，这种幸福是更深沉的幸福。这是正确的价值观。

如果我们从每篇文章中都能获得健康正确的情感态度价值观，并把它内化成自身的行为，那么这样的人一定是精神世界宽广富足的人。从这个角度讲，学语文就是学做人。

四、勤背勤写苦练内功，学养语文素养共成

语文学习，背诵是基本功。我国五千年来的文化积淀，保留了丰富的诗词文赋，其语言之美，情感之丰富，思想之高度都是后人学习的范本。背诵相当数量的名家名篇并能真正理解，不仅有助于提高个人的语言表达能力，让人拥有丰富的情感，思想能达到一定的高度，而且对做一个健康的人都是有帮助的。

写作是一个人必备的能力。写作是全面检验人语文能力的标准。写作表现在外的是文章的形式和内容，形式又是为内容服务的。所以文章的内容是衡量写作水平的重要标准。而写作就是写下自己的所思所感，思想和感受也是要积累的，想要拥有高的写作水平需要勤奋地练习。

所以我认为，语文是一门能让学生变得更聪明、更有内涵，精神世界更充实的学科。

第二章 建构言语经验

第一节 思考和领悟是构建学生言语经验的关键

学生是教育的主体、教学的主体、发展的主体。

学生的言语经验是学生通过自身的积极的言语活动建构的。教师的教学设计就是创设适合学生言语经验建构的发展环境，引导学生在主动、积极的言语活动中构建自己的言语经验，让学生在语文学习中学会正确地理解和运用语言。同时在言语活动中把课文所承载的人文精神内化为学生个人的人格构成。

人的言语经验形成过程一般是这样的：在阅读的初始阶段，大脑要调动既有的认知经验、情感体验去同化或顺应文字信息，并由此生成新的经验。在言语理解和运用的过程中，思考和领悟是内部言语活动的核心环节。只有通过思考、领悟，学生既有的言语经验和学习中接触到的新经验才能发生联系，通过同化、顺应，整合为新的言语经验。应用和拓展是言语经验的迁移过程，也是言语学习从理解到表达的必然过程。在这个过程中，思考和领悟是学生言语经验建构的最重要的环节。因为如果不能激发起学生主动的思考和领悟，言语活动的次数再多也形成不了学生自己的言语经验；甚至会产生负面效果，使学生对语文学习失去兴趣。

一、利用问题构建学生的言语经验

英国学者德波诺提出："思维是以解决问题为目的的思想活动"，"思维是为了某一目的而对经验进行有意识的探究"。[1]思维是从问题开始的，质疑是深入学习的起点。有疑才有问，有问才有思，有思才有究，有究才能打破思维的平静，学生既有的言语经验和接触到的新经验才能产生关联，才能纳入学生自己的言语经验中，整合为新的言语经验。

从语文教学的实践看，教师以多种方式质疑，激发学生的问题意识，引起他们自主探究并在此过程中构建言语经验。

（一）老师质疑

教师是学生学习的促进者、引导者和合作者。教师质疑要能激起学生思考的热情。

1.于无疑处质疑

在阅读过程中，往往有这种情况：丰富的思想、深沉的情感却被十分浅显易懂的文字所包容，这些文字恰是作者语言使用的高妙之处。这些看来无疑却有疑的地方，学生往往不注意，他们对这些地方有一览无"疑"的满足感。因此，教师要通过质疑来激起学生的认识冲突，出其不意地引发他们的思考兴趣，使学生的思维往深处开掘；在教师的指导下，学生在看似平淡无奇、不值得钻研的地方思考，既有的认知经验与文本碰撞，既可以领悟文章深刻的思想内涵，又可以形成新的言语经验。

如《金大力》结尾写"不，他也老了。他的头发已经有了几根白的了，虽然还不大显，墨里藏针"，这句话表面意思写金大力长白头发了。因为语句太直白，学生认为没有任何问题，我在教学时，就引导学生关注作者的用词,由此引出问题。金大力长了多少根白头发？"几根"。"几"是大于一少于十的不定数目，根据我们的认知背景语境，几根白头发在

---

1 〔英〕德波诺：《思维的训练》，生活·读书·新知三联书店，1987 年，第 27—28 页。

黑发里是看不出来的。作者怎么看到的？作者接着写道："虽然还不大显，墨里藏针。"我们把关联词补全应该是"虽然还不大显,(但是)墨里藏针"，这句话的表意重点在"但是"后面。东西"藏"起来是不容易被人发现的，但因为"墨"是黑的，在这里指黑发，"针"一般由金属做成，有光泽，黑里的白又容易被人看见。由此我提出一个问题：作者为什么对一个人长白头发这么关注？经过合作小组讨论，学生得出：因为作者对金大力身上所表现出来的勤劳、实在、体恤他人、不贪财、知足的做人准则深表认同和赞赏。所以作者在结尾用叙写金大力长白头发了这种方式，表达的是对金大力人品的赞美。

在无疑处求疑的思考过程，使学生的言语经验和文本中的新经验产生关联，由人物外貌的变化可以看出作者对人物的情感，这是学生由思考领悟得出的新的言语经验。

2.挑起课文内部矛盾质疑

所谓挑起矛盾，是指引导学生带着挑剔的眼光去审视课文，故意去拈过拿错，抓住那些貌似自相矛盾的地方，引导学生思考，从而在深刻地理解课文的基础上构建言语经验。

如《钓鱼的医生》，第12段作者写道"王淡人是有点傻"，可结尾却写："你好，王淡人先生！"这样写是否矛盾？学生解读完王淡人做的傻事后，发现王淡人的傻是王淡人人品高尚的表现。由此学生得出"你好"是问候语，"先生"是对王淡人的尊称，汪曾祺是以回忆的笔法来写《故乡人》的，但他写到这里时情绪很激动，他多么想走到王淡人面前，当面对王淡人表达赞美之情，所以问候语用在适当的地方可以起到直接抒情的效果，这么写并不矛盾。

一个好的问题能够随着问题的解决自然地给学生提供反馈，在思考领悟中学生得出新的言语经验，不自觉地就把课文所承载的人文精神内化为学生容易接受的情感。

3.找准教学难点质疑

找准课文的教学难点质疑，教师要给学生搭设思考的台阶。如《打鱼的》教学难点是作者创设的悲怆的气氛。学生只能由结尾"她一定觉得：

这身湿了水的牛皮罩衣很重，秋天的水已经很凉，父亲的话越来越少了”这句话中的“这身湿了水的牛皮罩衣很重，秋天的水已经很凉”看出作者在渲染悲凉的气氛，而对“父亲的话越来越少了”理解只停留在父亲不爱说话了这个层面。

我提示学生回想初中学过的曹文轩《孤独之旅》中的一段话：“杜小康只能与父亲说说话。奇怪的是，他和父亲之间的对话，变得越来越单调，越来越干巴巴的了。除了必要的对话，他们几乎不知道再说些什么话，而且，原先看来是必要的对话，现在也可以通过眼神或者干脆连眼神都不必给予，双方就能明白一切。言语被大量的省略了。”借助学生既有的言语经验：杜小康父子“不说话”是他们内心孤独的表现，引导学生思考领悟“父亲的话”为什么“越来越少了”。

学生很快就明白动作行为是心理的外化。“话少”是父亲心理的表现。因为父亲心里很难过，老婆干的活是男人干的活，很苦；老婆死了，女儿才 15 岁也来干男人干的活，比妈还苦。作为一个男人，作为父亲还能说什么呢，让老婆和女儿受苦，心里实在是太难受了。“她”——女儿能想到这些，她就深深地理解父亲的不易。尽管工作服穿着太累，秋天站在冰凉的水里很不舒服的，但她也要和父亲一起撑起养家的渔网，“一步一步地往前走”。还未成年的女孩子就承担了“打鱼的”职务，正是生活所迫。

学生理解到这个层面，再让合作小组讨论作者为什么要创设悲怆的气氛。学生最终明白：有了这气氛，人物长什么样，说什么话，故事情节都可以淡化了，这种气氛已勾画出了在那残酷的现实中与命运苦苦奋斗的几代人的缩影。我们已清晰地知道了打鱼人的性格特点：不论男人还是女人都要默默地承受生活的重压。这才是真实的生活。同时联系近期热播的电视剧《走西口》《闯关东》，表现的也是这个主题。这时教师再点出这种写法正是汪曾祺作品的一大特点。学生才体会到汪曾祺作品的深刻之处。

教师在帮助学生攻克教学难点时，给学生搭设适合学生思考领悟的思维台阶，让学生一步步地解析难题。这么做就是要学生借助既有的言语经验，在对新的文本的解析中，思考领悟、同化顺应文本所承载的新信息，整合出新的言语经验。

提出问题的形式和方法可以多种多样、灵活变通。问题也可以由学生提出。

（二）学生质题

要给学生创设质疑的机会。质疑是学生阅读能力、思维方式、学习态度等方面的反馈，也是教师教学的起点。在阅读教学之前，我总是让学生就课文内容提出问题，然后由合作小组一起商讨，最终得出本课探究的问题。如孙犁的《荷花淀》学生合作讨论提出以下六个问题：（1）战争小说，为什么作者对战斗过程轻描淡写？（2）这篇小说描写的是白洋淀的女人还是男人？（3）文章三个部分中的对话、细节反映女人们怎样的内心和个性？（4）前面写女人挺柔弱，为什么结尾要写女人配合围缴？（5）白洋淀地形有什么特点？为什么写白洋淀抗日？（6）文中四处景物描写各有什么作用？

学生能够提出问题是学生在读文章后，经过思考和领悟，借助既有的言语经验分析文章提出来的，这种由自己提出的问题更能够激发学生的研究动机。

（三）学生向学生质疑

各个学生之间、各个学习小组之间、各个层面学生之间，相互质疑和答疑，就会以思为乐，变“要我思”为“我要思”。正如语文特级教师钱梦龙对学生说的：“老师这里没有现成答案，你怎么想就怎么说。”在预习阶段，我要求学生就课文先自己提问题，然后合作小组一起讨论，得出本组问题，作为本课探究的问题。

在阅读中，学生互相质疑和答疑，对问题的认识不断地由同到异、由异到同的过程，也是对文章的思考领悟有所深化、有所创新的过程。这样，不只调动了学生思维的积极性，不只培养了求同求异的思维能力，还能在交流中学习同学的言语经验，阅读水平在不知不觉中提高，言语经验在不断丰富。

如讲王勃的《滕王阁序》时，我要求学生借助想象和联想，用自己的语言描绘“落霞与孤鹜齐飞，秋水共长天一色”“潦水尽而寒潭清，烟光凝而暮山紫”的意境。

有学生提出问题：山怎么会是紫色的。合作小组讨论得出：在七色光中紫光的频率最高，穿透能力最强，所以透过浓重的雾气，我们看到的山反射的太阳光中紫光的成分最多，所以呈现紫色。

还有学生提出“落霞”不可能与孤鹜齐飞。合作小组讨论得出：运动是相对的，作家既能站在自己的角度看到孤鹜向天上飞，又能站在孤鹜的角度，感到霞在向下落，作家是站在两个参照系上（不同的角度）描述这个图景的，用简练的语言把动的和不动的都描述出动感，确实是千古名句。学生在互相质疑答疑的过程中，利用物理原理解释了名句，这就是学生把既有的言语经验和学习中接触到的文本发生联系，通过迁移、同化、顺应，整合成新的言语经验的过程。

二、利用活动构建学生的言语经验

活动是思考和领悟的外在表现方式。思考和领悟深藏在头脑中，在教学中多采用说或写这两种方式表现,形式显得过于单调。在阅读教学中，设计能表现思考和领悟的外显活动，学生的学习热情会高涨，学生的言语经验也能建构。

可以借助其他学科，尤其是和美术、音乐、表演等学科沟通，尽管形式不同，但都可以为学生建构言语经验服务。因为把文本内容用美术、音乐、表演的形式展示出来，需要对文本内容有相对准确的解读。

活动既可以发挥学生的个性特长，成为表现自我的平台，又可以使阅读成为赏心悦目的享受。在这个过程中学生要不断地思考领悟课文，用言语经验把课文内化为其他艺术形式展现，其他同学再依据课文点评，学生在乐学中积累了新的言语经验。

（一）分角色朗读

朗读是把文字作品转化为有声语言的创作活动，也就是朗读者在理解作品的基础上用自己的语音塑造形象，反映生活，说明道理，再现作者思想感情的再创造过程。

如孙犁的《荷花淀》，四个女人去探望丈夫，四个人说的话最能表现这四个人的性格特点，用分角色朗读的方法能很好地诠释学生对这四个人性格特点的把握。朗读者读完后要讲为什么这么读，其他同学根据自己对课文的思考领悟点评同学的朗读是否符合课文内容。

（二）情景剧表演

如孙犁的《荷花淀》，在学“夫妻话别”段时，学生表演了情景剧。演完后，演员根据课文讲他们是如何表演的，然后其他同学结合课文点评演员表演得是否符合文章的内容。

（三）比较阅读

比如孙犁的《荷花淀》是战争小说，为什么作者对战斗过程轻描淡写？要求学生拿其他作家写的战争场景与之比较。在《荷花淀》中，作者不从交战双方写，用女人听觉、视觉和嗅觉的感受粗线条地勾勒战斗场景，把重点放在战士打捞战利品，沉到水底捞大鱼的水性表演上，凸显战士的革命乐观主义精神，有浪漫主义色彩。

其他战争作品，如初中学的西蒙诺夫《蜡烛》写了战争的血肉横飞，流血牺牲的悲壮。学生就知道崇高的英雄主义、凝重的叙事风格是战争文学的写作惯例。

（四）其他艺术形式

如孙犁的《荷花淀》，在学生学到“水生嫂等水生”段时，学生用水粉画了一幅月下小院编席图，然后合作小组成员根据课文内容讲了构图思路，其他学生再依据课文内容点评。

这些活动的共性是依据课文，活动是学生在思考领悟课文后，把课文内容用外显的形式展现出来的方式，其他同学的点评也是从课文出发，活动的核心目的是为学生建构言语经验服务的。

三、注意事项

（一）关注意识

学生是学习和发展的主体。要关注学生学习的内在需要、原有经验等条件。课堂教学的着力点是尊重学生的主体地位，使学生真正成为学习的主体。

在讲汪曾祺《故乡人》时，预习时要求学生写读后感受。有一位学生这样写道：“第一篇文章《打鱼的》我怎么读也读不懂，文章怎么着也要讲究详略啊？就算是汪氏文章随意，也应当写明白一点，到底要说什么啊？我也不知道他是为介绍如何打鱼，还是感叹打鱼的如何辛苦，或者是要表达对父亲的谴责，对女儿的同情。前半段介绍，后半段记叙，不知所云。”这位学生用非常通俗的语言把自己读文章的困惑提了出来。在教学设计时，我在导入时选用了这一材料，在师生合作探讨《打鱼的》的过程后，又给了这位学生发言的机会，让她谈谈困惑是否解决了。这才是对学生主体的真正的关注。

（二）扬长意识

人的智力结构通常有很大差异。学生不可能什么学科都学得很好，或长于文史哲，或长于数理化，或长于手工制作，或长于艺术表演，这是正常的情况。每个人的创造潜能只能蕴藏在他的特长之中，教师的任务就是要善于发现和充分挖掘、发展学生的优势，并通过各种教学手段，因势利导，张扬优势，为每一个学生的进步提供机会。比如有些学生不善于写作，但表演才能很好，在教学设计时，教师如果能有意识地选择不同的活动，同样可以建构学生的言语经验。教师的扬长意识可以调动学生的兴趣，使学生体验到成功的喜悦；可以张扬个性，发挥潜在的智能，为学生将来的成功奠定良好的基础。

（三）自主、合作、交流

在学生言语经验建构的过程中，学生要自主调动既有的认知经验、情感经验和阅读接触的新文本发生联系，自主地思考领悟，自主地同化、顺应，整合成新的言语经验。合作和交流是帮助促进学生同化、顺应、整合新的言语经验的学习方式。实践证明，这也是学生乐于接受的学习方式。

在语文阅读教学中，言语经验可以通过各种手段构建，思考和领悟是构建学生言语经验的关键。教师要千方百计地创设各种适合学生言语经验建构的方式，学生的言语经验是可以不断丰富的。

参考书目：

[1] 王晓辉、周娜、严虹焰、何平、严先元编著：《新课程：语文教育怎样改革》，四川大学出版社，2003 年。

[2] 阚北成：《新课程释疑解惑》，山东人民出版社，2006 年。

[3] 周立群：《与新课程同行——语文新课程教学论》，华南理工大学出版社，2005 年。

[4] 王云峰：《目标、活动与资源——略谈北京市高中语文新课程实施应关注的几个问题》，北京出版社，《教学通讯》第 1 期。

第二节　建构文本意义与培养语文应用、审美与探究能力

语文课程的基本理念第二条是注意培养语文应用、审美与探究能力的培养，促进学生均衡而有个性地发展。京版必修五个模块是按文学作品编排的，小说四个单元，散文六个单元，诗歌三个单元，戏剧一个单元。教师在帮助学生富有创意地建构文本意义的过程中培养学生获得较为全面的语文素养，这是阅读教学的重点。

建构文本意义是一个思维的过程。教师要用方法引着学生进入作品的话语场中，营造一个发现文本意义的思维空间；然后让学生走进人物的内心世界，搭建发现文本意义的门径；还要注意作品内涵的多义性与模糊性，进而富有创意地建构文本意义，获得自己独特的感受和体验。在这个过程中，学生的语文应用、审美与探究能力得到充分的发展。

一、进入作品的话语场中，营造发现的空间

作品总是要反映一个时代内的社会生活，如果学生不走进那个时代的生存圈中，不用那个时代人的思维方式去思考作品中写的事情，怎么去认识那个世界、发展自己的思维，获得审美体验？“设身处地”就是教师要人为地设计一种可能把学生带入作品设定的话语场中，让学生与作品中的形象处在同一话语场中，这是学生与文本对话交流成为可能的前提。

进入作品的话语场，可以有以下五种方法。

1.了解与作品相关的作家经历、时代背景、创作动机

比如《再别康桥》，1920年10月至1922年8月，徐志摩在英国剑桥大学游学。在英国，尤其是在康桥的这段生活，对他的一生的思想有着重要的影响。在康桥，他深深感到“大自然的优美，宁静，调谐在这星光与波光的默契中不期然的淹入”[1]了他的性灵。此间，徐志摩认识了北洋政府司法总长林长民及其女儿林徽因，他开始苦苦追求这位才女。为此，徐志摩解除了与张幼仪的婚姻。但后来林徽因与梁思成结了婚。1928年，诗人已与陆小曼结婚近两年，但其婚姻生活并不幸福，为了除却烦恼，诗人故地重游。7月底的一天，因为他没有与人相约，他的英国朋友一个也不在，只有他熟悉的康桥在默默等待他，一幕幕过去的生活图景，重新在他的眼前展现。康桥风景依旧，但他的心情已不是六年前，当年的风情、轻松、纯美都带不走，却又是那么值得留恋。理解这些就理解康桥在徐志摩心中不仅是母校，还是他爱的圣地，是他追怀昔日情思的一个载体，是一段情感体验的象征。正是在这个意义上，徐志摩才把康桥说成：“康桥！汝永为我精神依恋之乡！”[2]

学生利用多种媒体读徐志摩的诗文、读徐志摩的传记、读评论徐志摩的文章，了解与作品相关的作家经历、时代背景、创作动机，走进作者的世界，进入他的话语场中，在营造的空间里学生愿意与文本对话，进而发现文本的意义，学生的语文应用、审美与探究能力在潜移默化地得到发展。

2.调动学生的生活经验和知识积累

如朱自清的《荷塘月色》，“这几天心里颇不宁静”是打开文章思考的钥匙。每个学生都有心里很不高兴的时候，让学生思考：当自己不高兴时，自己会怎么办。学生会说出很多种排遣方式，这时再让学生看朱

1 徐志摩:《我所知道的康桥》，山东画报出版社，2002年，第11页。

2 方慧:《百年家族徐志摩》，河北教育出版社，2003年，第275页。

自清选择的排遣方式，赏荷塘月色，这种排遣方式与学生们排遣方式不同的地方，排遣效果如何。这样学生与文本就在同一话语场中对话了。

3.用“假如”来设计问题情境

（1）站在形象的角度上

比如对王淡人的理解，可以设计一个问题：假如你是王淡人，碰到大水把乡亲们围了，你怎么办？学生会从自己的情感态度价值观取向中去思考，学生会说不救，因为没这个能力；会说一群人去救，这样安全系数高些。这时，再引导学生读原文，就会发现，王淡人不是游泳高手，也没有人愿意跟他一起去救人，但王淡人却去救人，这就彰显了王淡人人性的美好。

（2）站在形象的对立面

如《氓》，学生没有恋爱婚姻生活的经历，而爱情婚姻生活又是人生经历中的一个重要方面，学生要了解恋爱婚姻生活。站在角色的对立面上设身处地，学生对形象的理解更客观。比如《氓》，女主人公是婚姻的失败者，传统的看法把批判的矛头指向了氓，如果女生站在女主人公的角度上会有思维的定式，而让女生站在氓的角度上思考，理解会有新发现。

4.分角色朗读的方式

朗读是把文字作品转化为有声语言的创作活动，也就是朗读者在理解作品的基础上用自己的语音塑造形象，反映生活，说明道理，再现作者思想感情的再创造过程。

如孙犁的《荷花淀》，四个女人去探望丈夫，四个人说的话都能展现这四个人的性格特点，用分角色朗读的方法能很好地帮助学生了解这四个人性格特点。朗读者读完后要讲为什么这么读，其他同学根据自己对课文的思考领悟点评同学的朗读是否符合课文内容。这样学生就自然进入作品所描写的话语场中。

5.情景剧表演

学生穿上清末的衣服，走进茶馆中，表演《茶馆》第一幕，学生很容易进入作品所写的话语场中。在营造的空间中，学生更容易发现作品的独到之处。

这五种方法都能让学生走入作品的话语场中，在营造的空间里去发现文本的意义。这个过程中学生的语文应用、审美与探究能力会得到充分的发展。

二、走进人物内心世界，搭建发现的门径

（一）对作品中形象和情感的整体感知是学生与文本对话成为可能的基础，也是走进人物内心世界，发现文本意义的途径

如《氓》是写恋爱婚姻的诗。女主人公恋爱时“总角宴宴，言笑晏晏”，两人在一起有说有笑，女子很快乐。恋爱时“信誓旦旦”，许下海誓山盟，这种糖衣炮弹让女子高兴。“不见复关，泣涕涟涟。既见复关，载笑载言”，见不到氓就哭；见到氓，一边笑一边说，由悲到喜让女子获得心理满足感，而能把快乐、高兴、满足都概括的词是幸福。氓俘获了女主人公的芳心。两人希望这种幸福感能永远继续下去，所以想结婚。但结婚时并不顺利。“匪我愆期，子无良媒”，因没媒人，婚期推迟；当“尔卜尔筮，体无咎言”后，“以尔车来，以我贿迁”，尽管女子家人并不看好这段婚姻，女子仍义无反顾地带着嫁妆跟着男子走了。

本以为婚后生活是幸福的，但事实却是相反的。“自我徂尔，三岁食贫”；“三岁为妇，靡室劳矣。夙兴夜寐，靡有朝矣”。家里穷，不嫌弃；活辛苦，拼命干。但男子“士贰其行”“二三其德”，对女子感情不专一；“言既遂矣，至于暴矣”，态度横暴。这样的婚姻“老使我怨”，让女人越来越痛苦，最终女子选择放弃这段婚姻。离婚时决绝，“亦已焉哉”。

在对《氓》中形象和情感整体感知时，设计一道根据诗歌内容的填空题：女主人公的爱情生活是相恋时，订婚时，结婚后，离婚时。用哪四个词填空，首先得找到写每个爱情阶段的诗句；其次根据注释理解句意，然后再调动学生的积累选择恰当的词，这项工作做完了，学生才能走进

人物的内心，才能去发现人物悲剧命运的原因。

（二）感知次要人物形象是走进主要人物内心世界的另一种方法

再如铁凝的《哦，香雪》，香雪是主人公，但作者花了大量笔墨写凤娇，所以思考凤娇这个人物形象，能更好地理解香雪这个人物形象。让学生讨论凤娇为什么要跟“北京话”接触？从凤娇与“北京话”交往的几件事，看出凤娇有什么特点？要求学生从相应文段找答案。

学生找到写“北京话”的句子：“是想叫那个小白脸和你搭话了吧”；“那个白白净净的年轻乘务员真下车来了。他身材高大，头发乌黑，说一口漂亮的北京话”。其中“小白脸”指皮肤白而相貌好看的年轻男子（含戏谑意），“白白净净”是白而洁净的意思，“漂亮”是出色的意思，由此让学生概括“北京话”的特点。学生得出：凤娇对“北京话”的情感来源于对其健康、年轻、好看的外表和声音好听的吸引。外形好能吸引异性的注意，这是人的正常情感。

再由凤娇与北京话交往的几件事，看出凤娇有什么特点？让学生重点看三句话：①她经常故意磨磨蹭蹭，车快开时才把整篮的鸡蛋塞给他。②只有这样才对得起和他的交往，她愿意这种交往和一般的做买卖有所区别。③难道非得相好的才能这么做吗？学生会发现：凤娇与“北京话”的交往中考虑钱的因素少些，也没考虑从对方身上获取什么。这三件事的共性是凤娇就是对“北京话”好，究其原因是人对美好的事物都有爱慕之心，这也是人的正常情感。尽管凤娇是穷山沟里的姑娘，她也有对美好事物的爱慕之心，更可贵的是她对美的认知没受到世俗名利的沾染。

凤娇是普通的农村姑娘，而把握住凤娇这个人物形象，才能更好地理解作为村里唯一的初中生的香雪，她与普通农村姑娘的不同之处，进而发现作者创作香雪这个人物形象的目的所在。

学生在品味语言、探究人物性格的过程中，获得语文的应用能力，同时用审美的眼光去欣赏人间美好的感情，了解人类社会丰富的情感世界。

三、剖析内涵的多义性，建构文本意义

（一）注重作品内涵的多义性是学生建构文本意义的一个角度

就《氓》而言，传统看法认为《氓》是弃妇诗。因为女主人公是婚姻的失败者，而人类对失败者和弱势总抱以更多的同情，同时女人在社会角色定位中也是以弱者的形象存在的。所以作品的主题是同情女子婚姻的不幸，批判氓对爱情的不忠诚、模暴态度。除了这种认识，有没有其他思考角度，比如站在氓的角度上。这为学生建构文本意义打开了一个空间。

（二）注重作品内涵的模糊性是建构文本意义的另一个角度

如铁凝《哦，香雪》，香雪为了一个自动铅笔盒，用了 40 个鸡蛋，还要走三十里的路，有学生认为香雪这样做是虚荣心促使的。还有学生认为城市孩子的不良风气如攀比和歧视也影响了这里的人，香雪因为攀比不惜说谎，这是人性的泯灭。如何创意地建构文学作品的意义必须要与文本细致对话。

因为在学校里自动铅笔盒成为香雪被人瞧不起的触发点，“她第一次意识到这是不光彩的，因为贫穷，同学们才敢一遍又一遍地盘问她”。这是她意识的第一次觉醒。为了不让人瞧不起，她也希望能有一个自动铅笔盒。换完铅笔盒后她独自一人在西山口下车,她很害怕。但看到铅笔盒，她对家乡的看法都发生了改变：她坚信以后的台儿沟会因物质和精神的富足，人们愿意来到这里。这是她意识的第二次觉醒。

但 40 个鸡蛋是家里的共有财产，她在未经父母同意的情况下换了铅笔盒，此时她眼中的景物又变得黯淡了。她能想到这些正说明在得到铅笔盒后她深切地理解父母养育她的不易，她有了愧疚之情。但为什么还要骗娘？从她“要告诉娘”的话中找答案。

世界上不可能有宝盒，但以娘的认知能力或者叫理解水平，娘相信这种说法，这样可以减少家庭矛盾，可以说这是善意的谎言。但从另一个角度看，这是香雪为自己人生定的奋斗目标。每个人都期望自己的未

来过得好，这是人的正常情感。这是她意识的第三次觉醒。

香雪用 40 个鸡蛋换回的不仅是一个能自动开启的铅笔盒，更是换回了与同桌平等的尊严；换铅笔盒的过程也是她成长的过程，她独自战胜了一个又一个的内心恐惧，对她的家乡产生了更深切的挚爱之情，更深切地了解父母养育她的不易，更深切地感受到姐妹们的友谊；同时，她还换回一种改变台儿沟祖祖辈辈的生存方式的可能；更由铅笔盒唤起了追求和享受更丰富多彩的生活的渴望。

这是一个追求美好的女性形象，我们在探究人物内心世界，与文本对话的过程中，获得的不仅是语文的应用能力，也获得了审美能力和探究能力。

（三）当学生与文本深层交流时，就能富有创意地建构文本意义

当学生站在氓的角度思考时，自然提出一个问题：相爱的两个人走进婚姻殿堂后为什么反而不幸福了？因为男子感情不专一，教师可追问为什么男子变心了？学生马上说：女子年老色衰了。女子年老色衰了男子就对感情不专一了，这自然是不对的。这时进行情感态度价值观的教育水到渠成。学生还可能说：男子家太穷。这也是一个很好的情感态度价值观的教育点。现代婚姻很多人选择结婚对象时首要条件是有经济基础。难道有经济基础的婚姻就幸福吗？答案是否定的。还有学生可能会说：男子在家太顺心了，态度出现问题，由此得出男女双方在家庭生活中应该相互尊重。

以上内容是学生能想到的，女子在这个婚姻中就没有问题了吗？教师引导时可设计一个问题：婚姻生活中女主人公和氓还有恋爱时的幸福感受吗？没有了。为什么？

这个问题是一石激起千层浪，学生探究的兴趣一下就活起来。把现实生活中自身家庭的问题带入讨论中，经过学生深入地思考与争论，学生发现因为婚姻内部出现问题了，双方都有问题。用现代观念审视作品的内容，提出自己的看法。这可以让学生在发现创新方

面获得发展。

这个过程中学生充分运用应用能力、审美能力和探究能力，了解人类丰富的社会生活和情感世界。

所以利用文学作品，让建构文本意义的过程成为培养学生语文应用、审美与探究能力的过程，语文阅读课就会成为涵养心灵的汩汩清泉。

参考书目：

[1] 徐志摩:《我所知道的康桥》，山东画报出版社，2002 年，第 136 页。
[2] 方慧：《百年家族徐志摩》，河北教育出版社，2003 年，第 411 页。
[3]《普通高中语文课程标准（实验）》人民教育出版社，2003 年。

第三章　手拄规律杖，足踏科学石

第一节　阅读教学语中重，而今迈步从读越

合理的言语活动能全面提高学生的语文素养。课文是言语活动的载体。教学必须从学生实际出发，根据学生原有知识状况学习课文。了解学生原有认知情况是教学的基础。

一、学情调查

每个学生都有独特的内心世界，有着不同于他人的思考和解决问题的方式。所以每个学生对文章的理解都是独特的。在阅读课前，学情调查我让学生写初读感受，提出至少三个问题。

初读感受的写法

就北京版教材必修1~5模块学生学习的48篇课文写的四千多份初读感受来分析，学生写初读感受一般从以下五个方面写。

（一）从文章内容入手

1.概括文章内容

如海明威的《老人与海》，学生的初读感受是：文章对情节没有过多的叙述，大部分都在写老人自言自语，他在四面楚歌的情况下，不断地激励自己，凭借着不服输的精神打退了一条又一条凶猛残忍的鲨鱼，虽然他捕获的鱼最终没有逃离鲨鱼的血口，但他安全回到家。他是个老人，

但是他的勇气和毅力并不逊于年轻人，这更加体现了人类可贵的品质。

2.由文中的一句话或一个片断生发

如庄子的《逍遥游》，学生的初读感受是：刚开始读《逍遥游》时，觉得它在讲一个神话故事，我想象出了鹏，它宽广得像海一样的背，还有那长长的双翼，在蓝天中翱翔，这是一幅壮丽雄伟的画面。当读到蜩与学鸠说话时，我发现本文像讲一个故事，这个故事用小智和大智、小年与大年做对比，告诉我们一个道理：人外有人，山外有山，我们不要有一点点的成绩就骄傲自大，要学会谦虚，不断向人学习。

3.用比较的方法评价文章内容

如汪曾祺的《故乡人》，学生的初读感受是：读了这篇文章，汪曾祺故乡人的淳朴给我留下了深刻的印象。他们与鲁迅先生在《故乡》中描述的故乡人相差极远。尽管都是为了生计而奔波，但至少他们是人而非躯壳。他们从不计较个人得失，比如说那位医生王淡人，为了救人耗费了不少家产，却认为应该这样做。这才是普度众生，为医之道。"淡人"这字也好。淡是一种心境。淡了，忘却了得失，才能返璞归真，这才是故乡之人，故乡之魂。

（二）用已形成的情感态度价值观去评价文章

"情感不仅指学习态度，还包括乐观的生活态度、求实的科学态度、宽容的人生态度等；价值观作为一个比较宽泛和抽象的概念，它强调个人的价值与社会价值的统一，科学价值与人文价值的统一，以及人类价值与自然价值的统一。情感态度价值观是学生个人化的心理特征，既有显著的内隐性和缄默性，又有很大的差异性。"[1] 学生用已形成的情感态度价值观去评价文章有以下三个角度。

1.认同

如庄子的《逍遥游》，学生的初读感受是：首先我十分欣赏作者的描

1 路冬梅、郭奇编:《新课程语文教学法》，河南大学出版社，2006 年，第 124 页。

写，很大气，特别是第一段气势磅礴。题目为逍遥游，但是文中的例子好像都没有做到真正的逍遥。那只大鹏虽然志向远大,但是却难实现逍遥；蜩与学鸠虽然可以自由飞翔，但却没有远大志向；这两种都不能叫作逍遥，就连宋荣子也是“犹有未树也”。只有至人、神人、圣人才能算是逍遥吧。

2.不认同

如陶渊明《归去来兮辞》，学生的初读感受是：完成了自己的一桩心事，心里自然是高兴的。辞了官抛开尘世的繁杂，陶潜成为了一位隐士。隐在山中，自得其乐，看起来是不错的选择。可是我却厌恶这种行为。归根到底，他辞官是因为官场使人压抑。但如果他真的做到了一人之下、万人之上的那种大官，他还会隐居山林吗？换句话说，陶潜很消极。如果大家都因心情不好而归隐，国家岂不乱套。

3.凭感觉

如汪曾祺的《故乡人》，学生的初读感受是：初读这篇文章，我的第一感觉是平淡，作者既没有过多地评论人物，也没有刻意地抒发感情，只是把它写出来而已。又细细读了一遍文章，我发现其实根本无须评论，作者想要表达的已经在文章中了。我仿佛能感受到打鱼人生活的艰辛、悲苦；金大力的憨厚、质朴，安于贫困；钓鱼医生的善良、慷慨，丝毫不考虑自己的利益。我想，也许只有这平淡的语言才能表现出故乡人的平淡生活吧。

（三）由学生认为的文章所采用的写作手法、语言特色去评价文章

如曹雪芹的《龄官划蔷痴及局外》，学生的初读感受是：读完文章后，感觉很乏味，似乎只是把一个个情节像流水账一样叙述下来。当第二次读时，发出曹雪芹把每一个人的心理描写得很生动，通过语言和动作细腻地表现出了每个人的心理变化，实乃佳作。

再如汪曾祺的《故乡人》，学生的初读感受是：语言很随意，但是能看出作者文学底蕴深厚，与初二所学的《端午的鸭蛋》文风相仿。如，“喝！这条大鳜鱼！烧出来以后，哪里去找这样大的鱼盘来盛它呢？”汪老先

生的幽默，令人会心一笑。文章还引用了文言，使之文白夹杂，韵味悠长，如“一庭春雨，满架秋风”。

（四）用自己曾有的感受去评价文章

如老舍的《想北平》，学生的初读感受是：这篇文章写得可真好！每个字、每句话都使我产生强烈的共鸣。不错！什刹海的蜻蜓，斑驳光影的老城墙，远远的西山，都是我再熟悉不过的景物。甚至还有冬日胡同里的鸽哨，中秋夜的北海，小院木门上变浅的春联，都太值得人怀念了。至于国子监的古松，后海的夜景，似乎都融在我的血里。还记得在澳大利亚的十几天里，天天都吃面包和一点点土豆泥。最后几天，我一看到午餐就厌恶。那也是我第一次离开家，想念温和的香片茶，想念北京。只有真正离开过家的人思念家乡时，才能体会那一片淡淡的乡愁。

学生把自己在生活中的感受，融入到对作品的理解中，在主动积极的思维活动中获得了独特的感受。

（五）用现有的知识积累去评价文章

1.用对作者的了解去评价文章

如陶渊明的《归去来兮辞》，学生的初读感受是：一看作者陶渊明，我就知道又是写归隐。再如萧伯纳的《贝多芬百年祭》，学生的初读感受是：当我看到作者是萧伯纳时，我就产生了阅读的冲动。因为我很早就听说萧伯纳是文学大家，但从未看过他的作品。通读后，我被萧伯纳气势磅礴的语言所震撼了，产生了一种想立刻聆听贝多芬音乐的冲动。听完后我真的发现文章中的话太对了。贝多芬的音乐的确能使人清醒，我能感受到贝多芬狂放不羁的性格。这的确是一篇佳作。

2.相关知识的缺失导致读不懂文章

如萧伯纳的《贝多芬百年祭》，学生的初读感受是：读完文章，感觉没读懂。文章中提到的音乐家以及他们的作品，还有音乐的专业词汇让我一头雾水。

由以上内容可知，学生的初读感受是学生在认真阅读作品，领会其思想内容及艺术特色的基础上，对作品做出的某种评价。它能真实反映出学生已有的认知水平，即现有发展区，教师把初读感受按写法分类，找出学生的共性问题，这是有效教学的起点。

二、用学生的初读感受做教学设计的导入

如汪曾祺的《故乡人》，学生从文章风格、内容、语言方面谈了他们读后的感受和疑惑。

比如困惑：第一篇文章《打鱼的》我怎么也读不懂，文章怎么着也要讲究详略啊？就算是汪氏文章随意，也应当写明白一点，到底要说什么啊？我也不知道他是为介绍如何打鱼，还是感叹打鱼的如何辛苦，或者是要表达对父亲的谴责，对女儿的同情。前半段介绍，后半段记叙，不知所云。

把这些内容用PPT展示给学生看，由此提出本课学习的问题。学生很是兴奋，探究情绪一下子被激发出来，教师与学生容易达成一个有效的对话场。

三、用学生的初读感受归纳出学生的共性问题

1.由初读感受找到学生文面理解的难点

如萧伯纳的《贝多芬百年祭》学生写道：本文有一个很大的遗憾：文章译者的语言水平实在不高，如同机器翻译一般僵硬。例如，“充满着照例不加选择地加在大音乐家身上的颂扬的话的成百篇的纪念文章将使人们抱有通常少有的期望。”

由此我找到学生的最近发展区——长句的理解。因此在教学设计时，我把文章中涉及长定语和长状语的句子找出来，用改写语句的方法帮助学生理解长句子导致的阅读困难。

2.由初读感受找到学生说不清的地方

如萧伯纳的《贝多芬百年祭》学生写道：文中将多个作曲家做对比

给我印象很深，尤其是与莫扎特的对比，更让我看到了贝多芬与众不同的性格品质。但是他的性格品质除了文中提到的反抗性还有什么，我却说不清。

萧伯纳把贝多芬的性格形象化了，这是文章写作的特点，也是学生的最近发展区。教学时，我设计了表格，从穿着、举止、天性、社会地位、对彼此的评价几个方面，把莫扎特、海顿、贝多芬做比较。让学生从文章中找到相应的语句，分析三位音乐家的性格。

如社会地位，文章写道："他（莫扎特）是穿紧腿裤的宫廷侍从，而贝多芬却是个穿散腿裤的激进共和主义者；同样海顿也是穿传统制服的侍从。"问学生侍从与共和主义者的区别。学生知道侍从是仆人，是为皇帝和官员服务的。共和主义者是把民主放在第一位的。我又追问：贝多芬生活在什么时代。学生一下子就明白了：贝多芬生活在德国封建专制时期，要做追求民主的人，在当时根本是不可能实现的事，贝多芬桀骜不驯的特点一下子就表现出来。学生由此知道萧伯纳是用穿着做比喻写出人的性格特点。

3.学生在初读感受中普遍认同作者的想法时，让学生的认识清晰化

比如陶渊明的《归去来兮辞》，学生在初读感受中普遍认为陶渊明归隐是因为官场黑暗。而让学生用原文来说明时，学生又不知如何下手分析。这说明学生在以往的学习过程中对陶渊明有一个固定的认知，并不是真正地读懂文章。这就是学生的最近发展区。

在教学时我设计了一个问题：什么人在什么时候适合归隐？经过小组讨论，学生得出："寓形宇内复几时，感吾生之行休"，作者写此文时是40岁。在古代，40岁就算是人到中年了，人生很多事情都体验过了；"审容膝之易安"，对物质要求不高；"童仆欢迎，稚子候门""携幼入室，有酒盈樽"，家人对他的归隐是理解并支持的；"富贵非吾愿，帝乡不可期"，没有了对金钱、地位、长寿这些人类普遍的人生追求，他才能做自己喜欢的事——自由地生活。

4.学生在初读感受中普遍不理解作者的写法时，这是教学的难点

如庄子的《逍遥游》，学生在初读感受时写道：作者用几乎相同的文字写两遍鹏实在没有必要。

作者第一遍写鹏，重在自身条件、积累量与所实现目标成正比的关系。第二遍写鹏，在强调三者中自身条件是核心。作者用逐层深入的方法来说明自身有求是人不能逍遥游的根本原因。这就是学生的最近发展区。

在教学时问题设计为：为什么鹏在文章中出现两次，这两次在文章中的作用有什么不同。

经过合作探究，学生知道第一次写鹏大，飞起来所需条件多，蜩与学鸠飞不高，但也得“决起而飞”，举大舟需要水量多，蜩与学鸠笑鹏，芥草需要杯水的例子，又举去远近不同的地方需要准备不同量的粮食的例子说明自身条件、积累量与所实现目标成正比的关系。

第二段分析蜩与学鸠为什么笑鹏，因为蜩、学鸠小，它无法理解大鹏。举小年不及大年的例子，举鹏、斥鴳的例子说明自身条件的大小有区别。

为什么要写两遍自身条件的问题呢？

由第三段学生知道，现实生活中当小官、获小名所需条件少，反之亦然。又举宋荣子、列子的例子说明他们虽不追求名利，但他们依然有所求。不管自身条件如何，都有要实现的目标。只要自身有求，就会有束缚，就不逍遥。学生明白了自身条件、积累量与所实现目标三者中自身条件最重要。这样就得出自身有求是人不能逍遥游的根本原因。

在师生合作探究这个动态的生成过程中，学生学到了逐层深入的分析方法。

课前阅读学生的初读感受，按内容、语言、情感和困惑等角度把初读感受分类，从中提取学生的共性问题作为课上探究问题。把学生的初读感受录入电脑做成PPT课上用。再结合我对教材的理解修改我的教案。教学导入用学生的初读感受，课上探究的问题来自学生，学生解决问题依据文本，当教学生成与教学预设出现矛盾时，以学生生成的问题调整课堂教学的步骤，力求课上让学生在原有认知基础上有所发展。课后让学生写学后记，了解学生对课的评价，更重要的是从学后记中看到学生学到什么，也就是其在大脑中存贮了什么，还有什么不懂的地方。我再引导学生提出探究问题，这些问题让学生独立解决。

学前做学情调查，让学生提出问题；把初读感受分类，确定讨论的问题；依据文本平等对话，合作解决问题；学后梳理大脑存贮，再提探究问题。我命名其为“四问”教学模式。

参考书目：

[1] 陈鹏飞：《新课程新评价》，合肥工业大学出版社，2005 年。
[2] 路冬梅、郭奇编：《新课程语文教学法》，河南大学出版社，2006 年。
[3] 余文森：《有效教学十讲》，华东师范大学出版社，2009 年。
[4]〔美〕约翰·D. 布兰思福特等编著，程可拉等译：《人是如何学习的：大脑、心理、经验及学校》，华东师范大学出版社，2002 年。

第二节 去文几何里，先知学问题

在课程改革如火如荼地开展时，教师更重视学生了，课堂上学生的活动很多，给学生思考讨论的时间多了，学生发言的机会也多了，课堂气氛也活跃了；但活跃的背后，学生在阅读课上学到什么了却不得而知。

一般情况下，学生在阅读完文本后，感觉大体能读懂，而实际上距离作者要表达的内容还很远。教师要先教会学生提出有价值的问题，然后在阅读课上解决学生的问题，这样的阅读课学生才能有所得。

一、基于问题式学习

“基于问题式学习”也译为“问题本位学习”，是建构主义所提倡的一种教学方式。它强调把学习设置到复杂的、有意义的问题情境中，通过让学习者合作解决真实性问题，来学习隐含于问题背后的科学知识，形成解决问题的技能，并形成自主学习的能力。

所谓基于问题式语文学习，是指从语文文本中的实际问题出发，把语文学习的活动设置到复杂的、有意义的问题情境中，让学生通过合作解决问题，学习隐含于问题中的语言知识、文章知识以及文学常识等基础知识和基本技能，在探究过程中学习种种人文信息。由于学生是在用研究问题获得的知识信息来解决问题，这样的知识是学生内化形成的，是他们自己的知识，是以后能够灵活迁移运用的知识。

二、语文学科的特殊性决定基于问题式学习可以让学生的语文学习有所得

1.学科内容

语文教材是文选式，涉及生活的方方面面，每一篇文章都是作者创造性思维的产物，记录作者对生活的独特体验，反映作者世界观、人生观、价值观、审美观，所以课文传递的信息是作者的“自我”信息。解读这些信息，会有千姿百态的结论。这给学生留下了极丰富的探究问题的空间。

虽然语文知识序列清楚，但语文知识散落在课文中，读任何一篇课文学生都要用已知解决未知。探究问题，就是学生不断迁移所学，反复地运用、品味、感悟所学，通过努力获得问题的结果。在这个过程中，学生必然要形成解决问题的能力，这个内化过程更符合学生的心理需要。

“学习语文不是为了寻找所谓科学的结论，而是通过祖国的语言文字来认识生活，认识人生。”[1]因此解读这些内容不能光靠一般的认知，不能光靠对某种结论或经验的机械接受，而要学习者有一种主动探究和积极的创造。这正是解决学生被动学语文的好方法。

2.学生方面

学生是个性化的，知识背景、生活阅历、个人好恶、心理状态是不一样的。从问题的产生到探究，直至反思解决问题的过程，无不取决于学生自身的内在需要。学生先前学习并建构的知识能被激活，在学习探究的过程中能获得许多应用知识的机会，讨论时畅所欲言的气氛更让学生的自主性得以发挥。

反思阶段还可以建构新的知识。在整个过程中学生得到充分的尊重。“尊重学生在学习过程中的独特体验”，“要珍视学生独特的感受、体验和理解”，“对学生独特的感受和体验应加以鼓励”（《普通高中语文课程标准（实验）》，第 2、17、20 页）。

---

1 时金芳：《语文教学设计》，社会科学文献出版社，2001 年。

3.成绩评定

语文教学的效果不是简单的对或错、懂或不懂、会或不会就能检测衡量出来的。所以，那种非常精确的、量化的测评方式和标准答案显然不适合语文学习效果的检测。基于问题式学习评价方式重在学生的自我评价。学生根据自己的实际需要提出问题，针对问题来评价自己的知识状态，发现自己知识的缺陷，主动找到可以解决这些问题的适当资源。在探究过程中，学习者要将新学到的知识运用到问题解决中，并评价自己是否实现了学习目标和问题解决的目标。这样每一个学生都能获得成就感，为继续学习找到动力。

三、基于问题式学习在语文教学中的具体运用

1.选准问题

基于问题式学习以“问题”为载体，解决问题是学生探究价值的核心所在。在语文教学实施过程中，因为班级授课制的限制，教师为了统一管理，问题往往由教师领着学生提出来，这样提出的问题始终未挣脱教师的樊篱。

在探究前，可以专门提供一节课，让学生在课上阅读，提出自己感兴趣的问题；然后分合作小组讨论比较哪些问题最值得探讨。

有些知识性的问题学生在讨论过程中就可以破解，如《烛之武退秦师》“何厌之有”这句话，有学生想到初中学的《陋室铭》中的“何陋之有”，用这个来翻译，不会的学生既理解了这句话，又学会了迁移释疑的方法；同时也找到自己的思维漏洞。

最后教师和学生共同把问题归纳，选出最有价值的问题分给各合作小组探究。

另一种方法是做问卷调查。关注学生想知道的问题，学生兴趣容易被调动起来。比如在讲王勃的《滕王阁序》时，我做了问卷调查，让学生选出他认为值得鉴赏的句子，选的标准是觉得这句子好，但说不明白这句到底哪好，学生共 51 人，选的结果如下：

落霞与孤鹜齐飞，秋水共长天一色。44 票；

潦水尽而寒潭清，烟光凝而暮山紫。31 票；

层峦耸翠，上出重霄；飞阁流丹，下临无地。31 票；

渔舟唱晚，响穷彭蠡之滨；雁阵惊寒，声断衡阳之浦。30 票；

闾阎扑地，钟鸣鼎食之家；舸舰弥津，青雀黄龙之舳。12 票；

披绣闼，俯雕甍，山原旷其盈视，川泽纡其骇瞩。12 票；

鹤汀凫渚，穷岛屿之萦回；桂殿兰宫，即冈峦之体势。11 票；

俨骖騑于上路，访风景于崇阿。临帝子之长洲，得天人之旧馆。9 票。

云销雨霁，彩彻区明。1 票

这样我们根据选票的结果，把前四句作为本课的教学重点。教学目标的针对性强了。

最有价值的问题往往是课文最独特的地方。语文教材所选的课文大都是彪柄千古的名篇佳作，值得学习的地方很多，如主题、语言、结构、风格。牵一发而动全身的是最有价值的问题。如鲁迅的《祝福》，学生提出小说为什么以“祝福”为标题？祥林嫂眼睛变化和她的性格有什么关系？情节发展对祥林嫂性格塑造起什么作用？《祝福》的主题是什么？环境描写的作用，柳妈是在帮祥林嫂吗，等等，不一而足，最后选择从人与人关系角度入手，分析造成祥林嫂悲剧的根源。在探究过程中，其他问题也得以解决。

2.查找资料

由于语文文本涉及面广，加上文本内涵丰富，查找资料是解决问题时首先要做的事。借助网络、图书馆确实是查找资料最有效的方式，但借助学过的语文知识解决新问题，对学生来讲，更亲切。比如鉴赏王勃的《滕王阁序》中的经典句子，让学生把学过的写景诗或者通过其他途径知道的诗复习一遍，在解决诗句好在什么地方时用学过的诗句去解读陌生的诗句，可以收到事半功倍的效果。

3.探究问题

探究问题中独立思考是最重要的。在探究过程中，学生要对文本内容做恰当解读，站在与文本作者平等的位置上，努力感受和理解文本作者的思想感情。同时基于问题学习语文的模式非常强调让学生带着问题去同文本交流对话，这个过程有助于培养学生独立思考和独立批判的精神。如在解决《孔雀东南飞》中新妇离开婆家时为什么要严妆这个问题时，有些学生认为刘兰芝这样做的原因是为了让焦母回心转意。这就没有对文本进行恰当地解读。教师引导学生重读刘兰芝在自请遣归段中的“非为织作迟，君家妇难为”句，学生就会发现焦母是多么的不喜欢刘兰芝，不会因为刘兰芝打扮得漂亮就不休刘兰芝。

4.适时点拨

基于问题式学习虽然重在学生自己解决问题，但教师适时的点拨仍然是重要的。讨论遇到困难，教师应让合作小组选代表就问题探究到什么程度作个说明，教师根据各小组的研究状况做适当的提示，提示内容关系到学生的研究质量。提示到位，学生可以顺利地完成研究任务；提示不当，学生困难不解，会失去继续探究的信心，探究过程会流于形式。如对莫泊桑小说《项链》主题的探究，有学生认为是讽喻了小资产阶级的虚荣心，有学生认为是批判佛莱思节夫人的虚伪，还有学生认为是在歌颂路瓦栽夫人敢于承担自己的过错，成为自食其力之人。学生都认为自己的观点是正确的。这时，教师提示任何伟大的作品从不同角度分析结论是不一致的，让学生再读课文，从文章中找到作者的创作倾向，这样让学生在尊重文本的客观性基础上把学生的思维引入深层。

再比如鉴赏“潦水尽而寒潭清，烟光凝而暮山紫”一句时，学生只觉得意境美，但如何好，解释不清楚，这时老师提示学生抓住“寒”字，联系学过的诗句，有没有描述意境与之相似的？一个提示，打开学生思维的困惑。学生想到范仲淹《苏幕遮》中的“碧云天，黄叶地，秋色连波，波上寒烟翠”一句，这个“寒”字突出了翠色的烟霭给予人的秋意感受。“寒潭”的“寒”字也就突出了深潭给予人秋意的感受，这个点拨很到位地让学生迁移所学解决新问题。

5.交流讨论

基于问题式学习倡导在学习活动中既要平等，又要合作。在交流与对话中，要经验共享，强调个体与他人的联系，使学生在意识到“自我”

的同时，也意识到“他人”的存在，毕竟一个人的思维总有不严谨的地方。合作小组就每位同学搜集到的资料进行整合，各自发表自己的观点，求得同伴的认同。小组可以是两人，也可以是三人至五人，人员不要太多，要保证每个学生都有说话的权利。如“烟光凝而暮山紫”这句话，学生去过很多地方，但不理解“暮山”怎么是“紫”的？学生未见过紫色的山。有学生引用李白《望庐山瀑布》“日照香炉生紫烟”说烟是紫的，不是暮山是紫的。有学生用物理学知识解释“在七色光中紫光的频率最高，穿透能力最强，所以透过浓重的雾气，我们看到的山反射的太阳光中紫光的成分最多，所以呈现紫色”。而这个物理学的解释是我查阅大量资料都未得到，最后请教物理老师才得出的，而学生经过讨论，却圆满地解决了这个问题，这样的讨论才起到讨论的作用。

6.反思阶段

学生对发现问题、解决问题的学习过程做反省性“回顾”，要总结所获得的语文知识、人文信息和思维方法是如何对解决问题发挥作用的。目的是能建构出新的知识。“教的目的是为了不教”，不教是学生已然掌握了学习的规律。基于问题式学习就是让学生不断发现解读文章的规律。如古典诗词，学生喜欢读，但这诗词为什么好，学生总分析不到点上。而基于问题式学习的反思阶段要求学生必须把如何解决问题的相关知识总结出来。比如鉴赏“落霞与孤鹜齐飞，秋水共长天一色”，学生在解决问题阶段查到北周庾信《三月三日华林园马射赋》中有“落花与芝盖齐飞，杨柳共春旗一色”的句子，然后比较两句优劣，由此讨论，归纳出“落霞”句写得好的三个角度：关注动词“飞”，无生命落霞与有生命的孤鹜齐飞有动态的美感；抓物象隐含信息，物象隐含的内容很丰富，可以想到落霞红色，孤鹜黑褐色，秋水碧绿，长天蓝色，红霞黑鹜衬以蓝天碧水，有色彩的美感；考虑数量词“一”：落霞的背景是天，孤鹜的背景是水，余晖渐消的长天与孤鹜渐去的秋水上下相连，用“一”字，把水天浑然一色的整体美感表现出来。而这几点在鉴赏其他诗词时也是适用的，反思阶段学生获得解读诗词的方法。

四、基于问题式学习中注意的问题

1.选学生提出的问题研究

每一个学生都是研究者。学生从自身学习经验和生活阅历出发，针对语文学习的文本，独立提出的问题是不一样的，相信学生会提出有思维品位、有思维张度的问题。然后师生一起解决这些问题。这样学生的主体地位会充分凸显。而研究自己提出的问题学生的兴趣会更浓。

2.彼此倾听适时点拨

教师获知学生的初读感受和提的问题后，再考虑课的教学目标，决定探究的问题；在学生合作探究时，教师要倾听学生理解上的偏差、学生的疑惑、从中知道学生经验背景中已然掌握和仍然贫乏的知识。果断决定在何时、以何种方式给予学生何种点拨。学生彼此也应该学会倾听，这样的课堂才是彼此尊重的课堂。

3.找准资料解决问题

发现问题后，学生借助网络、书籍或其他渠道查找到大量资料，扣住问题筛选资料，运用资料解决语文学习的问题，才能达到探究的目的。

4.反思是修正思维的最好方式

反思整个研究过程：阅读课文发现自己感兴趣的问题，如何从问题入手，获取哪些语文知识和人文信息，并应用所学的知识与所查到的信息来阐述、探究以及解决问题的种种经验，进行自我评价。

反思筛选问题环节：有的问题被淘汰，淘汰原因是什么。

反思交流讨论环节：群体的不同视角、不同观点的碰撞，反映出的个体思维盲点或思维偏差是什么。

学生只有在不断修正自己的思维方式中，才能逐渐丰厚语文素养，健全自己的人格。

参考书目：

霍益萍：《研究性学习教师导读》，广西教育出版社，2002年。

第三节 阅读涉长道，过程中求索

一、阅读教学要倡导过程化的理论基础

建构主义者认为，学习是学习者主动建构内部心理表征的过程，它不仅包括结构性的知识，而且也包括大量的非结构性的经验背景；学生的学习就是根据自己所知道的东西构造出一个内在的结构或图示，用以吸收、接纳和解释新信息，主动地选择一些信息，忽视一些信息，并从中得出推论。总之，学习过程不是学习者被动地接受知识，而是积极地建构知识的过程；学习质量不是学习者重现教师思维过程能力的函数，而是学习者建构意义能力的函数，换言之，获得知识的多少取决于学习者根据自身经验去建构有关知识的意义的能力，而不取决于学习者记忆和背诵教师讲授内容的能力。

“同化”和“顺应”，是建构主义的重要概念。建构主义认为，学生的学习是“同化”“顺应”的认知建构过程和“平衡——不平衡——新的平衡”的认知发展过程。“同化”指个体把外部刺激所提供的信息整合到原有认知结构内的过程，同化的结果是认知结构量上的扩展；“顺应”指个体的认知结构因外部刺激的影响而发生改变的过程，顺应完成认知结构的质的变化，从而形成新的认知结构。在一定的环境或情境中学习，可以促使学生利用原有认知结构中的有关知识经验去同化当前所学的新知识，并赋予新知识以新的意义；如果原有知识经验不能同化新知识，就要通过创设情境，引发认知冲突，促使学生通过“顺应”过程，即对原有认知结构进行改组或重建，以接纳新知识。学生的认知结构就是通过同化与顺应过程逐步建构起来，并在“平衡——不平衡——新的平衡”的无限循环中得到不断地丰富、提高和发展。

学生要成为意义的主动建构者，就必须把当前学习内容所反映的事物尽量和自己已经知道的事物相联系，并对这种联系加以认真的思考，“联系”与“思考”是意义建构的关键。另外，建构主义者还主张，学习必须是诊断性和反思性的，学习者在学习过程中必须从事自我监控、自我测试、自我检查等活动，以诊断和判断自己在学习中所追求的是否就是自己先前所设置的目标，并对自己的学习活动进行评价。

在建构主义的学习中，一切新的学习是一个依赖于先前知识和过去经验的累积过程。阅读的目的是理解，理解需要学习者语言、文化知识及生活经验的积累。因此，理解的过程，也就是学习者借助文段和自己的认知结构来建构当前意义的过程。熟练的阅读是建构性、反应性的阅读，学习者主动探寻课文线索，监控阅读过程，并能在阅读后对课文进行反思。

人并不是完全被动地接受外界的刺激，而是主动地根据先前的认知结构注意和有选择地知觉外在信息的。当读了一句话的第一个字或第一个词之后，他就对下面将要出现的字词有所预期，这种预期来源于他的生活经验、阅读经验和知识背景。也就是说，人脑中已经存在着过去得到的某种或某些模式，只要一开始阅读，学习者就自动地以这些模式去和现在的外界刺激相匹配，匹配成功了，“同化”作用发生，理解就能顺利进行；匹配不上，就会产生理解困难，读不下去。这时，就需教师创设一定的情境，提供适当的帮助，促使学生通过“顺应”过程。概而言之，阅读的过程就是一个在原有知识基础上不断地猜测、预料、检验，通过“同化”与“顺应”机制，达到对语料意义建构的过程。

教学应该是教师、学生、教育媒介（课本）三者皆到场且皆有话语权的生命对话过程。教师应树立起以学生发展为本的学生主体观。在阅读教学中，把学生的阅读学习当成是学生的积极情感体验过程和个性发展过程，当成是学生主动建构知识——把外部知识主动纳入学生知识结构的过程。所以阅读教学要倡导过程化。

二、阅读教学课的教学目标由学生和教师共同生成

学生是教师设定教学目标的主要依据。在教学开始前，要让学生的表层认识外显化，在预习阶段，要求学生读完课文后写原生态的感悟，最好让学生发主题帖，同时就课文内容提出问题，然后由合作小组一起商讨，最终得出本课探究的问题。这样做的目的是找出学生对课文的兴趣点。学生的兴趣点往往包括对文章的普遍认识，文章重点，甚至是对文章的差异理解。当然对学生忽略的课文内容但同时是课文难点的教师要补充。

比如对《故乡人》,学生普遍认为王淡人是个好人,不理解《打鱼的》开头为什么写五种打鱼的方式,还有一位学生这样写道:“第一篇文章《打鱼的》我怎么也读不懂，文章怎么着也要讲究详略啊？就算是汪氏文章随意，也应当写明白一点，到底要说什么啊？我也不知道他是为介绍如何打鱼，还是感叹打鱼的如何辛苦，或者是要表达对父亲的谴责，对女儿的同情。前半段介绍，后半段记叙，不知所云。”

学生浏览这些主题帖，对这些内容都清楚，然后师生共同制定出教学目标，教学针对性强。

三、阅读教学过程是学生的学习过程

教学的本质就是经验的再构。依据皮亚杰的“平衡化”理论，学生的学习过程就是其经验建构的过程。当一个新的“信息”出现的时候，学习的主体总是要从已有的经验出发，根据具体情况而采取吸纳或排斥的策略，从而形成一个新的结构，达到新的平衡。这种建构的过程，其要点一是从已有的经验出发；一是在实践中完成，即学习的主体在亲身实践中完成建构。

阅读教学就是在课堂上，教师创设各种方法，让学生更好地用已有经验“同化”正在阅读的文章，“顺应”出新的意义，在这样不断累积的过程中，最终达到学生独立对语料意义建构的目的。教师在教学中的

作用就是在适当的时间、适当的地方，采用适当的方法让学生对课文顺应出新的意义。

教师在学生建构知识的过程中提供的帮助和支持有以下几种：

1.设计问题激发学生独立思考

在接受美学看来，“文本”是不能和作品画等号的。作家完成的文本只是一堆印刷符号，是一个多层面的未完成的图式结构，有许多空白点和不确定性，当学生以自己的感觉和经验去填充这些空白处时，文本才变成了作品。填充时要求学生独立思考。比如老舍的《断魂枪》，作者借武师比武的事反映在变动的时代下人们的心态，因此在文章中作者对沙子龙的态度是不确定的。设题作者对沙子龙持什么态度，这自然引起学生的分歧，引起学生对这类现象的思考。一个学生说沙子龙不传五虎断魂枪，正如唐太宗李世民将王羲之的《兰亭集序》带进坟墓，只是满足了自己的占有欲却剥夺别人欣赏的机会，所以对沙子龙是持批判态度的。学生把《断魂枪》写的事和自己知道的知识联系起来，并对这种联系认真思考,这个过程是学生调动已有认知结构建构当前意义的过程。

2.组织合作小组讨论

学生的已有经验是不一样的，合作小组讨论往往可以起到资源共享的作用。

如对“烟光凝而暮山紫”这句话,学生去过很多地方,但不理解“暮山”怎么是“紫”的？学生未见过紫色的山。有学生引用李白《望庐山瀑布》“日照香炉生紫烟”说烟是紫的，不是暮山是紫的。有学生用物理学知识解释“在七色光中紫光的频率最高，穿透能力最强，所以透过浓重的雾气，我们看到的山反射的太阳光中紫光的成分最多，所以呈现紫色”。

合作小组在讨论的过程中，不仅达到交流知识的目的，理解文本内容；更重要的是在交流的过程中，学生能调动所学，迁移比较，在过程中向他人学习。

3.联系旧知同化新知

调动旧知同化新知是一种学习方法。教师要借助学生已有的经验为新学的内容解惑。

如人教版第二模块第三单元有苏轼的《赤壁赋》，这篇文章对高一的学生来讲理解难度较大。学生不理解“盖将自其变者而观之，则天地曾不能以一瞬；自其不变者而观之，则物与我皆无尽也”蕴涵的道理。可以借助学生学过的《塞翁失马》来帮助学生解惑。当塞翁失马时，别人安慰他，其父却说：“此何遽不为福乎？”几个月后，“其马将胡骏马而归”；当别人向他祝贺时，其父又说：“此何不遽不能为祸乎？”其父看问题的角度就是相对的，知道祸福是相对的。借助学生已有的经验就可以帮助学生理解“变与不变是相对的”道理。

借助旧知的过程表面上看是教师行为，而实际上，教师是用这种教学方法教学生建构新知的学习方法。

4.借助其他学科知识同化新知

学生要调动的已有经验应是各个学科的，但学生想不到语文要用理科知识思考，教师要搭思维的台阶让学生想到。

如讲《滕王阁序》时，有学生提出“落霞”不可能与孤鹜齐飞。教师提示学生站在人的角度和孤鹜的角度思考，学生思考：运动是相对的，作家既能站在自己的角度看到孤鹜向天上飞，又能站在孤鹜的角度，感到霞在向下落，作家是站在两个参照系上（不同的角度）描述这个图景的，用简练的语言把动的和不动的都描述出动感，确实是千古名句。

5.在活动过程中体验新知

亲身实践的最好方式就是活动。让学生在情境中体验。活动情境的设计可以在无意状态下通过物质情境（声、光、物体形象等），活动主体的语言、手势、表情、动作等，以含蓄的、间接的方式发生作用的，这作用就是暗示。人都存在不同程度的受暗示性，所以暗示领域的信息最易被主体所接纳，活动情境的创设就在于形成一种暗示影响的氛围、使学生置身其中体验。这是过程化的。

（1）演课本剧

如孙犁的《荷花淀》在讲夫妻话别时，学生表演了情景剧。演完后，演员根据课文讲他们是如何表演的，然后其他同学结合课文点评演员表演得是否符合文章的内容。

（2）分角色朗读

从朗读学的本体论来看，朗读是有声语言的艺术，是把诉诸视觉的文字语言转换为诉诸听觉的有声语言的一个创造活动。这是一个用语音塑造形象、传达作品思想感情的再创造，是一个必须植根于朗读者对作品的理解之上，再用声音表达出来的再创造。因而，朗读不是简单的念字，而是融入了朗读者对作品的感知、感觉和感受，是物理的、生理的、心理的、精神的、社会的“人文精神的音声化”。[1]

如孙犁的《荷花淀》，四个女人去探望丈夫，四个人说的话最能表现这四个人的性格特点，用分角色朗读的方法能很好地诠释学生对这四个人性格特点的把握。朗读者读完后要讲为什么这么读，其他同学根据自己对课文的思考领悟点评同学的朗读是否符合课文内容。在读与听的过程中，学生自然领悟作品内容。

（3）利用其他学科

如孙犁的《荷花淀》在讲到“水生嫂等水生”时，学生用水粉画了一幅月下小院编席图，然后合作小组成员根据课文内容讲了构图思路，其他学生再依据课文内容点评画作。

学生在活动情境中，结合文本，用自己的亲身体验，完成对语料意义的建构。

阅读教学要倡导过程化，教师搭桥为学生更好地体验文本，学生也可以更好地建构知识，在过程中学习，学生的学习更有针对性。

参考书目：

陈琦、刘儒德：《当代教育心理学》，北京师范大学出版社，1997 年。

1 李凤辉：《语言传播人文精神的阙失与重构》，中国传媒大学出版社，2006 年。

第四节 主动独立体验学 思量问题是主线

一、学习方式

（一）学者对学习方式的界定

学习方式（学习风格），由美国学者哈伯特·塞伦于1954年首次提出。然而，至今还没有一个受到广泛认同的学习方式定义。不同的定义在本质上有许多共同点：第一，学习方式的实质是学习者喜欢的或经常使用的学习策略，反映了学习者对不同教学方式的偏爱以及学习倾向。第二，稳定而独特是学习方式的本质属性。稳定指学习方式在长期学习过程中逐渐形成，很少因学习内容、学习环境等因素的改变而变化。独特指学习方式在学习者生理结构及其机能基础上，受到特定的家庭、教育和社会文化等因素的影响，通过个体自身长期的学习活动而形成，具有鲜明的个性特征，因人而异。第三，学习方式受到社会、家庭、学校教育方式的影响。

简单说来，学习方式就是人们在学习时所具有或偏爱的方式，即学习者在研究解决其学习任务时所表现出来的具有个人特色的方式。

传统学习方式是接受的学习方式，被动性、依赖性是其特征。

（二）现代学习方式的特征

主动性是现代学习方式的首要特征，它与传统学习方式的被动性对应，二者在学生的具体学习活动中表现为："我要学"和"要我学"。"我要学"是基于学生对学习的一种内在需要；"要我学"则是基于外在的诱因和强制。

独立性是现代学习方式的核心特征，它与传统学习方式的依赖性对应。如果说主动性表现为我要学，那么独立性则表现为我能学。每个学生都有自己独特的内心世界、精神世界和内在感受，有着不同于他人的观察、思考和解决问题的方式。实际上有效的学习方式都是个性化的，没有放之四海皆有效的统一方式。

体验性是现代学习方式的突出特征，体验是指由身体性活动与直接经验而产生的感情和意识。因为有了体验，知识的学习不再仅仅属于认知、理性范畴，它已扩展到情感、生理和人格等领域，从而使学习过程不仅是知识增长的过程，也是身心和人格健全与发展的过程。从教学角度讲，就是要鼓励学生对教科书的自我解读、自我理解，尊重学生的个人感受和独特见解，使学习过程成为一个富有个性的过程。从学习角度来说，就是要把直接经验的改造、发展作为学习的重要目的，间接经验要整合、转化为学生的直接经验，成为学生素质的有机组成部分。

强调问题在学习活动中的重要性是现代学习方式的主要特征。现代教学论研究指出，从本质上讲，感知不是学习产生的根本原因，问题才是产生学习的根本诱因。没有问题也就难以诱发求知欲，没有问题，感觉不到问题的存在，学生就不会去深入思考，学习也就只能是表层和形式的。一方面强调通过问题来进行学习，把问题看作是学习的动力、起点和贯穿学习过程中的主线；另一方面通过学习来生成问题，把学习过程看成是发现问题、提出问题、分析问题和解决问题的过程。

基于对以上理论的认知，我在文言文教学设计中，力求设计合理的教学步骤转变学生被动接受的学习方式，形成主动、独立、体验的现代学习方式。

二、在文言文教学中促进学生现代学习方式养成的策略

（一）把课堂变成学堂

高中学生已有了一定的阅读文言文的基础，在教给学生有关的文言文知识后，要求学生上课拿着古汉语字典，根据课下注释自己翻译文言文，遇到不懂的字查字典，如果查过字典后仍不能解决，把这句话抄在

学案上，留待讨论时交流。自己译完课文后，要完成整理常用字、虚词（根据每课特点，教师选出需整理的虚词）、通假字、词类活用、古今异义、特殊句式的作业。然后以学习小组为单位，就翻译中遇到的不懂的字讨论，如果小组仍不能解决把它作为研究问题提交给教师。教师汇总学生提出的研究问题，再带着学生由课文原句推出字词义。

为了确保学生自学的正确度，教师一要认真批改学生的整理作业，改正其所有的错误；二是把课文的翻译放在班级博客中，以备学生随时上网查阅；三要出相关的练习。

学生学习的自觉性是学习主动性的最高层次，正如叶圣陶先生所说："教是为了不需要教"，养成学生独立自学的能力和良好的自学习惯，应成为教学的最理想境界。所以在文言文教学过程中，不仅要指导学生学习文言文语法的知识，还要根据学生年龄特点结合教材实际，在课上创设独立自学的条件，提供自学的机会，指导自学的方法，逐渐提高学生自学能力，养成良好的自学习惯。

（二）教师要对学生提出的问题做一定的修订

在疏通文意的基础上，要求学生对课文内容提出问题。然后教师把问题汇总，并对问题做一定的修订。苏联著名心理学家维果茨基把儿童的发展水平分为"现有发展区"和"最近发展区"。"最近发展区"是学生在"现有发展区"中学习就可达到的。因此，修订的问题应在学生的"最近发展区"内，在那里寻找思维的生长点，利用学生现有的知识构建新的知识网。这样做才能最有效地诱发思维，以现有的知识去吸纳同化新的知识，用新的经验和要求去修正、顺应原有的认知结构，使学生在自主探究的过程中发展自己的认知水平。

课上把这些修订的问题借助媒体显示出来，让学生选择自己最想解决的问题。

（三）解决问题时要依据文本

语文课的核心是借助语言品读出作者的情感，这是语文课的独特之处。如聂小倩如何由鬼转变成的人这个问题。给学生设计了一个表格，包括环境、事件、品性三项内容。仅举聂小倩做鬼的内容做个说明。

聂小倩因“十八夭殂，葬于寺侧”，而寺侧是“蓬蒿没人，似绝行踪”，又跟“有妇可四十余；又一媪”这些恶鬼生活在一起，自然“被妖物威胁，历役贱务”。由“女笑曰：‘月夜不寐，愿修燕好’”，并“以黄金一锭置褥上”，“狎昵我者，隐以锥刺其足，彼即茫若迷，因摄血以供妖饮”这些话可以概括出聂小倩做鬼时做的事是先用美色勾引，金钱诱惑男性，成功后便用锥刺迷晕男性，最后摄血给老妖喝。又由“腼颜向人，实非所乐”，“妾堕玄海，求岸不得”和告知宁采臣“今寺中无可杀者，恐当以夜叉来”可知虽然聂小倩做鬼时做了许多坏事，但其向善之心未泯。所以当正直的宁采臣来到寺中时，她才向宁采臣求助，“囊妾朽骨，归葬安宅”。这是她由鬼转变成人的前提。

这些内容全是原文，学生必须对原文做细致的解读，才能对聂小倩这个人物形象有相对合理的认知。

（四）讨论交流时要有记录

德国哲学家叔本华说过记录在纸上的思想就如同某人留在沙上的脚印，我们也许能看到他走过的路径，但若想知道他在路上看见了什么东西，就必须用我们自己的眼睛。所以要求学生在小组讨论问题时填写记录表，记录表包括问题、小组分工、原文内容和回答要点。

（五）教师要抓住师生思想碰撞点

学生回答问题时，教师要善于找到师生认识的不同，把握住生成的课程资源。师生思想碰撞点既可以是学生回答精彩之处，也可以是学生分析认识不足、偏颇之处。教师要能够对教学过程中产生的思想碰撞点做出专业判断，敏锐地抓住课堂中生成的具有教育意义的语言表述，并加以充分利用。亮点要表扬，不足、偏颇之处要引导。

认知心理学认为：学生在学习中之所以产生一些思维的困惑或理解的偏差，其主要原因是学生现有的认知水平还不能同化和顺应教学的内容，因而形成了思维障碍，造成了知识运用上的脱节现象，而这些又是课堂教学中应该解决的矛盾。

如对宁采臣是一个什么样的人这个问题，学生能从原文找到并认同他不好色不贪财、重然诺、孝顺的特点，但有学生提出在兰溪生主仆死后，燕赤霞说是鬼魅所为，“宁素抗直，颇不在意”，说明他不怕鬼，但为什么聂小倩告诉他“恐当夜叉来”时，“宁骇求计”呢？因此有学生认为宁采臣是两面派，在男人面前显得很刚强，在女鬼面前显得很胆小，其行为让人不齿。这个理解有偏颇之处，但这是学生自我主动体验的结果。

解决问题要让学生关注原文。燕赤霞说是鬼怪杀人，但此时宁采臣对燕赤霞并不了解，“疑其为赴试诸生”，不知燕赤霞是“剑客”，所以当燕赤霞说是鬼所为时，因为对自己生命没有威胁，宁采臣并不相信。而聂小倩是鬼，并把身世经历告知宁采臣，还提醒宁采臣将有生命危险时，在这种情况下，他害怕了，当人遇到危险时主动求助是一种正常的心理表现，这也是学生应该借鉴的一种生活态度。因此不能把他的这种行为看成是懦弱的表现。

（六）教师要有对问题的独特解释

现代学习方式强调主动独立的学习，因此在教学过程中，要充分发挥教师的主导作用。教师要有对问题的独特解释。如欧阳修的《洛阳牡丹记》，洛阳人认为“此盖天地之中，草木之华得中气之和者多”，欧阳修却“甚以为不然”，学生不理解欧阳修的情感取向。在引导学生读课文后，学生回答说因为洛阳不是天地的中间，而且有中正和顺之气的万物长得都一般，“极美与极恶者，皆得于气之偏也”，即长得极美的与极丑的都是自身的气出现了偏差，说白了就是洛阳牡丹中正和顺之气偏了，所以就长得美。到底为什么欧阳修写这段话学生还是不明白。

我补充道，欧阳修写此文时 24 岁，第一次当官，做钱惟演的副职——西京留守推官。钱惟演博学能文，极富文人气质和高雅情趣，他的身边聚着一大批文学青年，他们经常游园登山，品茗赏花，诗酒酬酢，交流诗文，洛阳文化环境相当宽松，再加上此时是宋朝最为繁荣鼎盛的时期，欧阳修在洛阳做官，有良师益友，内心很愉悦，文章虽然介绍的是牡丹知识，但我们看到的是洛阳人的审美情趣，看到的是洛阳作为古都的气派，还看到了欧阳修健康的心态。

三、小结

学习方式是学习者在研究解决其学习任务时所表现出来的具有个人特色的方式。转变学生被动接受知识为主动学习知识的学习方式是新课程改革的重要理念之一。

在文言文教学中，在疏通文意阶段，可以采用学生自学的学习方式，把学习时间还给学生，学生完成教师规定的疏通文意的作业。然后要求学生就文章内容提出问题，教师要对学生问题做一定的修订，使修订的问题在学生的"最近发展区"内。在学生自己选择要解决的问题后，要求学生回答问题要依据文本。在合作小组讨论过程中，要求学生记录下思维的痕迹。在师生一同交流时教师要抓住师生的思维碰撞点，引导学生。教师对问题的解答要力求独特。这些策略不仅较好地体现了语文课的特点，同时也体现了现代学习方式的特征，对现代学习方式养成有一定影响。

参考书目：

〔美〕斯滕伯格著，杨炳钧等译：《认知心理学》，中国轻工业出版社，2000年。

第五节 学习方法之精加工策略

课改实验带来教育观念、教育行为上的变化，学生在课上活动的时间多了，合作讨论的时间多了，发言的机会多了，但学生的思维品质、回答问题的质量并未有大幅度提高。究其原因有很多，其中学生不会学习仍是重要问题。

现代教育心理学家们主张在传授学生知识、技能的同时，更要注重传授学生学习的方法。

一、精加工策略

（一）认知策略

精加工策略是认知策略中的一种。认知策略是一种对学习和思维极为重要的智慧技能。“认知策略是一种‘控制过程’，是学生赖以选择和调整他们的注意、学习、记忆和思维的内部过程。”[1]按照加涅的观点，认知策略就是学习者用以支配自己心智加工过程的内部组织起来的程序性知识。它体现着学习者处理内部世界的能力，体现着个体自我控制与调节的能力。它实际上是个体对自我认知活动的管理和控制，是高于具体学习策略的一般性解决问题的策略。由于学生的学习过程主要是认识事物的过程，所以他们解决问题时采用的方法大都属于认知策略。

认知策略有复述策略、精加工策略、组织策略、理解监控策略和情

---

1 〔美〕加涅著，皮连生译：《教学设计原理》，上海华东师范大学出版社，1999 年，第 66 页。

感策略五种。本文只探讨在外国诗歌教学中如何培养学生使用精加工策略的方法。

（二）精加工策略

精加工策略是一种深加工策略，是寻求字面意义背后的深层意义的策略，是将新学习的材料与头脑中已有知识联系起来的策略。它是一种理解性记忆的策略。在使用精加工策略时，学习者将要学习的内容精心地与其他轻易能提取的材料进行联系。精加工策略的主要作用是使新知识与已有知识取得联系，从而加深对新知识的理解。

（三）精加工策略对语文学科的重要性

语文学科以优秀作品为媒介，语文课让“学生受到优秀文化的熏陶，塑造热爱祖国和中华文明、献身人类进步事业的精神品格，形成健康美好的情感和奋发向上的人生态度”。[1] 而对优秀作品，学生能否品味出作品语言的高妙，能否感受其思想、艺术的魅力，能否体味自然和人生的多姿多彩，能否激发珍爱自然、热爱生活的感情、能否感受艺术和科学中的美，体会文化的博大，使用精加工策略是方法。

二、精加工策略的培养

（一）制定一套可以操作的训练过程

认知策略通常是个体对自己的内在认知过程的调控活动，很难从外部直接观察到，但是它仍然可以在个体的认知行为中表现出来。所以要制定一套可以操作的训练过程是使用精加工策略的前提。

北京版的第三模块外国诗歌单元共有 11 首诗。第一步，在课上让学生阅读诗歌。借助阅读提示、题目、内容、旁批、注释、泛读导引、

1 《普通高中语文课程标准（实验）》，人民教育出版社，2003 年，第 2 页。

单元作业等内容，先让学生分类；然后对每首诗提出问题。接着让学生自己选择喜欢的诗歌写 400 字的解读。

第二步，把学生分成 11 个学习小组，把学生提的问题分给 11 个学习小组，要求学生从内容、写法上解读诗歌，同时要回答其他同学的问题。这个准备的过程在课下，学生可以参考各种研究资料。

学生提的问题和学生的解读有文字记录，教师要先找到学生问题的症结处，再寻找帮助学生解决问题的办法。

第三步，在学生讲解诗的过程中，教师用各种方法帮助学生将新学习的材料与头脑中已有知识联系起来。

第四步，反思学习过程，解读其他外国诗歌。

在每步学习的过程中，学生都要用精加工策略去理解诗。分类、提问题、写对诗的解读、回答同学的问题是让学生学习深入的步骤，随着学习的深入，学生要不断地调整精加工策略。

这个训练过程也符合认知策略的习得条件。因为学生在学习第二模块中国古代诗歌单元时，采取了同样的学习方式。学生已有了应用策略加工信息的有关知识。学生在解读中国古代诗歌时，所写的感受有可圈可点之处，感到运用学习策略后有效果，感到自己有能力运用策略来改善自己的学习，所以第二次采用这种学习方式，学生兴致较高。

（二）教学时培养学生使用精加工策略的方法

认知心理学认为学生在学习中之所以产生一些思维的困惑或理解的偏差，其主要原因是学生现有的认知水平还不能同化或顺应教学内容，因而形成思维障碍，造成了知识运用上的脱节现象。这是课堂教学中教师应该帮助学生解决的问题。

1.关注标点符号、试着替换动词

学生对里尔克的《豹》“通过四肢紧张的静寂——在心中化为乌有”的理解是：没有惊涛骇浪，却如同刚刚经历完争夺一样，豹再一次平息了，一切来得如此迅速，让人没有做好准备。结束了，一切都结束了，豹重新获得了自由，重新找到了自己，急躁化为乌有。

学生忽略了“通过四肢紧张的静寂——在心中化为乌有”之前诗句的标点是逗号，逗号表明这几句诗表达的是一个完整的意思。而“于是有一幅图像浸入”中“浸”字用得很好，学生未关注。所以调整学生精加工策略的方法是课上我提了两个问题，一是“通过四肢紧张的静寂——在心中化为乌有”之前的诗句的标点是什么？二是“浸”字能否用“进”替代？

学生在讨论中明白：“浸”的意思是泡在液体里，“一幅图像”指铁栏外面的大自然，那里本是豹驰骋的天地，它多么想出去，“四肢紧张”，是豹的肢体表现，说明豹想用力冲出铁栏，但它冲不出去，它的郁结之情一下子爆发了，眼里饱含着泪水，大自然之景好像泡在眼泪里一样，发泄完了，还是出不去，不冲了，不想了，“静寂——在心中化为乌有”。

用比较的方式体会语言的精妙是培养精加工策略的方法。

2.会拆分长句子的结构

学生对马拉美《海风》“映入眼帘的古老花园，夜呵！这照耀着洁白无瑕的空纸上凄凉的灯光，还有那哺乳婴儿的少妇，都不能将我留下”的理解是：“一切的一切，即使充满回忆，即使美好，即使存在着令人垂涎的未来，依旧不能将我留下”。

学生的思维是由“古老”想到“回忆”，由“洁白无瑕”想到“美好”，由“哺乳婴儿”想到“令人垂涎的未来”，但这个思考过程忽略了这些词是“花园”、“灯光”、“少妇”的修饰成分，而忽略的原因又是不知这些词代表的是什么。所以学生寻求不到字面背后的深层意义，因为不知道这里运用了象征主义的手法。教师要给学生的思维搭台阶，引导学生深入思考：花园为什么是古老的？灯光为什么是凄凉的？哺乳婴儿的少妇生活重心是什么？

经过讨论，学生得出：“花园”本是鲜花盛开的地方，但因年代久远而破败，在“古老”的背景下，花的色彩不够鲜亮；“凄凉的灯光”指光暗淡，这样的光照范围和亮度不足以将黑夜照亮；“空纸”是没有痕迹，而且“洁白无瑕”，表明纸上没内容；少妇要“哺乳婴儿”，留给“我”的时间几乎没有。这些意象的本体应指生活，这句诗的意思就是生活不够鲜亮，缺少激情，没有阳光，没有内容，缺少爱情。

要了解现代派诗歌的表现手法，会拆分长句子的结构，这是培养精加工策略方法。

3.有了解多元文化

世界文化是多元的，外国文学中有许多学生不了解的文化知识。

学生在解读俄罗斯阿赫玛托娃的《爱》时写道："诗中写了爱情像一条小蛇，像只小鸽子，将它夸张为会施展法术，会甜蜜地哭诉，会让人心悸。"这句话中对蛇的理解是错误的，因为蛇在中国的文化中是狠毒、阴险、冷漠、莫测的象征。学生不知道《圣经》中有"智慧如蛇，温驯如鸽子"的话，也不知道《圣经》创世纪中蛇诱惑在伊甸园中的夏娃和亚当偷食了智慧之果的故事。蛇是夏娃和亚当的启蒙者，给予了人类智慧。这是文化背景缺失导致学生新旧知识没有建立起联系。

4.站在诗人角度解读诗作

对叶芝的《当你老了》，学生的理解是"你脸上岁月的伤痕掩盖不住内心灵魂的美丽，皮肤的松弛不能代表内心活性因子的丧失。你老了，这时在你身边的人才是真正爱你的人。如果你已没有地位，没有金钱，没有娇美的容貌，没有高挑的身材，甚至也没有可以引以为傲的事情，那个人仍伴着你，那么那个人是真正爱你的人。如果你也愿他陪伴，那么不要烦他的唠叨，他的坏脾气，因为他肯一直陪伴着你，也许你们的爱情早已消逝，但你们已生出了另一种更加浓郁的感情——亲情。陪伴——当你老了"。

学生以现代人对爱情的看法来诠释这首诗，同时也不了解诗人写诗的背景，更忽略了诗的题目——"当你老了"。

这时教师要介绍背景知识。1888 年诗人遇见了爱尔兰民族自治运动的领导人之一、著名的女演员茅德·冈，从此叶芝对她怀有深深的爱慕之情，忠贞不渝，但却一直遭到茅德·冈的拒绝，1893 年 29 岁的叶芝写下这首爱情诗。后来茅德·冈嫁给了与她并肩战斗的麦克布莱德少校。23 年后，1916 年麦克布莱德少校在斗争中牺牲，叶芝再次向茅德·冈求婚，仍旧遭到茅德·冈拒绝。在他生命的最后几个月，他还给茅德·冈写信，约她出来喝茶，但还是被拒绝，而且茅德·冈还拒绝参加他的葬礼。对爱情终生执着，却又无法得到哪怕是一点点的回报，这样的事情，恐怕世上只有叶芝一人遇到过。

“当你老了”，是将来时，是一种假设，不是描写实际情况。

对题目的关注度不够，读完诗后想当然地就把自己对爱情的理解强加给诗作，以至于新旧知没有建立起联系。

诗歌中表达的感情往往是诗人独特的感受，学生要通过诗人的语言去体认、感受、分享诗人独特的感受，不能以学生的生活经验来填充诗歌的空白点，要站在诗人的角度按照诗人的写作脉络去填充诗人当时见到的、想到的内容，这样才能寻求到字面背后的深层意义。这是培养精加工策略方法。

5.考虑诗作的时代背景

如对惠特曼《自己的歌》的理解，学生写道：“诗中很多句子，我都难以体会到诗人想表达的情绪，如‘和我在一处待过一日一夜，你就会有一股诗歌的泉源，你将会得到大地和太阳的一切美善’。这句子我怎么觉得诗人有些骄傲呢？将自己写得像一个‘神’一样。诗中最后一句，诗人在表达些什么呢？是诗人想让人们在他的领导下改变什么吗？”

惠特曼创作的年代还是美国资本主义蓬勃发展的上升时期。当时，美国在政治上取得了独立，经济上发展迅速；然而在文化上，特别是在文学上却始终没有摆脱英国古典文学的影响，蓬勃向上的民族精神的表达受到了限制。正是在这种历史背景下，惠特曼决心成为民族和时代的代言人，立志通过自己来表现这个时代的美国。自信自己的诗歌创作对社会、对读者有益处。这样，诗中的“我”便成了时代、民族的化身。正如他在《草叶集》开篇第一首诗中所写：“我歌唱一个人的自身，一个单一的个别的人，/ 不过要用民主的这个词，全体这个词的声音。”（《我歌唱一个人的自身》）

当学生了解背景知识后，再读诗，学生才知道；诗人中的“我”是自己、是大众、是时代、是民族、是各种客观存在物、是宇宙精神的化身。

三、小结

在课上，教师要教给学生使用精加工策略的方法。诗歌的形式是分行的，标点是表示诗句内容的重要符号，要特别关注。动词是表示诗人情感态度价值观的，要寻求字面背后深层意义，教学行为可采用比较的方式，让学生在比较中体会诗人选词的妙处。因为外语的修饰成分较长，人在阅读时会暂时遗忘刚看过的词，翻过头再读诗，又会忘记句子的中心语，所以修饰成分和中心语要都关注。诗歌形式短小，诗人要用写作手法让诗的内容更充实深刻，要适当介绍外国诗歌的流派特征。世界文化是多元的，文化背景要靠日常学习的积累。

诗歌中表达的感情往往是诗人独特的感受，学生要通过诗人的语言去体认、感受，不能以学生的生活经验去填充诗歌的空白点；要站在诗人的角度按照诗人的写作脉络去填充诗人当时见到的、想到的内容；要让学生了解诗歌的写作背景。

忽略标点符号，没品味出诗人所用动词的高妙之处；过长的诗句；不能准确判断诗作的写作手法；文化背景的差异；没有站在诗人的角度思考诗作；不知道诗人写诗的背景都是学生使用精加工策略未读懂外国诗歌的原因。

在课堂教学中，教师如果教给学生使用精加工策略的方法，学生理解字面背后的深层意义的能力会提高，这样学生的语文素养才会不断地提高；更重要的是学生再读其他外国诗歌时，能用精加工策略读懂外国诗歌，这才叫学会学习。这是课堂教学要承担的任务。

参考书目：

〔美〕斯滕伯格著，杨炳钧等译：《认知心理学》，中国轻工业出版社，2000年。

第六节　用思维流程表现性评价表为学生获得阅读能力搭桥

一、案例回放

下面是《荷塘月色》第四段的课堂实录。

片断一

教师：请大家概括月下荷塘具体写了什么景物，景物有什么特点？

学生 1：这段写了荷叶、荷花、荷香，景挺美的。

教师：大家觉得他说全了吗？

学生 2：还写了叶子与花的颤动，而且颤动很快；还写了流水，但流水没声。

教师：作者看见流水了？

学生 3：没看到，这句由含情脉脉的流水写出的是叶子的风致。

教师：这段还写了什么？

学生不说话了。

教师：我们看“叶子本是肩并肩密密地挨着，这便宛然有了一道凝碧的波痕”这句话，这句写了什么？

学生 4：叶子挨着。

教师：是吗？

学生 5：写叶子与花的颤动带来的波痕。

教师：你说得很好。所以这段写了荷叶、荷花、荷香、叶子与花的颤动和荷波。这段景物的特点同学也没说全，下面我们一起来看这段景物有什么特点。接着教师就带着学生分析景物的特点。

片断二

教师：请大家概括月下荷塘具体写了什么景物，景物有什么特点？

学生：这段写了荷叶、荷花、荷香、叶子与花的颤动、荷波。叶子很多也很高；花有开的，有没开的，这句用了一个比喻的修辞，写荷花开得不多、在满池荷叶的衬托下显得很亮，而且纤尘不染；荷香缕缕说明香味很淡；叶子与花的颤动像闪电般，说明颤动得很快。所以月下荷塘的特点是静谧的。

教师：你说得不错，这段里有一种修辞原来咱们没学过，下面我们一起来看“微风过处送来缕缕清香”这句话,看它使用了一种什么修辞。

下面教师就开始讲解通感的修辞，讲完后就进入下一个问题。

这两种现象是语文阅读教学课上经常见到的现象。语文阅读教学往往以问题为主线设计，问题来自学生，课上教师利用各种教学方法带着学生解决问题。

如果一个问题学生回答得不错，教师的教学流程就进入下一个环节。至于其他学生是否也能解决这个问题，教师就不再理会。

在解决这个问题的过程中，如果学生没说全问题的答案，教师一般采用的方式是让其他学生补充；如果其他学生补充时仍然说不全，教师就会带着学生找到全体学生都没说到的句子，引着学生接着分析，直到把这个问题的答案说全。最后，教师要么请一个学生把问题的答案再说一遍，要么自己总结问题的答案。这个教学环节就可以结束了。

对一个问题，学生是否学会解决，不得而知。而这样的课堂是我们阅读教学的常态。

教师用什么方法让学生学会阅读呢？

二、思维流程外化

如郁达夫《故都的秋》第四段，这段写的是落蕊。学生觉得人踩到落蕊，没声、没味，只有感受特敏锐的人才能感到踩着东西了，觉得落蕊面对生命逝去，它无力反抗，让人觉得挺落寞哀伤的，但所有学生都不认为落蕊是美的。

我给学生提供一个自己设计的“概括景物特点学生思维流程表现性评价表”，让学生根据这个评价表再读《故都的秋》第四段，概括出落蕊的特点。

附：概括景物特点学生思维流程表现性评价表

<table>
<tr><td rowspan="2">项目</td><td colspan="2" rowspan="2">思维流程</td><td rowspan="2">每步流程的思考</td><td>有（√）</td><td rowspan="2">简单记录思考的内容</td></tr>
<tr><td>无（×）</td></tr>
<tr><td rowspan="3">分层</td><td colspan="2">能标出文段的句子序号</td><td colspan="2"></td><td></td></tr>
<tr><td colspan="2">能提出句子主干</td><td colspan="2"></td><td></td></tr>
<tr><td colspan="2">能把句子意思联系紧密的归纳在一起</td><td colspan="2"></td><td></td></tr>
<tr><td rowspan="7">确定文段重点句，分析重点句，读出“我”的感觉</td><td rowspan="4">句子结构</td><td>能标出关联词，得出分句间的关系</td><td colspan="2"></td><td></td></tr>
<tr><td>能注意标点符号</td><td colspan="2"></td><td></td></tr>
<tr><td>能思考副词在句中的意思</td><td colspan="2"></td><td></td></tr>
<tr><td>能找出指示性代词在文句中对应的内容</td><td colspan="2"></td><td></td></tr>
<tr><td rowspan="3">重点词在句中的意思</td><td>能调动已知，想出字面义</td><td colspan="2"></td><td></td></tr>
<tr><td>能把字面义带进原句中</td><td colspan="2"></td><td></td></tr>
<tr><td>能联系前后句思考语境义</td><td colspan="2"></td><td></td></tr>
<tr><td colspan="3">能用自己的语言归纳景物特点</td><td colspan="2"></td><td></td></tr>
<tr><td colspan="3">能判断作者的审美取向</td><td colspan="2"></td><td></td></tr>
</table>

然后，又给学生设计了一个“由景物读出作者感情学习成果表现性评价表”，要求学生结合文本内容，用自己的话写出作者由景物表达出的感情。

附：“由景物读出作者感情”学习成果表现性评价表

评价项目	评价的具体标准及层级			
	优	良	中	不佳
结合文本分析重点词	能对重点词语有结合文本的分析	有分析	有文本中的语句	无文本中的语句
概括景物特点	对景物特点表述清晰	对景物特点表述比较清晰	有景物特点	不能得出景物特点
由景物要得出作者表达的感情	能把由景物特点到作者的审美取向的过程表述清晰	基本能把由景物特点到作者的审美取向的过程表述清晰	写出作者的审美取向	不能判断出作者的审美取向
语言表达	语言流畅	文从字顺	有病句	语句极不通顺

学生根据这个“概括景物特点学生思维流程表现性评价表”和“由景物读出作者感情学习成果表现性评价表”，再读课文，得出这样的思考结果。

早晨落蕊铺满地，人脚踩上去，听不见声音，闻不到气味，只有那特别敏感的人才能感觉到踩着东西了。而打扫卫生的人在一阵扫后，满地落蕊没了，灰土上只留下大扫帚扫过后的细细的丝纹，人能清楚地看到土的纹路和质地。而槐蕊原来长在槐树上，绚烂之极，秋天夜里寂寞地离枝，飘落在地上，不用再在枝头了，它清静了也闲暇了；但脱离了槐树，生命消逝了，人本能地会觉得冷落、凄凉，而且死后还被人踩，被扫街的当作垃圾扫走。

古人早就说过梧桐叶落天下知秋，看见叶落了，人们知道一年又过完了。秋天叶落是自然现象，只有叶落了才能有来年的新生。作者也不敢肯定他的思考是对的，但他确实感受到了，作者觉得落蕊能表现出这么丰富的意思，所以用了“深沉”一词。因此作者觉得生命自然老去，这种悲凉是一种美。我觉得落蕊的特点是悲凉。

由此可以看出：让学生解决问题的思维流程清晰化是教师提高阅读教学实效性的有效方法。

学生阅读文章，目的是要读懂文章。而不同的文体都有不同的阅读方法。教师一般采用的教学方法是让学生细读文本，然后让学生说出他的理解；但课堂上呈现的往往是学生说不全问题的答案。面对学生说不全问题的情况，教师一般采用的教学方法是搭思维的台阶追问学生，学生就会在教师追问的引导下，一步步逼近问题的答案。正如本文开始呈现的案例一样。

而当学生下次再遇到这种文体的文章时，学生依然不知如何思考，还需要教师带着思考。

而我设计出来的“概括景物特点学生思维外化评价表”可以把原来在头脑中思考的具体步骤外化出来。学生根据这个评价表，自己就知道面对这一类问题，思考应该分几步，每步要如何思考，思考到什么程度，问题就可以解决，他的思维的漏洞是什么，最后要得出什么。

如果不断地这样阅读，学生对问题解决的思维流程不断地清晰化，最终成为学生阅读的思维模式在学生脑中存贮下来，内化为学生自己的思维方式，学生就有了独立阅读的能力。

思维流程表现性评价表及学习成果表现性评价表是根据表现性评定制定出来的。

三、理论依据

Stiggins 对于表现性评定的权威性定义即：“表现性评定为测量学习者运用先前所获得的知识解决新异问题或完成特定任务能力的一系列尝

试，具体来说就是运用真实的生活或模拟的评价练习来引发最初的反应，由高水平评定者按照一定标准进行直接的观察、评判，其形式主要包括建构式反应题、书面报告、作文、演说、操作、实验、资料收集、作品展示。”[1]

表现性评定的本质特征是运用所学知识去解决新的问题，表现出真实的学习能力。表现性评价的理论基础是建构主义。建构强调学习者有其内部的认知结构。教学的目标在于帮助学习者习得由信息所构成的事物及其特性，使外界客观事物（知识及其结构）内化为其内部的认知结构。它强调不能靠简单提取已有知识来解决实际问题。而是根据具体情境，以原有知识为基础，建构用于指导问题解决的模式。[2]

思维流程表现性评价表就是借助建构主义的强调整体、强调情境、强调运用理论解决实际问题的观点制定的表格。

起名为评价表是因为评价项目里有一项要求对每一步思维流程的自我判定，如在对郁达夫《故都的秋》第四段思考时，如果丢掉对“思考副词在句中意思”这一项目的思考，学生理解时就会把郁达夫独特的感觉作为大众普遍的感觉，以致造成理解偏差。

表格的形式让学生的思维流程更加清晰，每一步思考什么都清晰地呈现出来，对学生学习方法的指导作用更明显，学生也易上手操作。

如果教师把各种文体都做出学生思维流程表现性评价表，学生比照这一个个表现性评价表去阅读，学生的阅读能力势必会提高。

1 张咏梅、孟庆茂：《表现性评定及其相关问题》，《教育理论与实践》，2002 年第 7 期。

2 陈琦：《教育心理学的基本问题》，《中国电大教育》，1999 年总第 146 期。

第二篇

行走教学路

引 语 遵循阅读的思维流程，设计文学作品的教学

文学作品因其文字优美、承载内容丰富、寄寓作者独特的审美认知和思想感情，可读性强。读者阅读文学作品往往是从感受开始的，觉得作品带给自己独特的体验，会吸引自己阅读下去。读完作品后，读者会回想作品中耐人寻味的语言、好的场景、好的画面、精彩的情节、丰富的内容，等等，进而思考作品要表达的思想感情，又会获得新的体验和发现，这是读者阅读文学作品的一般思维流程。

而入选语文课本的文学作品还承担着语文学习范本的重任，因而教师教学设计合理与否直接决定阅读教学的质量。

按照阅读文学作品的思维流程来设计文学作品的教学，是文学作品教学的一般模式。

（一）感受作品——鉴赏语言——思考作者——发现创新

1.散文

几乎所有的学生读完《荷塘月色》后都觉得美，但不知为什么这么美。教学的第一步从阅读感受开始，让学生读文章圈点勾画出他觉得美的句子，学生会圈点勾画出第四、五段中所有的句子。然后问学生为什么读完这些话后觉得美，可以从句式、修辞、炼字等角度考虑，学生会谈到比喻、拟人、动词的使用，让学生就这些句子细读赏析。在细读语言后问学生从文章中还能发现什么，学生会发现作者的感情像笼着一层轻纱，感情不强烈，也不单一，这时介绍作者此时的生活：时局动荡不安、生活负担过重、身处异乡的不适，不良情绪无法排遣，再引导学生认识赏景是一种排遣方式，写文章也是一种排遣方式，而语言就是作者情感的外化。

2.小说

如莫泊桑的《项链》,学生读完后最大的感受是结尾太出人意料了。然后教师追问学生为什么结尾会出人意料，学生自然会从之前的情节和主人公玛蒂尔德的性格入手分析：玛蒂尔德想过富有的生活，但她只是小职员的妻子，因而她的内心总处于不安宁中。能参加教育部高层的舞会，玛蒂尔德自然不想穿得过于寒酸，因而到好朋友贵妇人佛来思节夫人那借手饰，当然不会想到借的项链是假的。配戴着钻石项链的玛蒂尔德在舞会上如此引人注目，也让她不曾怀疑项链是假的。丢项链后又找不到，问珠宝商知道钻石项链价值不菲，更不会想到项链会是假的。还债十年的艰辛更无暇想项链会是假的，这一系列情节的设计都会让人觉得项链是真的，当结尾揭示项链是假的时，才会让读者觉得太出人意料了。情节设计合情合理，人物性格在情节中得以充分表现。这时教师再设计一个问题：还能从这个故事中发现什么？学生得出作者借这个故事讽刺金钱与人的幸福无关。借玛蒂尔德这个人物的转变可以得出生活可以改变一个人。作者用小说这种语言表现形式传递的是自己对社会的看法。

3.诗歌

如徐志摩的《再别康桥》，学生读完后普遍认为很美，有想背诵的冲动。教学的步骤是这样的：让学生尽情地朗读诗，感受诗歌的美，在读的过程中让学生圈点出他觉得最美的诗句。接着问学生为什么这些诗句美，给学生提示思考的角度：从语言、音韵、形式三个角度思考。学生细读文本，得出用词准确注重色彩，词语搭配在一起能带来画面美；每行两至三个音节构成，韵脚规整带来音韵美；四行一节，每一节诗行的排列两两错落，每行字数六七字，偶尔八字，参差中见整齐，这又带来形式美；这时让学生再朗读全诗，问学生还能发现什么？此时再把徐志摩当时的生活状态介绍出来，学生会发现诗歌是他情感的载体。

4.戏剧

如老舍的《茶馆》,学生都喜欢读,感觉读着那么痛快。教学设计如下：让学生分角色朗读，读完后圈点勾画出学生觉得最喜欢的句子，然后思考为什么这些句子自己最喜欢？学生独立思考后，可以分小组做个交流，接着全班讨论，得出语言有味道的句子往往是语言有琢磨头儿，读完句子后能想到很多的句子，比如潜台词丰富的，语句中蕴含感情丰富的，语句中能看出人物性格的。这时再让学生读剧本，问学生还能发现什么。学生会从语言中读出作者。作者借戏剧的表现形式塑造鲜活的人物形象，反映丰富的社会生活，进而表达作者对社会现实的思考。所以语言是作者思想的表现。

由四种文学体裁的教学设计可以得出：从学生阅读作品后感受入手，是教学设计的第一个环节；探讨作品为什么会带给学生这样的阅读感受，可以从语言、情节、戏剧冲突等角度寻找原因，最后要让学生从作品中有所发现。

这个教学环节中以语文课程目标的感受、思考、发现三个维度来设计，引导学生从感性认识上升到理性的思考，最终获得语文学科独特的认识。

从感受、思考、发现三个层面设计文学作品的教学行为，符合学生阅读的规律。

（二）在教学实际中注意事项

1.了解学生的阅读感受是教学设计的起点

可以用多种形式获知学生的阅读感受：让学生写初读感受，教师阅读后再做教学设计；教师有针对性地提出问题了解学生阅读达到的水平；还可以在课上让学生谈谈阅读感受。

2.引导学生探究为什么会觉得作品好

感受只是一种感性认识，因为入选的课文还承担语文学习范本的功能，所以要对感性认识进行理性的梳理，获得学习语文的方法。而这个理性梳理的过程本身也是细读文本的过程，它能帮助学生更深刻地理解作品。

教师在学生思考的过程中为学生搭思考的台阶，用这种引导的方式教给学生思考的方法。这个过程充分体现以学生为主体，教师为主导的教学思想。

3.当学生对文本有了深入的解读后，要让学生有所发现

这个发现就是《普通高中语文课程标准（实验）》所说的："从习以为常的事实和过程中发现问题"，"学习多角度多层次地阅读，对优秀作品能够常读常新，获得新的体验和发现"，即让学生有发现的意识，因为只有有了发现的意识才会有创新的可能。

第一章 小说教学

第一节 扣住民俗鉴赏人物 探鲁迅小说教学法

摘要：学生对鲁迅小说有畏难情绪，抵触心理，再加上教师教学鲁迅小说时多采用人物描写方法去鉴赏人物形象，而这些方法并不是鲁迅小说表现人物的独特方法，自然学生对鲁迅小说的丰富内涵领悟不深。鲁迅小说中民俗文化的内容比比皆是。《祝福》以寡妇再嫁、捐门槛、除夕祭祀三种民俗为写作材料，在对人物和民俗事项的关系描写中，刻画出民众的个性和心理，挖掘出国民性病根。本文以《祝福》为主要例子，从民俗构成人物的生活环境，民俗文化与国民性问题，《祝福》的教学流程三个方面探讨适用鲁迅小说的教学方法。

关键词：民俗文化 鲁迅小说教学 人物形象

《祝福》在北京版必修模块（三）"小说与人物"单元，在必修模块（一），学生学了"小说与故事"单元，再加上学生在初中对小说的学习，学生学习小说关注的重点在故事情节和人物形象。但对人物形象的鉴赏还停留在肖像描写、对话语言、行为动作描写和心理描写等人物描写方法的分析上，而这些方法只是小说表现人物的常用方法，并不是鲁迅小说表现人物的独特方法，因而仅用这些方法来鉴赏鲁迅小说，引不起学生对鲁迅小说的兴趣，自然学生对鲁迅小说要表现的丰富意蕴领悟不深，反而可能因选择常用的分析方法教学而加重学生对鲁迅小说的畏难情绪和抵触心理。

《课标》中对鉴赏文学作品的要求是"能感受形象，品味语言，领悟作品的丰富内涵，体会其艺术表现力，有自己的情感体验和思考。努力探索作品中蕴涵的民族心理和时代精神，了解人类丰富的社会生活和情感世界”。“在阅读鉴赏中，了解诗歌、散文、小说、戏剧等文学体裁的基本特征及主要表现手法。”在学习鲁迅小说的过程中，用什么教学方法落实《课标》对鉴赏小说的要求是本文思考的问题。

鲁迅在《南腔北调集·我怎么做起小说来》明确表示他写小说的目的：“我的取材，多采自病态社会的不幸人们中，意思是在揭出病苦，引起疗救的注意。”王元忠在《鲁迅的写作与民俗文化》一书中写道：传统与民间的元素给了鲁迅“深入国民沉默的魂灵、反思和批判国民性的有效通道”。这样看鲁迅的小说，民俗文化是表达主题的载体。

在鲁迅小说中民俗文化的存在形态多种多样：或成为童年和家乡生活回忆的情感符号，如《社戏》中的社戏；或成为人物活动的环境构成因素，如《孔乙己》中对咸亨酒店的布局和酒客穿着、喝酒习惯的描写；或成为小说的主题意象，如《药》中的人血馒头；或表现为死鬼对于活人纠缠的民俗信仰，如《故乡》中闰土父母因为闰土五行不全的担心、禳解和闰土对于神灵的崇拜；或成为国民精神表征的现世相，如《阿Q正传》中的阿Q种种表现。而且民俗文化在鲁迅小说中比比皆是。可以说，在鲁迅的笔下，人物与民俗是纠缠在一起的，民俗也是鲁迅先生塑造人物形象的写作手法。

能否以民俗文化为切入口设计鲁迅小说的教学，探索到适合学生学习鲁迅小说的教学方法。下面以《祝福》为主要例子做个探讨。

一、民俗构成人物的生活环境

民俗文化是一种生活文化，构成生命个体的生活，影响日常化、细节化和时间持久是民俗文化日常存在的主要特征。在信存这一层面上民众普遍遵从，再加上民俗是通过一代代人的自发传承，渗透于民众日常生活的具体细节中，对民众个体进行规范和控制的，所以民俗文化便有了不成文的准法律效用。

（一）《祝福》中有三种民俗：寡妇再嫁、捐门槛和除夕祭祖

1.寡妇再嫁

宋朝程颐在《近思录》中提出“饿死事极小，失节事极大”，但直到明清际，这种观念才强化到极致，走向民俗化。烈女节妇日渐成为民间崇尚之风。清朝沿用明代政策，在节烈范围和表彰力度上予以扩展，使之成为规范女性行为的一种基本力量，从而成为世代传承的民俗。

《中华全国风俗志》云：“寡妇俗称孤矜，又称鬼婆，人咸目为不祥人，以为其夫主之魂魄，常随妇身，又娶之者，必受其祟，故辄弃置不顾，无人再娶。”[1] 又以为娶寡妇者到阴间将要与原夫争夺其身。

而再嫁寡妇由于贪生而失节，身上还会有死鬼丈夫的不祥之气，在民众眼中是触犯民俗的罪人。

2.捐门槛

捐门槛，昔日绍兴的民俗。在民俗中门槛代表自己或者自己所犯下的罪行，捐门槛就是到庙里做一些仪式类的活动，把象征着罪孽的门槛烧掉、埋掉或者直接给庙里，这样捐门槛的人就赎了罪。

3.除夕祭祖

祭祀，古时中国人视人的生存世界为阴阳两界。阳界是活人的世界，也是生命现住的世界，即现世。阴界是死人的世界，也是生命将去的世界。人死后虽然脱离了现世，但是他们的生活依然要依赖阳间儿女的供奉。若有人供奉，他们便自得安宁，在丰衣足食中等候轮回；若无人供奉，他们便成了孤魂恶鬼，不能如期轮回超生。除夕时要隆重祭祀，如果不洁者参与祭祀，就失去祭祀的诚意和效应，祖宗的灵魂会怪罪，降下灾厄。所以不洁者是不能参与祭祀的。

为了保证世代享受祭祀，要有子嗣。中国传统典籍《礼记》之《昏义》章，述及婚姻的实质，“昏礼者，将和二姓之好，上以事宗庙，而下以继后世”。婚姻重要的目的之一就是祭祀祖先，并将祭祀代代相传，

---

1 胡朴安：《中华风俗志》，广州花山出版社，1998 年，第 156 页。

确保祖先灵魂有所安顿。

同时祭祀时要准备福礼。“杀鸡，宰鹅，买猪肉，用心细细的洗，……煮熟之后，横七竖八的插些筷子在这类东西上，可就称为‘福礼’了。”这就是古书中的“牺牲”。

日本学者未成道男在《汉人的祖先祭祀》之二中说，父系女子成员，原则上在婆家大厅中和丈夫一起被祭祀。寡妇再嫁又无子嗣就没有人为其祭祀，既不能享受娘家的祭祀，也不能享受夫家的祭祀，葬而不祭就会被人忘掉，得不到祭祀的魂灵，成为冥界饿鬼。灵魂四处游荡，永远不得超生。来世也没有了做人的资格。

再如《故乡》中闰土名字的来历，《药》中吃人血馒头治痨病……鲁迅笔下的人物就是在这样的民俗下生活。

在课前，让学生查找有关小说中提到的风俗。在课上，对这些民俗做个简单的介绍。如果学生对这些风俗有些许的了解，就会理解小说中人物的做法。

（二）民俗是人物命运的关键性事件，成为小说情节发展的线索

第一次到鲁镇来的祥林嫂是一个“头上扎着白头绳，乌裙，蓝夹袄，月白背心，年纪大约二十六七，脸色青黄，但两颊却还是红的”健壮的农家女子。“白头绳，乌裙”是寡妇的装扮。

后再嫁贺家墺，虽然闹嫁“真出格”，但最终还是“依了”。后来当柳妈打趣她额头上的伤疤时，祥林嫂竟意外地笑了。再嫁给祥林嫂带来过幸福。正如卫老婆子说：“现在是交了好运了”，“母亲也胖，儿子也胖；上头又没有婆婆，男人所有的是力气，会做活；房子是自家的”。祥林嫂具有顽强的生存能力，辛苦的劳作和寡妇再嫁的命运并不能压垮她。

再嫁后夫死子亡是她不幸命运的开始。因其“不干不净”，被鲁镇人视为不洁和不祥之人，被剥夺了参与祭祀的权利。

柳妈说的“捐门槛”点醒了处于疑惑状态的祥林嫂。祥林嫂听完“脸上就显出恐怖的神色来，这是在山村里所未曾知道的”。祥林嫂认识到自己有罪，而死后对其的处罚更是让她“恐怖”，而赎罪的方式又给她

带来强烈的希望。

她用一年的工钱十二元鹰洋，捐了门槛，“神气很舒畅，眼光也分外有神，高兴似的对四婶说，自己已经在土地庙捐了门槛了”，她以为她赎罪了，在现世她跟大家一样了，她可以参与祭祀了，死后也不用被锯了。祭祀时“她便坦然的去拿酒杯和筷子”，结果听到的仍然是：“你放着吧，祥林嫂！”这句话不仅告诉祥林嫂她所做的一切全白费了，而且死后仍要被锯。此后祥林嫂现世的境遇更糟了，带着对死后到阴间被锯的精神恐惧逐渐丧失劳动能力，沦为乞丐而死。

再嫁后夫死子亡是其不幸的开始，“捐门槛”是其自我的赎罪努力；结果自赎后,仍不让其参与除夕祭祖是其努力的无果。于祝福前夜死亡，因死不得其时，被人斥为“谬种”。

寡妇再嫁、捐门槛和除夕祭祖这三种民俗共同组成了祥林嫂命运。生死都违民俗，死生咸遭歧视，这就是祥林嫂存在的真实图景。

在梳理人物的生命轨迹时，要求学生从民俗角度概括，学生会对祥林嫂不幸的命运产生深深的同情。

再如《药》中人血馒头是药，小说围绕着买药、吃药、吃药无效，小栓死其母上坟讲了华夏两家人的故事。

二、民俗文化与国民性问题

（一）人物与民俗的关系

1.认同或接受

对于任何一个人而言，民俗文化是先在也是外在于民众个体的客观存在。只要人在社会上生存，人对于自己所要面对的各种民俗文化必然是认同或接受的。如鲁四老爷和鲁镇人。

寡妇再嫁了,就是“败坏风俗的”代表,现世理所当然地要受歧视。即鲁镇人对祥林嫂所做的一切都是顺应民俗的表现。

祥林嫂的再嫁，鲁四老爷以卫道者的身份，斥其为不祥，但鲁四老爷并不公开歧视祥林嫂，“只是暗暗地告诫四婶说，这种人虽然似乎很可怜，但是败坏风俗的，用她帮忙还可以，祭祀时候用不着她沾手，一切饭菜，只好自己做，否则，不干不净，祖宗是不吃的。”祥林嫂夫死子亡，命运悲惨到极点，而一个“似乎”就可看出，在鲁四老爷眼中这样的命运不值得同情，因为“败坏风俗”之罪远远超过对其命运的同情之心。一句“不干不净，祖宗是不吃的”，剥夺了祥林嫂参与祭祀的权利，判定其人生有不能消除的精神死罪。

祥林嫂再嫁后到鲁镇，人们对祥林嫂的态度是“冷冷的”，开始还听祥林嫂讲阿毛的故事，“男人听到这里，往往敛起笑容，没趣的走了开去；女人们却不独宽恕了她似的，脸上立刻改换了鄙薄的神气，还要陪出许多眼泪来。有些老女人没有在街头听到她的话，便特意寻来，要听她这一段悲惨的故事。直到她说的呜咽，她们也就一齐流下那停在眼角上的眼泪，叹息一番，满足的去了，一面还纷纷的评论着”。由“陪出许多眼泪”“特意寻来”“要听她这一段悲惨的故事”“她说的呜咽”“满足地去了”可以看出赏鉴苦命人现场表演痛苦，对赏鉴者来说是一件幸福的事。

“后来全镇的人们几乎都能背诵她的话，一听到就烦厌得头痛”，鲁镇人不顾及讲故事人的心情，只考虑这个故事是否带给自己满足感。

“后来大家又都知道了她的脾气，只要有孩子在眼前，便似笑非笑地先问她，道：‘祥林嫂，你们的阿毛如果还在，不是也就有这么大了么？’”还有当柳妈讥笑过祥林嫂的额头伤疤后，“许多人都发生了新趣味，又来逗她说话了。至于题目，那自然是换了一个新样，专在她额上的伤疤”。

这种做法是在祥林嫂的伤疤上撒盐，揭他人不愿提及的伤疤来获取心里的快乐。民众并不认为这种做法有什么错误，因为个体触犯了民俗，个体成为民众之敌，对待这样的个体就应该置之死地而后快。

再如《故乡》中闰土对命运的驯顺，《药》中民众对人血馒头治痨病的相信，这些都是民众顺应民俗的表现。

2.冲突与顺从：这是祥林嫂与民俗之间的关系

面对再嫁的命运：“祥林嫂可是异乎寻常，他们说她一路只是嚎，骂，抬到贺家墺，喉咙已经全哑了。拉出轿来，两个男人和她的小叔子使劲的擒住她也还拜不成天地。他们一不小心，一松手，阿呀，阿弥陀佛，她就一头撞在香案角上，头上碰了一个大窟窿，鲜血直流，用了两把香灰，包上两块红布还止不住血呢。直到七手八脚的将她和男人反关在新房里，还是骂……”

“嚎、骂、撞”，这是祥林嫂与违背民俗的再婚行为发生的冲突，她以玩命的形式抵抗；“拉、擒、反关”是男性以强制和野蛮手段逼着祥林嫂顺从婆家的要求。

再嫁后的祥林嫂到鲁镇，鲁镇人对其集体歧视。她没有因此而不满，相反，她却自觉地调整自己，顺从民俗。鲁镇人认为祥林嫂不洁，别人的看法影响或者说是转换为祥林嫂自己的看法，祥林嫂也同样认为自己不洁。

捐门槛是祥林嫂顺应民俗的表现。表面上这是给寡妇改变现状的机会，而当寡妇辛辛苦苦地赎完罪后，统治者并不兑现“赎罪”说，当着寡妇的面把她的希望彻底打碎，再嫁寡妇必然会精神崩溃。其后祥林嫂的精神永远处于再嫁寡妇该死，害怕死后被锯而没有来世的精神折磨中。

在鉴赏人物形象时，从民俗角度让学生思考人物的表现，学生对人物的认识会更全面些。可以设计这样的问题：鲁四老爷为什么不让祥林嫂参与除夕祭祀？鲁镇人为什么对祥林嫂的态度是“冷冷的”？祥林嫂为什么抗婚？为什么要去捐门槛？

（二）人物在民俗中的表现与主题

1.统治者给民俗披上道德的外衣

因为正统封建文化作为社会主流文化对于民众生活经年累月地渗透，所以民俗文化不再是纯粹的民之文化，其中附着了许多统治者的观念和意识。

女子的丈夫去世是生活中的偶然事件，但民俗文化阐释系统和封建正统文化，却为这些自然的事披上道德的外衣，并且给妇女提出“好女不嫁二夫”的要求；为了让寡妇替男人守节，还编出寡妇再嫁死后要被阎王分割，连鬼都做不成的说法，从而在精神上给当事人以压力，对弱者实施精神的欺骗和虐杀。

祥林嫂再嫁时抗婚，是对封建礼教主张的“好女不嫁二夫”之“贞洁”观念的虔诚遵循和对违反禁令的深深恐惧。表面上看，在祥林嫂的生活中，封建正统文化并未对其直接进行思想的灌输，如鲁四老爷剥夺祥林嫂参与祭祀的权利，通过四婶来执行，“捐门槛”也是与祥林嫂处于同等经济地位的柳妈说的；但这样做却起到男人通过女人完成对女人的统治，让女人成为男人观念的体现者或载体的作用。这样统治者就实现了分而治之的统治目的。

2.给触犯民俗者施加精神压力

当人物与其所恪守的某种民俗文化之间发生冲突时，生存环境由此施加给人物被嘲讽、捉弄，被忌讳、排斥的现实打击和精神压力，人物成为不被接受的孤独无助的个体。

不管祥林嫂是自愿还是不愿，客观上她是再嫁寡妇。她就成为站在民众对立面的人。所以，全体民众迫害她是自然而合理的事。众人一遍遍地让祥林嫂讲她的不幸，不是同情其不幸的命运，而是从其不幸中获取享受“福礼”的快乐，所以从这个角度讲，祥林嫂是冷酷人间的“牺牲品”。

3.让触犯民俗者相信鬼神观念

民俗以团体和数量的优势，迫使个体在大家都如此的无形压力下，将社会外在于自己的规范和约束内化为个体自发的要求，于是祥林嫂极想与大家一样。她自愿地认同并接受“捐门槛”之说，力图通过认同并实施“捐门槛”的习俗而化解自己与民俗的冲突,再回到民众中。但“捐门槛”的行为并未使其获得救赎，而此后她的生活被死去的两个男人的鬼魂深深搅扰。

这样在封建礼教和神鬼文化的多重控制下，再加上自身的不觉悟，中国下层劳动者在其他人的诱杀之外，自己主动死去。

所以真正导致祥林嫂之死的原因是鬼神观念对其无意识的掌控。

这就是传统和群体对民众个体的强制性迫害所造成的生活悲剧。

祥林嫂是想和顺而不得，她努力趋从环境而不得，由此作者揭示出她的不觉醒、愚昧，更揭示出她所寄身的传统和文化本质上的残酷、缺乏人性。

再如《故乡》中闰土的悲剧不仅是因为兵乱、歉收、多税和多子，更因为在民俗的熏陶下，他对命运默默承受，这才是让“我”深感绝望而觉得故乡陌生的原因。

当学生对人物形象有了全面的了解后，再从民俗角度让学生去探究人物悲剧命运的原因，学生就会明白鲁迅小说丰富的内涵。可以设计这样的问题：统治者为什么给寡妇设定诸多限制？鲁镇人为什么让祥林嫂一遍遍讲儿子惨死的故事？祥林嫂是怎么死的？

三、教学流程

基于以上的理解，对从民俗文化入手鉴赏鲁迅小说的方法，教学目标设计为：由小说中对民俗的描写，初步学习小说利用民俗塑造人物形象的写作方法，学习解读鲁迅小说人物的策略。

具体的教学流程是从民俗角度让学生写初读感受和提问题。然后从民俗角度概括故事情节或祥林嫂的生活轨迹，这样学生对祥林嫂在民俗影响下的生活状态有初步的感知。再鉴赏人物形象，让学生找到人物在面对民俗时人物的表现和心理变化的段落，抓住动词和心理描写的语句品味语言。接着从民俗的内容，人物在民俗中的表现，人物在民俗的影响下心理精神发生的变化角度来探究祥林嫂之死的原因。最后得出小说的主题。

鲁迅小说教学的方法核心内容是：扣住人物在民俗中的表现，探究人物悲剧命运的原因。

《故乡》《社戏》《药》《阿Q正传》《风波》《明天》都是以民俗文化为写作材料，在民俗中展示了中国社会普通劳动者的精神状态，揭示出国民性问题的根源所在。用这种教学方法去教学鲁迅的小说，有普适性，能有效地达到《课标》对小说教学的要求。

四、结语

鲁迅先生在《祝福》中，在民众心理精神形成与环境关系中，在生活化、日常化的民间文化与封建正统文化貌离神合的一体化关系中，揭示统治者借助民俗而对民众实施控制的实质，发掘出普通民众魂灵沉默的真正原因。

民俗文化是鲁迅先生进入民众心理、审视民众精神构成的切入口。在教学中，教师可以以此为切入口进行鲁迅小说的教学，同时学生也可以以此为切入口学习鲁迅小说，理解鲁迅小说的丰富内涵。

参考书目：

[1] 王元忠:《鲁迅的写作与民俗文化》，中国社会科学出版社，2010年。
[2] 吴康：《书写沉默——鲁迅存在的意义》，人民出版社，2010年。
[3] 朱崇科：《鲁迅小说中的话语形构》，人民出版社，2011年。
[4] 齐宏伟:《鲁迅:幽暗意识与光明追求》，江西人民出版社，2010年。
[5] 房向东：《著名作家的胡言乱语》，上海书店出版社，2011年。
[6] 李欧梵，尹慧珉译：《铁屋中的呐喊》，人民出版社，2010年。
[7] 李佩英：《浅论〈祝福〉中的民俗文化》，湖南民族职业学院学报，2010年第10期，第94—98页。

第二节　小说教学学生言语活动设计

语文教学过程是学生的学习过程，学生语文学习的过程是学生通过自身积极的言语活动主动建构自身言语经验的过程。因此语文教学设计首要思考的是学生如何参与学习的问题。学生的学习过程有发现的性质。从其心理过程上来讲，是指主体为了认识某种对象客体而对自身现有认知结构和认知方式进行改造和超越，从而形成了相对于自身现有认知结构和认知方式的新的认知结构和认知方式。

虽然北京版教材小说的篇目发生了变化，但“课文是例子”，小说教学的最终目标是让学生学会如何阅读小说。设计言语活动能起到教会学生阅读小说的作用。

一、分角色朗读小说

朗读是把文字作品转化为有声语言的创作活动，也就是朗读者在理解作品的基础上用自己的语音塑造形象，反映生活，说明道理，再现作者思想感情的再创造过程。

课前由课代表把小说中的人物分配给各合作小组，课上分角色朗读。分到角色的同学一般都对自己要读的部分做较认真的预习。朗读的同学在用自己的声音展示他对人物的理解，听的同学也在思考朗读的同学读得是否能表现出人物的性格。

二、让学生根据阅读的思维流程填写表格

小说的三要素是人物、情节和环境。从这三方面设计表格让学生填写，学生能准确把握住人物。

（一）情节展现人物性格

小说就是讲故事。所谓讲故事，关键在于组织和设计情节。故事是一个序列上（时间或因果）排列的事件。情节是有意义的一系列行动过程。情节的发展是人物作用力的结果。人物作用力主要是指敌对双方（主要是人的矛盾力量）。矛盾在小说中是各种关系的冲突。引人入胜的情节和紧张尖锐的矛盾冲突最能凸显人物的性格、展示人物的内心世界，而人物性格的变化发展往往又是在情节的推进中逐步完成的，所以把握情节能为人物形象的分析提供依据。

如莫泊桑的《项链》，主人公玛蒂尔德是小资产阶级女性，因为年轻漂亮想过上层人的生活，这是年轻人的梦想；为参加舞会借了钻石项链，有虚荣的因素；项链丢失使她的人生陷于困境，还债又表现了她勇于承担责任；路遇佛来思节夫人得知十年的艰辛赔偿的是一串假项链，生活的残酷让她懂得人生的无奈。

教师设计下面的表格，让学生填写，人物性格由情节引起的变化就一目了然了。

附表格

人物名字＼性格				
人物	情　节			

讲述故事是小说最基本的功能，但故事情节吸引人要依托人物形象。小说中人物的身份、地位、禀赋、处境、欲望等直接决定着人物的言行，影响着人物的性格。

（二）关注人物心理、性格和精神的外化

小说描写人物的方法有很多，如肖像描写、对话描写、行动描写和心理描写等等。在小说教学时，这是教师教学设计关注的重点，除此之

外，教师还应关注人物心理、性格和精神的外化动作。引导学生找到最能表现人物心理的外化动作，分析这些动作，能更好地把握人物的性格。

如孙犁的《荷花淀》，水生嫂是个劳动妇女，编席是非常熟练的，当她听到水生要参军的消息时，“女人的手指震动了一下，想是叫苇眉子划破了手，她把一个手指放在嘴里吮了一下”。女人听到消息心里咯噔一下。“震动”本是描述心理变化的词，用来修饰手指划伤的动作，这一动作形象地表现了“咯噔”这种心理状态。所以“震动”这个词是心理“咯噔”的外化。再分析为什么心里“咯噔”一下：丈夫要离家参军，出乎她意外；家里老得老，小的小，鬼子入侵，环境恶劣，她得把家撑起来，日子不好过。作者抓住“手指震动了一下”这一细节，就把她不平静的心境表现出来。

附表格

<table>
<tr><td rowspan="5">描写人物方法</td><td>细节描写</td><td></td><td></td><td></td><td></td></tr>
<tr><td>心理描写</td><td></td><td></td><td></td><td></td></tr>
<tr><td>动作描写</td><td></td><td></td><td></td><td></td></tr>
<tr><td>语言描写</td><td></td><td></td><td></td><td></td></tr>
<tr><td>外貌描写</td><td></td><td></td><td></td><td></td></tr>
<tr><td colspan="2">人物</td><td></td><td></td><td></td><td></td></tr>
</table>

（三）环境展现人物性格

环境是形成人物性格、促使人物行动的指定场所和范围。环境描写包括社会环境描写和自然环境描写，小说中描写的环境，只是一种手段，目的在于传情抒怀——传人物之情，抒人物之怀。

1.社会环境与塑造人物

所谓社会环境，指作家所描写的某一特定时期，特定地区的社会制度、生产关系、人与人之间的社会关系、文化教育和风俗习惯等。

（1）社会关系与塑造人物

如鲁迅的《祝福》，主人公祥林嫂的命运是由其周围人的看法决定的。祥林嫂对其二次婚姻的强烈反抗就是她对雇主鲁四老爷思想中“一女不事二夫”的封建贞操思想认同的表现。祥林嫂二回鲁镇重复讲阿毛的故事也是旁人为了获得心理满足所造成的。祥林嫂捐门槛固然是想获得鲁镇对她的重新认同，但这也是柳妈宣扬“阎罗大王只好把你锯开来，分给他们”的想法在她身上的体现。祥林嫂死前问“我”“死后有没有魂灵”，“我”含糊地回答。这些共同构成祥林嫂的生存环境，把握住这些她的人物轨迹也就清晰了。

（2）时代背景与塑造人物

如老舍的《断魂枪》，作者采用烘托对比法描述孙老者和王三胜们一步步逼沙子龙教断魂枪，写出沙子龙的无奈。但在教学设计上仍要注意时代背景对人物的影响。小说的开篇写道：“东方的大梦没法子不醒了。炮声压下去马来与印度野林中的虎啸。半醒的人们，揉着眼，祷告着祖先与神灵；不大会儿，失去了国土、自由与主权。门外立着不同面色的人，枪口还热着。他们的长矛毒弩，花蛇斑彩的厚盾，都有什么用呢；连祖先与祖先所信的神明全不灵了啊！龙旗的中国也不再神秘，有了火车呀，穿坟过墓破坏着风水。”清朝末年，外国的枪炮已经打破了中国的大门，梦醒时分，曾经自以为是的文明古国变成了明日黄花，镖局作为生存之路已行不通。这才有王三胜输了，沙子龙不出手；孙老者给他练了一套查拳，他仍不出手；甚至徒弟们说他栽了跟头，他仍不出手，而这恰好说明了他对时代变化有清醒的认识。

（3）文化背景与塑造人物

如莫泊桑的《项链》，教育部长举办的舞会反映了文化背景。舞会是欧洲上层人士社交的重要方式。参加这个舞会是玛蒂尔德见识上层社会的机会，也是她结交上层人士的机会，因此她格外重视。要打扮，只戴朵鲜花出席舞会显得过于寒碜，这才借项链，这固然有虚荣的成分在；但漂漂亮亮出席舞会也是对舞会举办者的尊重。关注文化背景再解读人物性格才更合理。

不同时期有不同的时代背景，不同地区又有不同的文化背景，人与人之间的关系又随着时代背景和文化背景的不一样而变化。所以学生阅读小说要有相关的知识。

2. 自然环境与塑造人物

所谓自然环境是指自然界的景物，如季节变化、风霜雨雪、山川湖海、森林原野等，自然环境描写又称为景物描写。自然环境完全是为了人物的需要和故事的需要而描写的。

如孙犁的《荷花淀》，几个女人探望丈夫没见到后有一段景物描写：现在已经快到晌午了，万里无云，可是因为在水上，还有些凉风，这风从南面吹过来，从稻秧上苇尖上吹过来。水面没有一只船。水像无边的跳荡的水银。景物描写表现的是女人们的心理。

天空“万里无云”，水面“没有一只船”，“水像无边的跳荡的水银”。这些景物共同的特点是辽阔而空荡。女人失落的程度就像万里无云的天空，像无边的水一样，太辽阔了，天空空，水空空，心空空，这样抽象的失落之情就用具体可感的形象展示出来。女人们失落，对亲人的牵挂，全融在这幅辽阔而空荡的水上风光里。所以自然环境描写表现人物有较强的象征意味。

附表格

<table>
<tr><td rowspan="4">社会关系</td><td></td><td></td><td></td><td></td><td></td><td></td><td></td><td></td><td></td></tr>
<tr><td></td><td></td><td></td><td></td><td></td><td></td><td></td><td></td><td></td></tr>
<tr><td></td><td></td><td></td><td></td><td></td><td></td><td></td><td></td><td></td></tr>
<tr><td></td><td></td><td></td><td></td><td></td><td></td><td></td><td></td><td></td></tr>
<tr><td>主人公</td><td></td><td></td><td></td><td></td><td></td><td></td><td></td><td></td><td></td></tr>
<tr><td colspan="3" rowspan="3">人　物</td><td colspan="4" rowspan="3">情　节</td><td>时代背景</td><td>文化背景</td><td rowspan="2">自然环境</td></tr>
<tr><td colspan="2">社会环境</td></tr>
<tr><td colspan="3">环　境</td></tr>
</table>

这些表格要求学生独立完成。在填写表格的活动中，学生要概括小说的情节，要思考情节反映的人物性格，要梳理已会的小说描写方法，把新获得的经验与其既有的言语经验整合成新的内容。要调动相应的背景、文化知识，背景缺失的还要借助上网查资料的方式补全。最终填写出这些表格。然后合作小组成员分别对各自填写的内容发表意见。再调整修正答案。交流的基础仍然要扣住文本。建构主义学习理论认为如果能把联系与思考的过程与协作学习中的协商过程（即交流、讨论的过程）结合起来，则学生建构意义的效率会更高、质量会更好。

这个过程正是积累整合、感受鉴赏、思考领悟、应用拓展的过程，也是言语学习从理解到表达的过程。

这样设计的言语活动，学生的思维能真正地动起来。

孩子都爱听故事，如果用讲故事的方法设计教学，学生爱上语文难吗？

第三节　以故事的形式结构教学

人人都爱听故事，因为好故事往往具备以下几个因素：开头抛出话题引人注意；叙述时娓娓道来，引人入胜；高潮迭起处，波澜起伏；结尾处画龙点睛，余韵徐歇。在小说教学中能否用讲故事的方式设计教学，我在《哦，香雪》的教学中做了一些尝试。

1.抛出问题，引人注意

预习时，让学生读课文写初读感受并提出三个问题，我收上来以后从内容、写作手法、人物、主题等角度选出几篇初读感受，制作成PPT，并归纳整理学生的问题。上课时，由学生的初读感受导入，初读感受代表学生对课文的认知现状，问题是学生思考的停滞处。当学生看到跟自己不一样的看法时，他思考的兴趣就被调动起来。

2.娓娓道来，引人入胜

学生是课堂的主体，教学设计要能为学生更好地学习服务，让学生的思维活跃起来是教学设计的难点。问题来自学生，但问题是学生思考的停滞处，得教给学生找到解决问题的办法。如学生对凤娇这个人物提出疑问，文章主人公是香雪，为什么要花大量篇幅写凤娇这个人物？这就涉及作者为什么要设计凤娇这个人物形象的问题。我把这个问题拆成小问题：火车来了对台儿沟的生活有什么影响？由此看出台儿沟姑娘有什么共同特点？凤娇为什么要跟“北京话”接触？从凤娇与“北京话”交往的几件事，看出凤娇有什么特点？在分析这些问题的过程中，学生走进了台儿沟姑娘的内心世界。

3.高潮迭起，波澜起伏

文章主人公是香雪，但学生觉得香雪用40个鸡蛋换铅笔盒是虚荣的表现。教学时抓住她的心理变化设计问题，不断地让学生产生心理落差，学生对人物的认识会更全面。如香雪登上火车，“她打算以最快的速度跑进车厢，以最快的速度用鸡蛋换回铅笔盒”，由两个“以最快的速度”看出，她并未考虑到火车会开走。这时，“列车已经缓缓地向台儿沟告别了。香雪扑在车门上，……她拍打着玻璃，冲凤娇叫喊：‘凤娇！我怎么办呀，我可怎么办呀！’”她的害怕和无助由副词“可”表现出来。香雪为了换自动铅笔盒，从未坐过火车的她上了火车，她得有勇气；被火车拉走后，她得有极强的心理承受力。

再如香雪独自在西山口下车，她十分害怕；但她有了自动铅笔盒，她克服了害怕的心理，往回家走。但她又想到不知如何向父母交代40个鸡蛋的问题，心情再次低落。这时香雪想铅笔盒“是一个宝盒子”，根据我们的认知，世界上不可能有宝盒，但以娘的理解水平娘相信这种说法，这样可以减少家庭矛盾，这是善意的谎言。但从另一个角度看，这是香雪为自己人生定的奋斗目标。

抓住这些词语，香雪的性格一步步地展现出来。而学生在解读香雪时，学生的认知与人物的表现不断产生距离，在这个过程中，学生获得新的情感体验，对香雪的认识也更客观。

4.画龙点睛，余韵徐歇

课堂上要让学生有所得。如对《哦，香雪》的教学定位是学习阅读小说的方法。抓住物品的实用价值与情感价值的不对等，由此入手可分析出小说的主题。同时《哦，香雪》是写农村的作品，农民接受现代文明后也走进了城市，他们的发展如何呢？把这个话题留给学生，让学生有意识地关注社会。

以故事的形式结构教学，教学过程像故事一样，学生在课堂上总有期待，学生的学习兴趣激发出来，思维活跃起来，学生在课堂上有所得。

第四节　牵着大家的手，我们一起走

——关于自主学习的展示问题

现今课堂上经常出现这样一种现象：学生分合作小组在课下研究问题，课上派一名代表把学生的学习成果读一遍，其他学生呈听讲状。表面上看是学生在活动，但从课堂上学生的参与状况可知，展示的同学代替了教师在“满堂灌”，其他学生仍是“看客”。

如何让学生展示的研究成果真正起到引导学生理解的作用呢？

下面我用汪曾祺《故乡人》中的《打鱼的》一文做个说明。学生阅读后提出的问题是开头“女人很少打鱼”这句话能否删掉。

学习小组研究后是这样讲的：不可以删掉。请大家看文章最后一句话：“她一定觉得：这身湿了水的牛皮罩衣很重，秋天的水已经很凉，父亲的话越来越少了。”一句在开头，一句在结尾，这两句话使全文笼罩在一种氛围中。我们来看尾句的意思，“这身湿了水的牛皮罩衣很重”，15 岁的小姑娘穿后什么感觉？学生们回答“极不舒服”；“秋天的水已经很凉”，根据前文可知张网赶鱼这种打鱼的方法，人要站在水里，此时小姑娘站在水里是什么感觉？学生们回答“很冷”；“父亲的话越来越少了”，根据前文“她的妈死了”，可以看出父亲这时会是什么心情？学生们说“父亲心里一定很难过”。这就为文章渲染了什么气氛？学生们说“悲凉”。

大家的感受和我们小组的感受是一样的，我们小组查阅了他人研究汪曾祺《打鱼的》的资料，还阅读了他的其他小说，小组同学交换了意见，觉得他写的《职业》《侯银匠》，结尾都挺含蓄的，《故乡人》中的《金大力》《钓鱼的医生》也有类似的特点。

所以我们认为“女人很少打鱼”这句话不能删掉。因为这句话交代了当地的风俗，但这家人却是女人打鱼，女人死了，女儿接班，说明这家人生活不容易，这几句话使文章笼罩在悲凉的气氛中。

我先肯定学生利用文章上下句分析出句意这个方法好，研究态度、研究方法好，然后补充道：我们初中学过曹文轩的《孤独之旅》，其中有这样一段话：“杜小康只能与父亲说说话。奇怪的是，他和父亲之间的对话，变得越来越单调，越来越干巴巴的了。除了必要的对话，他们几乎不知道再说些什么话，而且，原先看来是必要的对话，现在也可以通过眼神或者干脆连眼神都不必给予，双方就能明白一切。言语被大量的省略了。”杜小康父子为什么不说话，是默契到不用说话了吗？学生思考一会儿说，不是，不说话是他们内心孤独的表现。

我说，动作行为是人物心理的外化。父亲话少了是因为父亲心里很难过，老婆干的是男人干的活，很苦；老婆死了，女儿才 15 岁也来干男人干的活，比妈还苦，作为一个男人还说什么，让老婆和女儿受苦，心里实在是难受。“她”——女儿能想到这些，她就深深地理解了父亲的不易。尽管工作服穿着太累，秋天站在冰凉的水里很不舒服的，她也要和父亲一起撑起养家的渔网，“一步一步地往前走”。还未成年的女孩子就承担了“打鱼的”职务，正是生活所迫。

“女人很少打鱼”，“女的赶鱼”，“她来顶替她的职务了”和文章最后一句，这四句话构成小说的悲怆气氛。有了这气氛，人物长什么样，说什么话，故事情节都可以淡化了，这种气氛已勾画出了在那残酷的现实中与命运苦苦奋斗的几代人的缩影。我们已清晰地知道了打鱼人的性格特点：不论男人还是女人都要默默地承受生活的重压。这才是真实的生活。汪曾祺在《短篇小说选》自序中说“我以为气氛即人物”，推荐有能力的同学读汪曾祺的代表作《受戒》和《大淖纪事》，体会汪曾祺小说“气氛即人物”的特点。

我还建议学生看看《闯关东》《走西口》，中国民众背井离乡，也是生活所迫啊，尽管不容易，但这才是真实的生活。

然后让学生填写评价量表，学生在评价量表中写道：小姑娘的生活太艰辛了，但是她承受住了，佩服；汪曾祺的小说挺有意思的，回味无穷；解决难句要关注上下文，这个方法好，但背景知识少，解决起来还是很吃力的；动作行为是人物心理的外化，这个知识点太重要了。但也有存疑的：文章是在揭露社会的不公平吗？

这个自主学习的展示有以下几个特点：

1. 小组展示的是解决问题的思路，研究小组带着同学解决难点，学生参与度高，有所得。

2. 小组攻克难点时抓住原文分析，查了相关的资料，阅读了作家的其他作品，合作小组交换了意见，这些攻克难点的策略是合适的。

3. 教师利用学生初中所学，为学生理解搭台阶；在小组分析基础上再深入分析；同时引导学生关注现实生活，推荐适合学生阅读的篇目。这样做不仅符合学习规律，而且丰富了学生的情感体验，还激发了学生的阅读欲望。

4. 听课的同学填写评价量表，把所学落实在文字上。

展示的同学代表合作小组牵着同学们的手，大家有所得。

附评价量表

项　目	
是否讲明白、听明白	
解决方法是否合适	
收　获	
存　疑	

第五节　师生俱自得，教学皆有情——小组合作学习

在语文课堂上经常出现这样一种现象：老师问出一个问题，学生安静地坐在位子上，没有人愿意举手发言。年级越高，这种情况越普遍。当老师的眼光与某一学生相遇时，这个学生往往低下头。借助小组合作学习的方式让学生思维活跃起来。

小组合作学习教学是以目标为中心，教师充分利用各种有利条件，精心设置具体生动的学习情境，激发学生学习兴趣，启发并引导学生充分参与、合作探究目标的一种创新式课堂教学。[1]

一、分组——为共同的目标在一起

在预习阶段要求学生写出初读感受并提出三个以上的问题。教师归纳整理学生的问题，把同类问题的学生分为一组。由这组同学自己选出组长，组员根据自己的情况承担自己的任务，让每个人都有任务。

如在讲铁凝的《哦，香雪》时，在41人的班级中，学生的问题集中在人物形象凤娇和香雪上，有17位同学不明白文章为什么要用大量篇幅写凤娇这个人物，还有24位同学对香雪的做法提出了疑问，如为什么她一定要换铅笔盒，她从西山口走回台儿沟的路上，心里为什么会产生变化。

根据这些问题，把全班分成两大组，两大组再分成几个小组。各组

1　傅永曙主编：《小组合作学习教学论》，安徽科学技术出版社，2007年，第3页。

选出组长，小组讨论时的记录人，课堂上的发言人，其他组的评价人、总结人。

二、记录——外化思考的过程

小组讨论时，每个同学都要发言，小组记录人记下每位同学的发言要点，把每个人的思维外化。

如铁凝的《哦，香雪》，对“由火车来到台儿沟可以看出台儿沟姑娘有什么共同特点”这个问题，在小组讨论时，有学生说台儿沟姑娘很爱美；有学生说台儿沟姑娘不想让别人比下去，所以穿最好的衣服；有学生说看着她们这样做觉得很可怜，因为火车来这时天已经黑了，根本没人注意她们；有学生说能看出她们对外面的世界很渴望；还有学生说她们想借这个机会嫁到山外面去。

记录人把发言的内容记录下来，发言的同学可以比较所说的与所思的是否一致；而人的短时记忆能力是有限的，发言中的某些内容语音消失大脑即遗忘，也就是说听的同学还没来得及对其发言内容思考，这些内容就已经遗忘了。

三、发言——思想的共享

当小组讨论完，小组发言人陈述小组同学的发言。得出的每个观点都要配合着原文出处。而其他同学都要拿起笔记录下发言人发言的要点。目的是思考发言人所说的内容是否合理。同时也为评论找到依据。

四、互评——思想火花的碰撞

小组发言后，要找其他组的同学评价这个小组的发言。一是让其他小组认真听别的小组的发言；二是课堂教学是提高学生学习效率的主战场，学生的思维得处于活跃的状态。

能对发言人所说的做出评论需要对文章内容有相当的理解，这是教学中的生成点。如在学铁凝的《哦，香雪》时，在对“由凤娇与‘北京话’交往的几件事，看出凤娇有什么特点”这个问题的讨论后，小组发言是凤娇喜欢“北京话”，所以用这几种方式表达爱意。评价时，有学生提出原文说“凤娇认为‘北京话’有没有相好的不关她的事，她又没想过跟他走”,由此看出凤娇对“北京话”的情感是一种柏拉图式的爱情，就是想对“北京话”好。

五、点评——搭起深化思考的台阶

教师在学生发言时的作用有以下几种：肯定、否定、质疑、追问，都是为学生思考搭台阶，起到学生跳一跳够得到，但摘不下来的作用。比如就凤娇对“北京话”的情感问题，教师在听到学生说“凤娇对‘北京话’的情感是一种柏拉图式的爱情，就是想对‘北京话’好”后，抓住这个教学生成点，引导学生抓住三句话：①她经常故意磨磨蹭蹭，车快开时才把整篮的鸡蛋塞给他。②只有这样才对得起和他的交往，她愿意这种交往和一般的做买卖有所区别。③难道非得相好的才能这么做吗？让学生找这三句话中共同使用的一个副词，看它在句中表达的情感。学生很快发现是“才”字，故意磨蹭车快时才把鸡蛋给他，不给他付钱的时间；当“北京话”假如给凤娇十斤挂面，凤娇一定抽出一斤还给“北京话”，把自己东西的价格降一些。从这看出凤娇在与“北京话”的交往中考虑钱的因素少些。

当别人问她“北京话”如果有相好的她怎么办，凤娇认为“北京话”有没有相好的不关她的事，她又没想过跟他走。“难道非得相好的才能这么做吗”是反问句，也就是不是相好的也能这么做。从这看出凤娇在与“北京话”的交往中没考虑从对方身上获取什么。

这三件事的共性是凤娇就是对“北京话”好，究其原因是人对美好的事物都有爱慕之心，这是人的正常情感。尽管凤娇是穷山沟里的姑娘，她也有对美好事物的爱慕之心，更可贵的是她对美的认知没受到世俗名利的沾染，而这种认知来源于她生活“在大山那深深的皱褶里”。

六、再思考——为继续学习做引子

在教师点评后，让学生再思考，为继续学习做引子。如在学铁凝的《哦，香雪》时，教师总结时说了这样的话：火车的到来带来现代文明，它打破农村闭塞落后的生存环境是历史的进步，但现代文明进入山村之后，对山村产生了影响，农民也走出来了大山，他们走出大山后进入城市中生活怎样呢？要求学生关注有关农民工的作品，继续这个话题的研究。

七、注意事项

1. 要给学生充分的讨论时间，不要为讨论而讨论。

2. 问题要有探讨的价值。

3. 要教给学生评价的角度：如从原文找依据，发言人发言的内容是否能从原文中找到出处；发言人表达的情感是否符合原文的情感，发言的同学用词是否符合语言环境。

4. 在小组合作学习时，教师要巡视，监控学生的发言，适当地参与，发现整体的问题时，要面向全体学生做提示。

在小组合作学习中，学生可以尽情地说出他们的思考，这种学习形式学生很喜欢，这应该作为语文课堂教学的常态。

附：小组讨论发言记录表

第______小组讨论发言记录表

课题		时间		记录人	
组长		组员			
问题					
发言记录					
其他组评论					
引发思考					

第二章　散文教学

第一节　寻情解文

学生学文言文有畏难情绪，畏在字面的翻译，畏在读不出文言文好在哪里。钱梦龙老师指出："文言文，首先是'文'，而不是文言词句的任意堆砌。教文言文，当然要指导学生理解词句，但理解词句的着眼点在于更准确、深入地把握文意；反过来说，把握了文意也可以更好地理解词句。文章是作者的思想情感、道德评价、文化素养、审美趣味等的'集成块'，是一个活的整体，把文言文作为文章（它本来就是文章）来教，就要遵循教读文章的一般规律。"文言文是中文，母语的语感学生是具备的,所以完全可以引导学生自己解读文言文。下面我以《洛阳牡丹记》为例做个说明。

在预习阶段，让学生提出自己感兴趣的问题。学生提的问题是欧阳修对洛阳牡丹美的原因的理解。这是全文的难点，就算逐字逐句地翻译了，学生理解起来也很费力。如何解决这个问题，我从洛阳人对牡丹有什么样的感情入手,让学生找出课文对应的句子说明,以剥笋的形式解决了难点。

洛阳人对牡丹的情感学生可以马上找到"洛阳之俗,大抵好花"这段，因为字面上有"好"字。还有学生发现"其爱重如此"的"爱重"说的是喜爱和重视，由"如此"的"此"，学生知道答案在上文两段里。并找到"洛阳牡丹今为天下第一"这句话。由"牡丹出丹州、延州，东出青州，南亦出越州"这句话可知,牡丹产地多,但丹州、延州、青州牡丹"尤杰者"到洛阳，"列第不出三已下"，"越州牡丹以远罕识，不见齿"，所以洛阳牡丹是天下第一。虽然洛阳其他花也很好，但洛阳人不甚惜，叫它们果子花，说牡丹时不叫名字，直接叫花，所以在洛阳人眼中，只有牡丹是花。由此可以看出洛阳人重视牡丹。然后学生思维就停滞了。

我提示学生，洛阳人认为牡丹是天下第一，牡丹就是天下第一吗？能否从原文中找出答案。

学生又读文章，找到牡丹的花王是洛阳培养出来的，“姚氏居白司马坡，其地属河阳，然花不传河阳，传洛阳”，姚黄到洛阳成花王了。洛阳人一定挺自豪的。我追问了一句：花后是洛阳培养的吗？学生说应该是，寿安山应该不在洛阳，但魏相仁溥家、普明寺应该在洛阳吧。我说寿安山在河南宜阳县，距洛阳 25 公里，后周宰相魏仁溥家在邙山脚下魏坡村，在洛阳。

这时一个学生举手要发言，他说花王花后出现的时间都不久。因为花王出现“于今未十年”，花后“出于魏相仁溥家”，魏相又是后周宰相，都是唐以后的事，所以欧阳修“未闻有以名著者”，也就是说牡丹名扬于洛阳。洛阳人当然自豪了。

我又追问道：牡丹花王和花后产在洛阳，洛阳人是不是独享它们不让外人知道？阅读其余段落找答案。学生找到“进御”两字，说“御”与皇帝有关，如御赐，御驾亲征，“衙校”“乘驿马”进姚黄、魏紫，这是把花王花后做贡品给皇帝送。我说非常好，但洛阳离开封有将近 200 公里，花在运输过程中花瓣掉了怎么办？学生马上找到“以蜡封花蒂，乃数日不落”。我又问洛阳人运输花都讲究技术，种植牡丹技术如何。

学生找到“盖其不接则不佳。春初时，洛人于寿安山中斫小栽子卖城中，谓之山篦子。人家治地为畦塍种之，至秋乃接”。还说洛阳有著名的园艺工人，生意还挺好。因为写了“接花工尤著者，谓之门园子，豪家无不邀之”，我问学生你怎么知道他是著名园林工人，他说由“接花工尤著者”看出来的，“尤著”应放在“接花工”前面，我说这就叫作定语后置，“者”是定语后置的标志。因为这位接花工复姓东门，所以叫门园子。

请同学归纳洛阳人对牡丹的情感。学生说有喜爱、重视，还有自豪，因为洛阳牡丹是天下第一，花王花后全产于洛阳，牡丹名扬于洛阳。洛阳人为了牡丹长得好，还下功夫研究种植技术。

我接着问欧阳修写此文时他是什么感情。学生说自豪，因为他认同洛阳牡丹是天下第一的看法，还把花品序放在文章的第一部分写。我又问那为什么洛阳人认为“此盖天地之中，草木之华得中气之和者多”，欧阳修却“甚以为不然”呢？学生再读课文，回答说因为洛阳不是天地的中间，而且有中正和顺之气的万物长得都一般，“极美与极恶者，皆得于气之偏也”，即长得极美的与极丑的都是自身的气出现了偏差，说白了就是洛阳牡丹中正和顺之气偏了，所以就长得美。

我补充道，欧阳修写此文时 24 岁，第一次当官，做钱惟演的副职——西京留守推官。钱惟演博学能文，极富文人气质和高雅情趣，他的身边聚着一大批文学青年，他们经常游园登山，品茗赏花，诗酒酬酢，交流诗文，洛阳文化环境相当宽松，再加上此时是宋朝最为繁荣鼎盛的时期，欧阳修在洛阳做官，有良师益友，内心很愉悦，文章虽然介绍的是牡丹知识，但我们看到的是洛阳人的审美情趣，看到的是洛阳气派。

然后要求学生把洛阳人对牡丹的情感写成句子，我写个头，“洛阳牡丹甲天下”，学生分合作小组讨论一会儿，没想到写出了一首诗：洛阳牡丹甲天下，我的眼里只有你，牡丹洛阳中气偏，养出花王和花后，牡丹名从洛阳起，男女老幼皆插花，花好要让皇帝见，为花练出嫁接功。八句话不仅概括了《洛阳牡丹记》的内容，同时表达出洛阳人对牡丹的感情。

反思这节课，文言文的教学，要把文言文作为文章来教，问题由学生提出，在师生共同解决问题的过程中，以学生品读课文的句子为依托，引导学生寻找文章表达的情感，并在其间攻克文字障碍，然后让学生把体验到的情感写成文字，学生的学习兴趣自然被调动起来。

所以教师引导学生寻找文章表达的情感，并把学习成果转化成书面的文字，可以让学生读出文言文好在哪。

参考书目：

王水照、崔铭：《欧阳修传：达者在纷争中的坚持》，天津人民出版社，2008 年。

第二节　动词——解读山水散文的钥匙

《活水源记》没写山什么样，写山上有什么植物、什么鸟，重点写了山里住过、住着的人。过去陶弘景在此隐居，欧冶子在此铸剑，今天奎上人在此修行。隐居修行的外在表现是不参与世俗生活；剑是武器，一旦使用是要参与人类生活的，但从器物层面看，铸剑包含着对器物美的追求。这样隐居、铸剑、修行的共性就是没有功利性。而没有功利目的人选择在此生活，说明此地风景应很美，会给人带来审美愉悦。作者以被羁之身来到这游玩，他对此地的喜爱之情是不言而喻的。至于此地美到什么程度，那就需要阅读者去填补了。

第二段第一句“有泉焉”，“焉”是兼词“于之”，我们会明白作者花这么多笔墨写第一段的目的，写泉水源头所在地。我们自然会问如此美景下的泉水又会是什么样呢？下面作者开始写泉水了，但作者又没写水的状态。他写的是“其始出石罅，涓涓然冬温而夏寒”，泉水出自石缝，最初生存空间的狭窄决定了它的出水量少而缓，虽然泉水在地下，地下的温度与地球的温度大体一致，常年是12℃，“冬温而夏寒”是泉水的常态，这句写出泉水知道人的需求。

虽然从石缝中流出少而慢的水，但它不停地流，也能“浸为小渠”，而且“冬夏不枯”，这又打动人了。因为“枯”是“干涸”意。泉水温不会冻冰，同时暗含泉水在流动。小渠不能盛下它了，所以它“溢”了，它要前行，前行还不让人发现，“伏行”的“伏”有“藏匿”意，还有“面朝下趴着”意，“藏匿”突出泉水主动躲着人，“面朝下趴着”把水拟人化了，好像泉水跟人玩，故意把脸藏起来，无论哪个意思都让人觉得泉水很可爱。水越流越多，终于沙土不能掩住它了，“旁出为四小池”，泉水仍在流，“东至山麓”，由“山麓”可知水是往下流的，“潴为大池”才合理。泉水还在流，“又东注于若耶之溪，又东北入于湖”是在写泉水的流向，一个“注”，一个“入”强调泉水仍是主动地流向远方，这样你就知道，由风景秀美之地孕育的泉水，从“涓涓然”的小泉到小渠，到小池，到大池，到溪，到湖，虽然它自身形成的承载物不断地在变，不变的是它的流动。永不停歇的流动不仅让它流得更远，而且让它很干净。

作者特意截取一段它为渠时的样子“深不逾尺，而澄澈可鉴；俯视，则崖上松竹花木皆在水底”。这句写法并没有突破前人窠臼，仍是借外物写水清，但精彩在于水浅的渠能照出山上松竹花木的影子，而且让人产生错觉，不认为它是倒影，因为它们“皆在水底”，“在”在这句中是动词，用了“在”字，就让你觉得水清到让人感觉不到水的存在。虽是“渠”，但不是人工开凿的水道，是“浸”的，自然形成的。水底就是土地，沾水就成泥，经过水多年的冲刷，泥瓷实了。而泥一般呈黑色，只有背景极深、水极清的情况下，你才可能见到倒影。由此可知活水源太清了。这时作者特意写“白野公恒来游，终日坐水旁，名之曰‘活水源’”，坐水旁是白野公的行为，而且一坐就是“终日”，还给它起个名字，由这些行为可以看出白野公极其喜爱这个地方。

然后作者又写了在活水源中生活的生物。有石蟹、小鱼、水鲼鼠、水松、菖蒲、大如鹳鸰的鸟，二脊令、四五枚不知名的虫子。每一种生物都活得很自在。二脊令“恒从竹中下，立石上浴，饮毕，鸣而去”，两只脊令站在渠边的石头上，喝个水，洗个澡，完事后，高兴，唱着歌飞走了，生活多惬意啊。四五枚虫，只有人的小指大，形状像半个莲子，整天在水面上“旋转行”，其实就是转圈，玩得多高兴，在阳光的照耀下，“色若紫水晶”，多美。作者在描述中已表达了喜爱之情。活水源是生物们宜居的地方。宜居因为水是流动的，水是清澈的。流动、清澈、适宜生物生存这三点正是活水源不同于其他地方的水的特点。

尾段作者总结为什么喜爱此地。由水的特点想到君子之德，同时作者又加上奎上人说的一句话“属岁旱时，能溉田数十亩”，一个源自石罅的泉水能不受天旱影响，帮人渡过旱情，这是多么大的功绩啊。

此文是北京版《游记两篇》中的一文。山水游记一般应具有三个文体要素："第一，对游历途中的山水景物做了具体而真实的描述；第二，有游踪的记述；第三，有作者的思想感悟寄托：或者寄寓作者对秀丽山河的赞美，或者抒发作者个人的感受情思，或者借山水发表议论。"[1]而刘基的《活水源记》缺少游踪的记述，所以我认为，此文应该归于山水散文。学生如何学会阅读中国古代山水散文，根据以上对文意的解读，我做了如下探索。

在学生利用古汉语字典扫除文言知识障碍后，让学生找出最喜欢的句子。然后让学生借助想象和联想，任选一句用自己的语言把作者所写的画面描述出来。要求：(1)描述出景物特点；(2)用词上要体现出作者的感情。学生写完以后再让学生思考为什么作者描述的画面如此生动？在思考的过程中，我用了以下三种方法。

一是去掉动词：如把"有二脊令，恒从竹中下，立石上，浴饮毕，鸣而去"中动词去掉，其一是不成句子；其二是作者所选的动词，把二脊令的活动情形和得意神态表现出来。由此我们可以看出活水源是适宜动物们居住的地方。

二是找其他游记中写水清的句子做比较："其初为渠时，深不逾尺，而澄澈可鉴；俯视，则崖上松竹华木皆在水底"写活水源的水清。学生初中学过吴均的《与朱元思书》和柳宗元的《小石潭记》，两篇文章都写了水的清澈，比较一下这三篇的异同。

"水皆缥碧，千丈见底。游鱼细石，直视无碍"与"潭中鱼可百许头，皆若空游无所依，日光下澈，影布石上，佁然不动；俶尔远逝，往来翕忽，似与游者相乐"都是借水中景物写水清，但刘基所选的动词"在"，让山上的松竹花木像长在水里一样，连有水也看不出。活水源的水澄澈得就像没有水一样，太清了。

三是替换动词：如"其始出石罅，涓涓然冬温而夏寒。浸为小渠，冬夏不枯，乃溢而西南流，乃伏行沙土中，旁出为四小池，东至山麓，

---

1 王立群：《中国古代山水游记研究》，河南大学出版社，2007年，第8页。

潴为大池，又东注于若耶之溪，又东北入于湖”这段话，换动词行不行？泉水的“出”换成“冒”,小渠的“溢”换成“满”,小池的“至”换成“达”,大池的“潴”换成“淤”,溪的“注”换成“流”,湖的“入”换成“进”。

学生一比较就会发现：“冒”字突出水量大，水是一层一层快速地出来的，活水源的源头是“石罅”，下文还写了“涓涓然”，说明出水量小，且慢，所以用“出”更好。“溢”是水满而流出来。“至”是到，因为水往低处流，“至山麓”可知水是往低处流的。“潴”是“汇聚”，水是一点一点存出来的，“淤”没有了水的量，存的是泥。“注”和“入”都是水主动地投入溪、湖的怀抱，是后面的水推着前面的水往前流的。这些动词的共性是突出活水源的水是流动的特点。

然后再问一、三段的作用，学生很容易得出山是水的背景，尾段是作者的议论，由活水源想到做人。人不但要不断地充实自己，有高洁的品质，还应以自身的特点为人类造福。一位封建士大夫在人生失意时还能有如此高的人生追求，实在是立意高远。

山水其实是为作者抒发情怀提供了一个真实的寄托物，而优秀的山水散文中的山水是通人性的，作者会把自己的精神个性倾注在山水描写中，表达人生的某种感悟。

由此我们可以得出阅读山水散文的方法：一是要找出这篇山水与其他地方山水不一样的地方；二是要能由描写山水的用词上看出作者的精神个性，可以关注动词；三是力求发现其中承载的道理或哲理。

第三节　游踪·山水·人情

山水游记一般应具有三个文体要素：“第一，对游历途中的山水景物做了具体而真实的描述；第二，有游踪的记述；第三，有作者的思想感悟寄托:或者寄寓作者对秀丽山河的赞美，或者抒发作者个人的感受情思，或者借山水发表议论。”[1]

山水游记的划分标准有很多，从对自然山水的态度与处理而划分，可分为再现型、表现型和文化型三大类。模山范水比重占有绝对优势的是山水游记中的再现型游记；模山范水比重不大，而是以表现作家自身的感悟、感情为主的是山水游记中的表现型游记；含有少量的游踪介绍，又以表现游览途中的文化认同意识为主的是山水游记中的文化型游记。根据这种划分标准，《游栖霞紫云洞记》应归于再现型游记。

学生在初中已学过一定篇目的山水游记，如《小石潭记》《满井游记》，等等，高中再学游记，学的应该是鉴赏山水游记的方法。

在“学生为主体”的教学思想指导下，教学难点要做学情调查确定。解决教学难点是教师教学设计的难点。对于有悖于学生一般认知的难点，教师从游记特点入手，抓住景物特点，在描绘景物的文字中找出作者的情感，然后把这些内容转化成问题，引导学生自己解决问题，难点自然会被攻克。在这个过程中，让学生发现鉴赏山水游记的方法。下面我以林纾《游栖霞紫云洞记》为例做个说明。

洞是孔穴、深穴。在人们的思维定式中，这是黑暗可怕的地方，没有火把人不敢涉足的地方。但在林纾笔下，紫云洞在栖霞五洞中“最胜”，即“最美”。“洞胜”这不符合学生一般的认知，所以学生的问题是紫云洞怎么会“最胜”？

文章第一段交代了作者的游踪：几个人坐船到岳坟，走山路到栖霞禅院住下，拜了宋辅文侯的墓，然后来到了紫云洞。这说明紫云洞应在山上。因此第一个问题：洞深吗？人会失足掉进洞中吗？第二个问题：进洞需要带火把吗？第三个问题：你能从洞中之景中看出作者的情感吗？

对于第一个问题，学生能很快发现“洞然而深”这句话，但对“人会失足掉进洞中吗”这个问题各执一词。这时要求学生再读第二段。“洞然而深”，但为了防止游者失足掉进洞中，“周以缭垣，约以危栏”，在洞

1 王立群：《中国古代山水游记研究》，河南大学出版社，2007 年，第 8 页。

口处建造者（可能是僧人，因洞在僧寮右偏）用矮墙环绕，用高高的栏杆缠缚，这是一种人文关怀。

对第二个问题学生说在文面上没出现火把字样，应该是没带火把，但这又不符合学生的习惯认知，没火把在洞里是什么也看不见的。这时要求学生再读第二、三段，学生能找到“微光激射”“斗见天光”的字样，也就是说游者在洞中能见到阳光。这就说明学生忽略了文面没写阳光，但实际却写了能见到阳光的句子。

尽管“石级濡滑,盘散乃可入”,踩着石头台阶下洞还是有一定难度的，但到洞底“自下仰视，洞壁穹隆斜上，直合石楼”。一个“合”字告诉我们洞虽然深但能见到阳光。“合”是“闭、收拢”的意思。洞壁像穹隆一样斜着上去径直与石楼接上，这时才知“因石势为楼”的“石势”就是像穹隆的洞壁。能看到“石楼”，那就是洞口。

“数武以外，微光激射，石隙出漏天小圆明如镜焉”，几尺之外，又见到像镜子一样的天。这时提出“激射”这个词让学生鉴赏。学生在初中学过周密的《观潮》，其中有一句“大声如雷霆，震撼激射，吞天沃日，势极雄豪”。让学生比较同一个词在不同语境中其表达效果有什么不同。“激射”，“激”是猛烈，“射”的本义是用弓发箭，后凡用压力或弹力激物辽远都叫射。《观潮》中“激射”写潮水猛烈拍打在岩石上,反弹出浪花，写出浪花的动态。《游栖霞紫云洞记》中，“微光”是弱光，本不会让人产生“激射”之感，但因人处在黑暗的山洞中，突然见到阳光，人才会有猛然之感；尽管是微光，人也会感觉光好像主动射入洞中，这时的人是多么高兴见到阳光啊，所以“激射”写出人见到阳光后的喜悦之情。

在这种情况下，虽壁根深不见底，“投以小石，琅然作声，如坠深穴”；虽有蝙蝠“掠人而过”，不时还有“岩滴中”人；虽对着东面的小门进入“绝黑，偻而始入，壁苔阴滑，若被重锦”，但“渐行渐豁，斗见天光”。在人被蝙蝠拂过的一惊后，在被岩滴击中的一惊后，在低头弯腰穿过极黑的长着厚厚青苔的洞壁的不舒服后，又“斗见天光”，这时让学生品味“斗”字的作用，学生由此得知阳光给人带来的惊喜压住了之前的惊吓。如此可知游者走一段路，就能见到不同的景，是没有带火把游览的。

对第三个问题，学生说作者写的是“胜”“爽悦心目”，但从作者写的景中根本看不出来“胜”。要求学生再读第二、三段，找到写了什么景，景的特点是什么？第二段写了石级、洞壁、石根和石隙。“石根下插，幽窈莫竟”，“插”是动感极强的动词，从上往下，插的发出者是尖的或是平的，让人感觉像穹隆一样的洞壁好像主动地深入到地下。人能看出洞壁是向下插的，说明洞壁与地面有缝隙，人在洞壁旁俯视才能发现“幽窈莫竟”，这激起了作者的好奇心，想知道它有多深，所以“投以小石”，“投”是“掷、扔”，表明作者站的位置离洞壁较远，投石进去以后，“琅然作声，如坠深穴”，声音虽然好听，但洞壁的根基实在太深了，声音响了好一会儿。

第三段写了洞廓，壁势、壁纹、泉眼、杂树和怪石。洞中“廓若深堂，宽半亩许”，洞内宽阔达三百米，人站在其中内心会敞亮。“壁势自地拔起，斜出十余丈”，洞壁斜着有三十多米，像从地下抽取出来一样。这时要求学生品味“拔”字的好处。“拔”的本义是抽取，这个动词能体现出动感，斜斜的洞壁本是与地相连的，但让人感觉洞壁像被人从地里拔出来一样，拔出时的弧度就应该是“壁势”。壁上还有纤细得像云线的纹路。洞壁的纹路很难让人有美感产生，但作者眼中壁纹如“云”一样柔美。还有“对然无声，蓄黛积绿”的泉眼，还有附着在石孔中长出的各种树、草，它们在微风中摇动，这种生机给人带来一丝暖意。还有那奇形怪状“骈列”的石头，这些景物让人“爽悦心目”。

这三个问题清晰后，学生才理解作者“闭目凝想其胜，将图而藏之”，才理解高啸桐和林子忱来后作者“命侍者更导二君入洞”，才理解作者“借笔而为之记”的原因。

再现型山水游记以再现游览途中的山姿水态为描写对象，反映的是人类面对自然时的一种精神状态：振奋与惊诧，恐惧与愉悦。这种情绪又往往是透过对山水的具体描绘而注入语言中的。

由此可以得出鉴赏山水游记的方法：由作者的游踪中找出具体而真实的描写景物的句子，归纳出景物特点，并从中发现作者面对山水时的情感。

教学难点由学生提的问题确定，教学难点的解决要靠师生的合作。

教师是学生学习的帮助者，教师把对游记的解读转化成符合学生认知规律的问题，引领着学生学习阅读游记的方法。

参考书目：

王立群：《中国古代山水游记研究》，河南大学出版社，2007 年。

第四节　荆轲·英雄

学生很喜欢《荆轲刺秦王》这篇文章，做学情调查时，学生提的最多的问题就是为什么读荆轲刺秦王时总让人觉得像是在读小说，让人揪心呢？

这不仅是文章写得吸引人，更重要的是荆轲的故事能引起很多人的共鸣。在解决完文言文基础知识后，我设计了一个问题：为什么荆轲的故事能引起同学们的共鸣？同学们畅所欲言。

有学生说因为战国四大刺客中，只有荆轲没成功；还有学生说因为荆轲刺杀的是秦始皇，秦始皇是中国历史上第一个皇帝，因为刺杀对象有名，所以带着刺杀者也有名。我说你们说的都脱离了课文内容，能否从课文中找出答案。学生们又回到课文重新阅读。分析出如下内容。

其一，以个人的牺牲来换取国家安宁。荆轲劝樊於期自杀，先说秦国对樊於期犯下不可饶恕的罪行，不仅"父母宗族皆为戮没"，而且"今闻购将军之首，金千斤，邑万家"，也就是不杀他不罢休。然后荆轲说他有办法既可以"解燕国之患"，又能"报将军之仇"，最后才提出要用樊於期的头做刺杀秦王的见面礼。能说服樊於期自杀：有樊於期要报仇的原因；也有"士为知己者死"的原因，也就是感谢在樊於期无处可去时，燕太子丹收留了他；更有以个人的牺牲来换取燕国的安宁的原因。同时，就荆轲采取刺杀的这个行为来说，也是以荆轲的牺牲来换取燕国安宁的表现。

在行动中展现了个人英雄主义。首先荆轲敢接刺杀这活儿。先不谈刺杀这个行为对不对，敢去刺杀秦王就表明荆轲是英雄。

其二，条件不成熟敢于行动。表面看荆轲"怒斥太子"，是对燕太子不信任自己很生气，好像是被逼行动。实际上写出得力助手不到荆轲也敢执行刺杀任务。

其三，荆轲是智慧型杀手。懂得从被刺杀者身边的人下手。“厚遗蒙嘉”，让秦王身边的人为自己美言。

其四，到刺杀现场后，心理素质超强，沉着镇定勇敢地应付突发事件。荆轲的助手秦武阳“年十二，杀人，人不敢与忤视”，可是一到秦大殿就“色变振恐”，而荆轲面对如此突发事件应变自如，说“北蛮夷之鄙人，未尝见天子，故振慑”“愿大王少假借之，使毕使于前”，让秦武阳留在大殿之上。

其五，中国古语有一句是穷的怕横的，横的怕不要命的。一旦人玩命了，他的士气就足，可以说是锐不可当。荆轲刺杀秦王就是来跟秦王玩命的。易水送别“皆白衣冠”，这是给死人送行时才穿的衣服。“为变徵之声，士皆垂泪涕泣”，音乐有点像哀乐，送行的人都哭。后来“复为慷慨羽声，士皆瞋目，发尽上指冠”，乐声变得高昂，送行的人也不哭了，士气起来了。最打动人心的是踏上必死之路，荆轲没有一点犹豫，“就车而去，终已不顾”，这种视死如归的精神最能震撼人心。

其六，行动果敢迅速，但功败垂成。“图穷匕首见”后没有丝毫的犹豫，“因左手把秦王之袖，而右手持匕首揕之”，没刺上，“逐秦王”，与秦王展开肉搏，以致秦王有机会用剑砍断他的左腿。而荆轲尽管“废”了，仍做最后一搏，“引其匕首提秦王”，结果“秦王复击轲，被八创”，“左右既前，斩荆轲”。一个人与一群人打，如果赢了，可以彰显个人英雄主义；如果输了，也是正常的，人们会对其唏嘘叹惋。

其七，对正义行为的认同。反抗强秦在当时来讲是正义的行为，因为秦在统一中国的过程中，行为过于暴力。但秦统一六国是历史发展的必然，个人阻止不了历史车轮向前发展。而且个人在这个过程中显得是那么的不堪一击。因此人们对失败的英雄会多一些同情。

所以尽管人们不认同刺杀行为，但荆轲刺秦王带给人们精神层面的影响是巨大的。

这样的分析，来自对文本的解读，既可培养学生思维的深刻性，也可培养学生辩证地思考问题的能力，同时对学生的情感态度人生观起到很好的导向作用。

第三章　诗歌教学

第一节　象征派・外国诗・通感

波德莱尔的《应和》是西方象征派的代表作，学生读完后提的问题大多是“柱子怎么会说话”之类的问题，诗句语言的陌生化给学生解读带来极大的难度。如何突破诗句语言的陌生化，我在教学设计时抓住写作手法来设计教学。

自然是座庙宇，这是暗喻，庙宇与自然的相似点是神圣的。“那里活的柱子，有时说出了模糊的话音”，“柱子”是由“庙宇”引出的，与“自然”的关联应指树，因为树与柱子在外形上是相似的：高而直。“活的柱子”是说树是生长着的。而“柱子有时说出了模糊的话音”，用拟人手法，写树有时要发表看法，但因声音模糊，人听不清它说什么，这就给人留下疑问，树有时说什么呢?

“人从那里过，穿越象征的森林，森林用熟识的目光将它注视”。“那里”是指示代词，根据前句应指“活的柱子”，这时，我们会对“象征的森林”提出疑问，“象征”怎么能修饰“森林”。“森林”是物，“用熟识的目光”用了拟人手法，“熟识”指人所经常见到的，用这样的目光“将它注视”，“它”根据上句诗应指“人从那里过”，所以这句的意思是人看到森林看人的目光是人经常见到的目光。沐浴在这样的目光下，人会怎样呢。这自然过渡到第二节。

在这样的目光注视下，人“如同悠长的回声遥遥地汇合在一个混沌深邃的统一体中”，“悠长的回声”经过远远的距离聚集在既模糊又深邃的整体中，这声音会是什么样呢？“广大浩漫好像黑夜连着——光明芳香、颜色和声音在互相应和”，破折号在句中的意思是解释说明，这句的意思是：在这样的目光注视下，人的感觉像香味、色彩和声音互相配合，这不就是全身心的享受吗？这里诗人特别写了“芳香”，像儿童的肌肤那样新鲜，像双簧管的中音区发出柔和、恬静的声音，像绿草场那样青翠。这里使用了通感的修辞。当然也有腐烂、浓郁的芳香，这些芳香涵盖了万物。

同时，芳香“像无极无限的东西四散飞扬，如同龙涎香、麝香、安息香、乳香那样歌唱精神与感觉的激昂”。“无极无限”强调无边际，龙涎香价格昂贵、麝香气味特殊、安息香气芳香、乳香气微芳香，它们的共性是歌唱激昂的精神和感觉。第四节写芳香充斥在宇宙中，它们让人感觉到激昂的精神和感觉。

全诗写在自然中，人能全身心地放松，产生激昂的精神与感觉。

这时我们再看“柱子有时说出了模糊的话音”，柱子说的话音是对人的祝福。“象征的森林”的解释是多种多样的，因“象征”是“森林”的定语，所以由“森林”得出对“象征”的理解：茂盛、面积广、产生的氧气多、绿色多、易迷路，等等。

所以《应和》可以理解为作者对自然的赞歌。

第二节　解读西方象征派诗作的方法

西方象征派诗作因其象征的特点，学生不容易读懂。如何理解象征派诗作，应是象征派诗作的教学目标。教师要教学生解读方法。可以从以下几方面教学。一是找到诗句语言矛盾的地方，思考其这么写的原因。二是诗歌的形式是分行的，一个内容表意的结束，不能以分行为标志，要找准诗句表达的一个完整的意思。三是对诗中出现的意象要能找到它的本体。四是诗歌的形式短小，会造成内容的跳跃性，阅读时要试图把跳跃的内容补上。最后再通读全诗，准确理解全诗的内容。

比如马拉美的《海风》，“肉体是悲惨的”，“悲惨的”可以是生活，也可以是命运，所以它的修饰对象应该是抽象事物；但“肉体”是具体事物，这不符合“悲惨”这个词的用法，这就是诗句语言矛盾的地方。但它是一句话的半句，下面的句子“唉，我读过所有的书籍”与之构成一个内容。可以理解为“在读书时人的心灵是自由的，肉体对于自由的心灵来讲是枷锁”，所以肉体是悲惨的。“我”要“逃遁”，“逃向”书籍“那边”，去体会书籍带给我的自由。在“我感到鸟儿们醉心在无名的泡沫和蓝天中间”一句中，鸟儿在大海上“醉心”，说明它飞翔得很自由舒畅，这种感觉承上句还应是读书时心灵获得的自由。

下面写“沉入大海的这颗心将一无所恋”与上句怎么关联呢？中间要填上内容。可以填“带着这种感觉”，或是“自由飞翔的极致是沉入大海”。“一无所恋”是了无牵挂。我们必然会想如果诗人没“读过所有的书籍”，会“恋”什么。诗作的下面写了“古老花园”“夜”“白纸”“灯光”“哺乳的少妇”。这些是意象，我们要找出这些意象的本体。“花园”本是鲜花盛开的地方，但因年代久远而破败；在“古老”的背景下，花的色彩不够鲜亮；“凄凉的灯光”指光暗淡，这样的光照范围和亮度不足以将黑夜照亮；“空纸”没有痕迹，而且“洁白无瑕”，纸上没内容；少妇要“哺乳婴儿”，留给“我”的时间几乎没有。把这些连起来，这些意象的本体应指生活，生活不够鲜亮，缺少激情，没有阳光，没有内容，缺少爱情。“读过所有的书”，“我”就不被这些东西所累。

所以“我要离去”！坐上“轮船，摇晃着你的桅樯，向着一个异国的自然起锚”！“异国的自然”又是一个意象。“异国”不是我熟悉的，“自然”中充满着各种新奇的事物，这些新奇的事物，我不熟悉的事物吸引我，我要往那里航行。去的地方仍是书籍带给我的自由之地。

下面诗句就迎刃而解：想到“那挹泪诀别的情景”，我“烦恼”。在逃离的过程中“也许”会遇到风暴，会沉船，但我不后悔，因为“我的心啊，倾听着水手的歌”！“水手的歌”是意象，与变幻无常的大海搏击时水手需要勇气、力量和智慧，所以水手的歌应是粗犷、充满野性和自由的。

最后再结合题目读全诗，我们会发现“海风”是诗人情感的触发物。因为海的博大、深邃和一眼望不到边，“鸟儿们醉心在无名的泡沫和蓝天的中间”，其中的“无名的泡沫”是大海；而“轮船，摇晃着你的桅樯，向着一个异国的自然起锚”中，有“海风”助力。“也许，桅樯会招来风暴 / 风暴倾覆了船只，沉没了桅樯，沉没了桅樯，又不见肥沃的岛屿……然而，我的心啊，倾听着水手的歌”，海风仍是助力，而海展现出的形象是读书获得的心灵会更自由。

所以这首诗作要表达的是没有书的生活是灰色的；有了书的生活，人的心灵会获得自由。

第三节　主题决定材料

课本所选的诗词都是彪柄千古的名篇佳作，学生对此不是零认知。让学生在课堂教学中有所得，教学难点要做学情调查确立。李白的《梦游天姥吟留别》是写诗人梦中游历天姥山的诗，但结尾句却是“安能摧眉折腰事权贵，使我不得开心颜”，学生提出能否把结尾句删掉。教学难点涉及主题时，可以从作品所选的材料入手解析，因为作品所选的材料都是为主题服务的。

《梦游天姥吟留别》是游仙诗。从“仙”字入手设计问题。一是仙人住的地方有什么特点？二是仙人如何出场？三是仙人为什么出场？

仙人住的地方是天姥山。天姥山有三个特点：一是凡人找不到，很神秘，“海客谈瀛洲，烟涛微茫信难求，越人语天姥，云霞明灭或可睹”。二是山高，“天姥连天向天横，势拔五岳掩赤城。天台一万八千丈，对此欲倒东南倾”。山高到穿专业登山鞋爬山都得花费很长时间，“脚著谢公屐，身登青云梯。半壁见海日，空中闻天鸡”。三是景美。既有人文景观，“谢公宿处今尚在”；又有自然美景，“渌水荡漾清猿啼”。人在其中会不由自主地陶醉，“千岩万转路不定，迷花倚石忽已暝”。仙人住的具体位置是天姥山的山洞里，“洞天石扉，訇然中开”；而且住的地方金碧辉煌，“青冥浩荡不见底，日月照耀金银台”。

仙人出场前声势浩大。有动物叫，“熊咆龙吟殷岩泉，栗深林兮惊层巅”；有电闪雷鸣，山峦崩塌，“列缺霹雳，丘峦崩摧”；有滚滚乌云压来，有烟雾水气缭绕，“云青青兮欲雨，水澹澹兮生烟”。由青天、森林、雷电、高山、流水、动物共同组成的世界产生了令人胆战的视听效果，这些都为仙人出场蓄势。

仙人出场规模盛大。仙人穿着盛装，“霓为衣兮风为马”；人数极多，“云之君兮纷纷而来下”，“仙之人兮列如麻”；排场大，坐着好车，还有音乐伴奏，“虎鼓瑟兮鸾回车”。

学生自然要问仙人要干什么？让学生再读“忽魂悸以魄动，恍惊起而长嗟。惟觉时之枕席，失向来之烟霞”这句话，提示学生谁的梦醒了。诗人。学生明白仙人是来迎接我的。因为人都有这样的一个心理认知：人做美梦时，只有在美梦快实现时才会醒，醒后有遗憾之情。

为什么仙人要弄出这么大动静迎接我？因为我有才华，仙人看重我。这时再让学生介绍李白的生平经历。公元744年，李白在长安受权贵排挤，被放出京。第二年，他由东鲁南游吴越，临行前写了这首描绘梦中游历天姥山的诗留给在东鲁的朋友。学生由此理解现实生活中的诗人不受重视，在现实生活中受挫只是让诗人有消极的情绪，“世间行乐亦如此，古来万事东流水。别君去兮何时还？且放白鹿青崖间，须行即骑访名山”；但并不能从心灵深处打倒李白，所以在诗尾诗人直抒胸臆“安能摧眉折腰事权贵，使我不得开心颜”。这句话是全诗的主题，卒章显志，不能删掉。

当教学难点是主题时，由材料切入，难点会迎刃而解。

第四章 戏剧教学——巧析叹词，把握人物

叹词又叫感叹词，是表示感叹或呼唤应答声音的词。叹词常单独成句或充当独立语，一般不与别的词产生结构上的关系。在文章中它能起到表达个人情感，向别人传递语意的作用。

戏曲主要是通过各种唱腔来表现故事情节，而唱腔的表现又是建立在板式（节奏在戏曲音乐中被称为“板式”）的基础上，通过不同板式的连接来抒发不同的情感，刻画人物内心世界。京剧唱腔以板腔体的西皮、二黄为主。“西皮腔”脱胎于梆子腔，故而其旋律高亢激昂。板式有原板、慢板、快三眼、导板、回龙、散板、摇板、二六、流水、快板等。

京剧作为舞台艺术，人物的内心世界要靠戏词，靠唱腔，靠面部表情、动作来表达，叹词能直接表情达意的特点在戏剧中就显得非常重要。在教学中，抓住叹词与唱腔，可以把握住人物形象。让戏剧上出戏剧样。

《杨门女将》是现代京剧。课文节选是第一场寿堂惊变。本是为杨宗保过五十大寿，但从边关传来杨宗保阵亡的消息，寿堂变灵堂，宋仁宗和大臣们到杨府吊唁，主和派和主战派意见不和，因无人挂帅，宋仁宗想求和，杨家在所有成年男子全为国家战死的情况下，当国家危难时，佘太君、众寡妇及杨文广仍要为国家奔赴边关抗敌。这种爱国、不畏强敌的牺牲精神感天动地。

佘太君、寇准是主战派，王辉是主和派，双方立场坚定，只有宋仁宗由主和派转变为主战派，宋仁宗的内心世界最为复杂，所以问题设计为宋仁宗如何由主和派转变为主战派。

宋仁宗是为杨宗保吊唁的，用了表达伤感的“唉 ài”，这个“唉”不仅是因为国家损失了一员大将，更是因为西夏侵犯边关，国内又无人

可以出征，只好求和，一个“唉”把宋仁宗的无奈表达出来。当佘太君明白宋仁宗来杨家目的是为求和时，宋仁宗再用“唉 ài”接西皮散板唱出无人挂帅的难处。

当佘太君要“一力承担”帅职时，王辉、寇准争执不下，寇准聪明地将球踢给了宋仁宗，宋仁宗见佘太君盛怒，所以用了表敷衍的叹词“嗯 ńg”其实内心是持怀疑态度的，因为有帅没有先行官，没有众将，仗是没法打的，所以当王辉提出疑问时，宋仁宗用“着哇 zhāowa”表示同意王辉的意见。

当杨家众寡妇气势汹汹出场时，宋仁宗有些慌张，所以当她们参见他时，他用“呃 è”表示感叹，但心中仍是不大相信杨家有能力出征的。

当佘太君讲了杨家为大宋江山和黎民满门忠烈事后，宋仁宗明白了杨家是可以为他保住江山之人时，他才用表示惊异的叹词“呀 yā”，此时王辉还用自己的乌纱帽担保杨门女将出征必败威胁佘太君，扰乱宋仁宗的决策，佘太君明言杨家用命保家为国，根本不想官职的事，终于让宋仁宗明白杨门女将是可以出征之人。他才用拟声词“嘿嘿 hēihēi”表示最终决定：让杨门女将出征。

宋仁宗由无奈、敷衍、犹豫不决、惊异到下定决心抗敌的心理是通过这些叹词一步步揭示出来的。其中宋仁宗的犹豫不决又是借王辉之口表现的。

宋仁宗想求和主要原因是朝中无帅，当佘太君主动请求挂帅后，王辉两次用了表达惋惜之情的“唉 ài”，表提醒的“哎 āi，哎 āi”和表把国家大事当儿戏的“哎哟 āiyo”四个叹词，提出无先行官，无众将，无男将，杨家出征为报家仇的问题，这些问题也是宋仁宗关心的问题。穆桂英挺身而出，杨门女将冲上，杨文广冲上，佘太君历数杨家忠烈事，一一回答了这些问题，表达了杨家要为江山黎民出征的决心。在宋仁宗开口做决定前，胡琴过门十二板，表示宋仁宗的犹豫没有了，宋仁宗用二六板唱出出征的决心。

宋仁宗从犹豫不决到下定决心抗敌的心理转变是由寇准和佘太君等人促成的。

寇准是主战派，他知道杨家一门忠烈，绝不会在国难当头时临阵退缩的，所以他的叹词语调多，在剧中不仅起到推动情节的作用，而且起到明确立场的作用。当佘太君用“哦 ò”“啊 à”错误领会宋仁宗的意见时，是寇准听出佘太君误会了，于是他用了表示将信将疑的“哦 ó”，提醒佘太君是否要求和；当佘太君用表怀疑的“哦 ó”和表明白的“啊 à”知道是要求和，将矛头指向了寇准时，寇准用了表疑问的“嗯 ńg”和表让人注意自己所指人的“喏 nuò”，告诉佘太君主和派是王辉；当听到佘太君要“一力承担”挂帅任务时，寇准用拟声词“嘿嘿 hēihēi”表示高兴有帅了；当王辉认为佘太君年老出征不明智，与寇准争执不下时，寇准用表追问的“啊 á”把球踢给了宋仁宗；当宋仁宗决定出征后，寇准用“哦 ó”来戏谑王辉，请王辉同去出征。叹词不仅表现了寇准的智慧，还表达了寇准主战的决心。

杨家满门忠烈，当外族入侵，唯一的儿子战死疆场之际，佘太君以百岁高龄而没有丝毫的胆怯与抱怨，力主抗战，面对主和派王辉的步步阻挠，佘太君只用了表不满意的叹词“哼 hng”，一次次反击主和派。如当宋仁宗同意王辉的意见认为有帅无先行官时，佘太君用两个“哼哼”；当王辉激化矛盾，说杨家把国家大事当成儿戏，为报私仇时，佘太君用三个“哼哼哼”，并用表激越的西皮小导板、中速节奏的西皮原板转节奏快而不急的流水板，历数杨家为大宋江山和黎民所做的牺牲；当王辉看到宋仁宗心动想出征时，他用表疑问的“啊 ǎ”提醒宋仁宗慎重决定，并用三代不为官威胁佘太君出征必输时，佘太君再用“哼”表达杨家就算只剩下年老、体弱、幼小的人，也要保住大宋江山、黎民的决心，这种前仆后继的牺牲精神由叹词直接表现出来。

以杨七娘为代表的杨门女将对主和派甚是反感，当王辉用“喏 nuò”提醒大家注意杨门女将全是中年妇女时，杨七娘用大喝一声的“呔 dāi”，既表明她泼辣的性格，又让王辉看到她们“老迈”也能出征。正是主战派们坚决御敌的斗志让犹豫不决的宋仁宗最终下定决心抗击外敌。

所以品读叹词是解读京剧剧本的一把钥匙，抓住叹词分析人物，可以让戏剧教学上出戏剧样。

参考书目：

解玺璋、张景山：《京剧常识》，文汇出版社，2008年。

第五章　理清思维路，行走无拘挛

第一节　旧知带新知

美国教育心理学家奥苏伯尔提出这样的命题："影响学习的最重要因素是学生已经知道了什么，根据学生原有的知识状况进行教学。"[1]有许多证据表明，一旦教师注意到学习者带到学习任务中的已有知识和观念，并将这些知识、观念当作新的教学起点，在教学过程中监控学生知识观念的转化，就可以促进学生的学习。

在语文课堂教学中，以旧知带新知的教学策略有如下三条：

1.运用写初读感受的策略，探明学生原有知识状况

学生因已掌握的书本知识、生活经验以及已会的思想方法和智力基础的不同，在以前的学习中会收获不同的认识和理解，这对学生新的学习会产生影响。当学生运用原有的认识和理解去建构新的认识时，原有的认识与理解可能起促进作用，还可能起妨碍作用。所以教师要努力探明学生原有知识状况。

对于语文学科，让学生写初读感受是探明学生原有知识状况的有效策略。比如在学林纾《游栖霞紫云洞记》时，学生写道："作者的感受似乎与常人不太一样。'蝙蝠掠人而过，不十步，辄中岩滴'，这与

1 〔美〕约翰·D. 布兰思福特等编著，程可拉等译：《人是如何学习的：大脑、心理、经验及学校》，华东师范大学出版社，2005 年，第 20 页。

作者所说的‘紫云最胜’匹配吗？多么恐怖、阴森。作者还为紫云洞作画，简直不可思议。想一想，到处充满阴森恐怖的气氛，让人毛骨悚然。”统计后发现竟有一半以上的学生持相同看法。学生认为洞是黑暗可怕的地方，这是学生已有的认知。在教学设计时，我设计了一个问题：在人们的思维定式中，洞是黑暗可怕的地方，没有火把人不敢涉足的地方。因为黑，你不知前方有什么，突然出现活动的东西，比如“蝙蝠掠人而过”，这时你会心惊、害怕。如果洞不黑，你能看到洞里的情况，你又是来玩的，如果景物美，你会有美感产生。那么洞里面黑吗？经过学生的解读，原来紫云洞并不黑。作者描述的景物，表达的情感学生也是认同的。

2.激活学生已有的知识信息，让旧知识经验和新知识建立起联系

当学生原有的认知结构中已经具备某些相关的知识信息，足以用来吸收或同化新的学习材料，教师只需要通过语言提示把学生已有的相关知识经验激活。比如《打鱼的》最后一句是：“她一定觉得：这身湿了水的牛皮罩衣很重，秋天的水已经很凉，父亲的话越来越少了。”学生觉得“父亲的话越来越少”并没有什么深意。学生初中学过曹文轩《孤独之旅》，其中有这样一段话：“杜小康只能与父亲说说话。奇怪的是，他和父亲之间的对话，变得越来越单调，越来越干巴巴的了。除了必要的对话，他们几乎不知道再说些什么话，而且，原先看来是必要的对话，现在也可以通过眼神或者干脆连眼神都不必给予，双方就能明白一切。言语被大量的省略了。”学生知道杜小康父子“不说话”是他们内心孤独的表现。

我把这个内容激活，引导学生思考：“话少”是行为，而行为是心理的外化。父亲的话为什么越来越少呢？学生探究得出：因为父亲心里很难过，老婆干的是男人干的活，很苦；老婆死了，才 15 岁的女儿也来干男人干的活，作为一个男人还说什么，让老婆和女儿受苦，心里实在是难受。激活学生原有认知结构中已有的信息，新学的材料就会被同化。

当学生原有的认知结构中还没有相关的知识经验可以用来吸收和同

化新的学习材料时，教师要想办法给学生提供适合的“脚手架”，以促进学生的同化学习。所谓“脚手架”就是用来缩短学生新旧知识经验差距，帮助学生在新旧知识经验之间建立联系的“桥梁”。

比如学《金大力》时，学生提的问题是结尾写“不，他也老了。他的头发已经有了几根白的了，虽然还不大显，墨里藏针”，这句话在文中有什么深刻意思？因为作者对金大力身上所表现出来的勤劳、实在、体恤他人、不贪财、知足的做人准则深表认同。所以作者在结尾用叙写金大力长白头发了这种方式，表达的是对金大力人品的赞美。

我设计了两个小问题：一是用原文回答什么人能当瓦匠头？二是金大力为什么人缘好，从文中找答案。这个方法就是给学生提供“先行组织者”，将复杂的问题分解成更小的、更易处理的子任务。

3.创设认知冲突的情境，使学生陷入认知失衡的状态中

比如在学乐府诗《孔雀东南飞》时，学生不认为刘兰芝勤劳，让学生查古汉语辞典对“匹”的解释，“匹”是量词，计算布帛的单位，《汉书·食货志下》记载：布帛广二尺二寸为幅，长四丈为匹。刘兰芝“三日断五匹”，长度相当于67米，学生算出这个数字后，一下子就认同她是勤劳的了。因知识的缺失让学生陷入认知失衡的状态，学生获得的是内心的震撼。这是知识层面的认知冲突。

再如锦云《狗儿爷涅槃》，学生头脑中的农民形象是像闰土那样的，被生活的重担压得喘不上来气，畏畏缩缩的农民形象。再加上如今农民宁可到城里当农民工，也不愿在家种田的。所以学生不理解狗儿爷为什么那么想得到土地。这时介绍为了两亩地，狗儿爷的父亲及媳妇都搭上了性命的剧情，这让学生陷入认知失衡的状态中。然后我设计了两个问题，一是狗儿爷为什么要到风水坡去开荒；二是他为什么要孩子坚守门楼。探究后学生明白土地是农民的命根子的意思。狗儿爷的终极理想是拥有像祁永年一样多的土地，把拥有门楼当作是拥有土地的标志，这种对土地的极度渴求源于对生存的清醒认识。这样学生原有的认知结构就发生了改变，对农民也有了新的认识。

所以从学生现有的知识与理解出发，根据学生原有的知识状况进行教学，用适当的教学方法把旧知与新知联系起来可以促进学生的语文学习。

第二节 多角度看问题

由生活中常见事物揭示出掩藏在生活中的道理，这类文章被称为哲理散文。好的哲理散文的理趣是“通过丰富的联想和想象，生动的描写和叙述、精彩的分析和概括、不拘一格的行文结构和活泼风趣的语言表现出来的”。[1]学生初读时往往因其道理写得明明白白，觉得没有学的价值。教师在教学中要引导学生发现哲理散文的学习价值。

下面以钱锺书的《窗》为例，看哲理散文的教学。

1.文章特点

第一段写人在外面看到春暖花开的美景，人并不觉得春景有多美，如果在屋里通过窗子看外面的春景，人就会觉得春天美。由此作者提出“春天是该镶嵌在窗子里看的，好比画配了框子”的观点。这里隐含着两层意思：一是站的角度不同，看的结果不一样；二是当你见的某一类事物太多时，你不会珍惜，或者不在意它的美。

下面作者从三个角度写出窗的意义。

第二段作者用对比的手法写门和窗，得出窗的第一个意义：门许我们追求，表示欲望，窗子许我们占领，表示享受。第三段作者用对比的手法写门和窗，得出窗第二个意义：窗比门代表更高级的人类进化阶段。第四段用比喻的方法，得出窗的第三个意义：窗可以算是屋子的眼睛。

三个意义都写得很形象。如在讲窗的第个一意义时，作者分别站在

1《北京市高中课程改革实验版语文》必修五，北京出版社，2008 年，第 77 页。

屋里人和屋外人的角度，举进出口、赏春、陶渊明的诗文句、敲门人与钻窗子进来的人、缪塞的诗剧《少妇做的是什么梦》的例子，把道理讲得明明白白。

在每个意义讲完，用“当然”“不过”补充论述。如在第一意义后，尾句是“这当然只是在社会常态下的分别，到了战争等变态时期，屋子本身就保不住，还讲什么门和窗”。用“当然”补充上面的说理，让说理更加全面。

如何用合理的方法帮助学生发现文章的特点呢？

2.设计思维流程表现表格让学生用原文内容填写，可以清晰呈现出作者的思维轨迹

如《窗》第一个意义

<table>
<tr><td rowspan="2">比较点</td><td colspan="2">进出口</td><td colspan="2">赏春</td><td rowspan="2">第一个意义</td><td colspan="2">进出口</td><td>写作手法</td></tr>
<tr><td></td><td>例子</td><td></td><td>例子</td><td></td><td>例子</td><td>讽刺</td></tr>
<tr><td>门</td><td>可以</td><td>无</td><td>可以出去</td><td>无</td><td>追求欲望</td><td>要求询问</td><td rowspan="3">缪塞《少女做的是什么梦》</td><td rowspan="2">婚姻中世俗的看法</td></tr>
<tr><td rowspan="2">窗</td><td rowspan="2">有时可以</td><td>小偷</td><td rowspan="2">不必出去</td><td rowspan="2">陶渊明的诗文句</td><td rowspan="2">占领享受</td><td rowspan="2">做暂时的主人</td></tr>
<tr><td>小说里私约的情人</td><td rowspan="2">不老实做学问</td></tr>
<tr><td>人</td><td colspan="4">住在屋里的人</td><td></td><td colspan="2">屋外的来人</td></tr>
</table>

填表的过程是梳理作者思维轨迹的过程，也是学生发现文章理趣的过程。

窗子本是房屋的装置，作者怎么能想到窗子有这三个意义呢？因为作者从不同角度看问题，思考得有广度。这是文本提供给我们的内容，如何让学生学会这种思维呢？

3.从不同角度看问题

选择生活中常见事物让学生联想，写出一句话表达某种哲理。比如粉笔、尺子、圆规……从不同角度看这些事物。还可以选择社会热点、社会现象让学生从不同角度分析。最后要求学生用从不同角度看问题的思维方式写文章。

在这样的言语活动中学生的语文素养会不断地提高。

第三节 大问题拆成小问题

每一篇课文都有难点，在“学生为主体”的教学思想指导下，教学难点要做学情调查确定。解决教学难点是教师教学设计的难点。对于内容上的难点，教师从文本结构入手，梳理作者思路，把思路转化成问题，引导学生自己解决问题，难点自然会被攻克。下面我以郭沫若的《天狗》为例做个说明。

《天狗》“要表达的是超出常态的强烈感情，故而时时逾越常规，使人感到惊骇不已，新奇得简直不理解”。[1]今天的学生不理解《天狗》，问的问题是：“天狗是异形吗？天狗这个形象有什么意义？”这是教学难点。而对《天狗》的阐释又是多元化的。从创作主体这一维度来思考，《天狗》表现的是诗人当年所信奉的泛神论；20世纪40年代，周扬从文学与社会生活和时代关系的角度来思考，认为《天狗》表现的是个性解放主义；在新时期思想解放思潮中，王富仁从生命哲学的视角来解读，认为《天狗》表现的是五四青年青春的热情；从生命哲学角度来阐释，《天狗》表现的是五四青年的青春生命力；从神话原型阐释《天狗》，它是人类征服大自然的表现；用解构主义阐释《天狗》，它是自我颠覆、自我解构的诗篇。不管如何阐释，都要依托文本。

1 《新诗鉴赏辞典》，上海辞书出版社，1991年，第59页。

如何让学生根据文本自己理解天狗这个形象，教师要给学生思维搭台阶，就《天狗》来说，设计三个问题帮助学生思考。一是天狗为什么要吞掉所有一切？二是天狗吞完一切的结果是什么？三是天狗有了能量后要做什么？这三个问题是连锁的，解决完一个再出下一个问题。要求学生课前查五四时期的时代背景。

民间传说中有天狗吃月、吃日的故事，诗中的天狗不仅吞了月，吞了日，还吞了星球、全宇宙。吞掉所有是因为天狗有能力把吞的东西转化成自身的力量。吞完一切后，天狗是月、日、一切星球、X 光线、全宇宙的能的总量。有了巨大能量后，天狗要飞奔、狂叫、燃烧。而且“如烈火一样燃烧”，“如大海一样狂叫”，“如电气一样飞跑”，这样写的目的是极力表现天狗叫声超大、奔跑速度与光速（在真空中每秒约三十万公里）一样快。跑、叫是不会伤及生命的，但燃烧自己是会死的。这就是要毁掉旧我。天狗飞跑去剥自己的皮，食自己的肉，吸自己的血，啮自己的心肝，这些行为的最终目的是要把自己全吃掉，什么也不剩。这是对旧我的彻底否定。天狗跑的地方还是神经、脊髓、脑筋，这是身体的神经系统。为什么要在这上面跑呢，为什么不在人的躯干、器官上跑呢？对人来讲，身体的改变是次要的，精神的改变才是最重要的。“脑筋”就是意识，是精神层面的。当天狗完成精神层面的自我改造后，“我便是我呀！我的我要爆了”。为什么要否定旧我？必须要联系五四时期的时代背景。这时候让学生介绍五四时期的时代背景。学生就可以理解五四运动对于诗人来讲，就像被注射了一剂强心针，死气沉沉的生活被激活。两千年来的封建传统文化压在中华民族身上太久了，也太重了，所以要毁掉压在中华民族身上的一切束缚，只有毁掉旧世界，才能改造自我，创造新世界。这就是天狗的形象意义。

教学难点由学生提的问题确定，教学难点的解决要靠师生的合作。教师是学生学习的帮助者，教师用文本帮学生的思维搭台阶，即把文本思路转化成符合学生认知规律的问题，学生踩着台阶能解决难点。

第四节 用追问的方式搭思维台阶

追问是追根究底地问。在课堂教学中，学生的生成与教师的预设往往有差距。追问出现在学生的生成与教师预设的差距中，它不仅是教师提问的技巧问题，还是帮助学生思考的桥梁，更是培养学生思维品质的手段。

所谓思维就是人脑对客观事物的一般特性和内部联系的反映。它是认识的高级阶段，是以已有的知识为中介进行推断和解决问题的过程。这个过程包括：分析、综合、比较、抽象和概括等环节。一个人在思维过程中表现出来的基本特点就是一个人的思维品质。良好的思维品质包括思维的深刻性、思维的灵活性、思维的批判性。

一、用追问的方式来培养学生的思维品质

1.追问引导学生深入思考

讲《茶馆》第一幕时，当学生概括了戏剧冲突后，我设计了第一幕反映了怎样的社会现状这个问题。学生说康六卖掉康顺子，乡妇要卖小妞，农民为了活命只能卖儿卖女，清末时期农民活不下去了。我首先肯定学生能从一类人的生活状况分析社会现状，这个分析方法是对的。然后追问道：“农民占清朝人口的大多数，农民为混口饭吃得卖儿卖女，说明农民活得不容易；那有活得有滋有味的人吗？”学生说马五爷、刘麻子、庞太监。我接着追问道：“这些人有共性吗？”学生说他们都不是好人。我又追问道：“占人口大多数的农民活不下去，坏人却活得有滋有味，如果把清末比作一棵大树，农民是叶子，掉得差不多了；坏人是虫子，贪婪地吞噬着大树，你想到了什么？”学生马上说：“大清朝

的根烂了，树该倒了。”所以《茶馆》第一幕反映了满清即将灭亡的腐朽现状。

让学生先概括人物的活动，人物的活动不仅是作品思想的外化，也是作品的表象；追问时要引导学生由表象分析出社会的本质，这既是分析事物的方法，又是培养学生思维深刻性的方法。

2.追问给学生思考搭台阶

讲汪曾祺《打鱼的》时学生不理解文中最后一句话写“父亲的话越来越少了”有什么意思？我追问学生学过曹文轩的《孤独之旅》吗？其中杜小康父子也“不说话”是为什么？学生调动所学知道他们不说话是他们内心孤独的表现。学生也就理解了《打鱼的》父亲不说话是内心痛苦的表现。

追问时教师迁移学生已学的知识，帮助学生调整思路，获得解决问题的最佳答案，有助于培养学生思维的灵活性。同时这样的追问，不仅降低了问题的难度，而且有效地把学生的思维引向最近发展区，学生也会获得学习上的成就感。

3.追问让学生反思思维的合理性

讲刘基《活水源记》时，就“又有虫四五枚，皆大如小指，状如半莲子，终日旋转行水面，日照其背，色若紫水晶，不知其何虫也”这句话，让学生用自己的语言把作者所写的画面描述出来。学生回答道：“渠上有四五只叫不上名字的虫子。大小像人的小指大，形状像半个莲子，它们最喜欢在水面上转圈玩，像陀螺一样转，搅得水面形成旋涡，带着它往前走，它转一整天也不嫌累，太阳光照在它的背上，像紫水晶一样漂亮。”我说不错，就继续下个问题。在讲到作者描述的画面生动的原因时，我把这个学生叫起来追问道：“你刚才说得不错，你能说说你当时是怎么想的吗？”学生说“旋转行”就是转圈玩，这就给我巨大的想象空间，“终日旋转行水面”，转一天也不累，在阳光的照耀下，“色若紫水晶”，挺美。

这个追问就起到让学生反思思维合理性的作用。他不仅为其他同学展示了他的思维轨迹，同时在几分钟后，再思考自己原来的答案，也起到培养了学生思维的批判性的作用。

4.追问让学生的思维更全面

学生生成的与教师预设的往往有差距，教师用追问的方式让学生思维更全面。在讲蒙田《热爱生命》时，教师让学生借助对文本的理解阐发对生命的认识。学生说作者认为“我们的生命受到自然的厚赐”，这点我认同；但是我觉得有时自然对人类挺残忍的，比如最近地震频发，所以活着的人要哀悼死去的人，这也是对生命的珍惜。老师追问道：“你说的是自然夺走人的生命，那有没有人自己主动放弃生命的，你对这种行为如何看待？”老师的这个追问让学生回到课堂讨论的话题是好的，但忽略了学生思维品质的培养。

这个学生从反面思考，说明学生能辩证地看待问题，这点非常好。所以教师首先要鼓励学生能辩证地思考问题，然后追问：生命受到自然的厚赐，自然用地震的方式剥夺人的生命是残忍的，说明人类在自然面前是渺小的，所以人要敬畏自然。而保护自然，不随意破坏自然正是对人类生命尊重的一种方式，你同意吗？

这样的追问，既让学生知道辩证地看待问题是思维严密的表现，又能自然地回到课堂中的话题。

5.让学生说说理解后有变化吗

教学设计要来源于学情，即学生现有的思维水平。学生对课文的解读往往与文本所要表达的相去甚远。比如林纾的《游栖霞紫云洞记》，学生认为“作者的感受似乎与常人不太一样。‘蝙蝠掠人而过，不十步，辄中岩滴’，这与作者所说的‘紫云最胜’匹配吗？多么恐怖，多么阴森。作者还为紫云洞作画，简直不可思议。想一想，到处充满阴森恐怖的气氛，让人毛骨悚然”。对课文持批判的态度评价，是学生思维批判性的表现，但批判时不能脱离文本。

面对这种情况，在师生共同解读完课文后，一定要追问最初对课文持反对意见的学生，问问他的理解有改变吗，改成什么样了。

这样的追问既关注了学生个性化的解读，同时又让学生明白思维的批判性要建立在尊重文本的基础上。

二、追问时注意事项

1. 追问时的语言要以鼓励为主，先肯定优点，再指出不足。

2. 追问的时机要把握好。可当时追问，可过一会儿再问，可讲完后再问。

第五节　课上学习问题现，踏错踩误调思维

一、问题的提出

在课程改革的背景下，学生的发展是教育教学的根本。课堂教学的着力点是尊重学生的主体地位，发挥学生的主动精神，培养学生的创新能力，使学生真正成为学习的主体。课上学生的活动多了，发言的机会多了，学生的想法清晰地展现在课堂上。课上经常出现学生学习的错误，比如学生看到《红灯记》的剧照，观赏到样板戏《红灯记》，学生一片哗声，直言太左了。当学《勾践灭吴》时，学生说勾践心胸太狭隘，所以他才十年生聚，十年教训，利用二十年时间准备报仇。学《祝福》时，学生说祥林嫂一遍遍地讲阿毛的故事，重复自己的痛苦经历，别人烦她很正常。

面对学生学习中的问题，怎样让课堂上出现的学习错误成为发展学生思维的教学资源，是个值得探讨的问题。

二、理论依据

建构主义者认为，学习是学习者主动建构内部心理表征的过程，它不仅包括结构性的知识，而且也包括大量的非结构性的经验背景；学生

的学习就是根据自己所知道的东西构造出一个内在的结构或图示，用以吸收、接纳和解释新信息，主动地选择一些信息，忽视一些信息，并从中得出推论。总之，学习过程不是学习者被动地接受知识，而是积极地建构知识的过程；获得知识的多少取决于学习者根据自身经验去建构有关知识的意义的能力。

“同化”和“顺应”，是建构主义的重要概念。建构主义认为，学生的学习是“同化”“顺应”的认知建构过程和“平衡——不平衡——新的平衡”的认知发展过程。“同化”指个体把外部刺激所提供的信息整合到原有认知结构内的过程，同化的结果是认知结构量上的扩展；“顺应”指个体的认知结构因外部刺激的影响而发生改变的过程，顺应完成认知结构的质的变化，从而形成新的认知结构。在一定的环境或情境中学习，可以促使学生利用原有认知结构中的有关知识经验去同化当前所学的新知识，并赋予新知识以新的意义；如果原有知识经验不能同化新知识，就要通过创设情境，引发认知冲突，促使学生通过“顺应”过程，即对原有认知结构进行改组或重建，以接纳新知识。学生的认知结构就是通过同化与顺应过程逐步建构起来，并在“平衡——不平衡——新的平衡”的无限循环中得到不断的丰富、提高和发展。

另外，建构主义者还主张，学习必须是诊断性和反思性的，学习者在学习过程中必须从事自我监控、自我测试、自我检查等活动，以诊断和判断自己在学习中所追求的是否就是自己先前所设置的目标，对自己的学习活动进行评价。

阅读的目的是理解，理解需要学习者语言、文化知识及生活经验的积累。因此，理解的过程，也就是学习者借助文段和自己的认知结构来建构当前意义的过程。熟练的阅读是建构性、反应性的阅读，学习者主动探寻课文线索，监控阅读过程，并能在阅读后对课文进行反思。

认知心理学认为：学生在学习中之所以产生一些思维的困惑或理解的偏差，其主要原因是学生现有的认知水平还不能同化和顺应教学的内容，因而形成了思维障碍，造成了知识运用上的脱节现象。

所谓思维就是人脑对客观事物的一般特性和内部联系的反映。它是认识的高级阶段，是以已有的知识为中介进行推断和解决问题的过程。这个过程包括：分析、综合、比较、抽象和概括等环节。思维的基本形式是概念、判断和推理；思维的基本特征是它的概括性和间接性。一个人在思维过程中表现出来的基本特点就是一个人的思维品质。良好的思维品质包括思维的深刻性、灵活性、独创性、批判性和敏捷性。

三、错误类型及教学策略

人并不是完全被动地接受外界的刺激，而是主动地根据先前的认知结构注意和有选择地知觉外在信息的。当读了一句话的第一个字或第一个词之后，他就对下面将要出现的字词有所预期，这种预期来源于他的生活经验、阅读经验和知识背景。也就是说，人脑中已经存在着过去得到的某种或某些模式，只要一开始阅读，学习者就自动地用这些模式去和现在的外界刺激相匹配，匹配成功了，“同化”作用发生，理解就能顺利进行；匹配不上，就会产生理解困难，读不下去。这时，就需要教师创设一定的情境，提供适当的帮助，促使学生通过“顺应”过程。概而言之，阅读的过程就是一个在原有知识基础上不断地猜测、预料、检验，通过“同化”与“顺应”机制，达到对语料意义建构的过程。

学生在学习的过程中要忽视一些信息，但有些有丰富含义的词、交代背景的词、表现人物情感的句子、总括性的话语是不能忽略的，这些内容是要学生思维的灵活性来检验的。

（一）思维的灵活性问题

思维的灵活性是指思维变通流畅，不呆板僵硬。主要体现在：思维的起点灵活、思维过程灵活、概括迁移能力强、善于组合分析、伸缩性大、有多种合理而灵活的结论等方面。思维灵活性的学生具有较强的知识迁移能力。

1.忽略标点与字词

如学生对里尔克的《豹》“通过四肢紧张的静寂——在心中化为乌

有”的理解是：没有惊涛骇浪，却如同刚刚经历完争夺一样，豹再一次平息了，一切来得如此迅速，让人没有做好准备。豹重新获得了自由，重新找到了自己，急躁化为乌有。这个理解的错误是因为学生忽略了“通过四肢紧张的静寂——在心中化为乌有”之前诗句的标点是逗号，说明这几行表达的是一个完整的意思。而“于是有一幅图像浸入”中“浸”字用得很好，学生未关注。我提了两个问题，一是“通过四肢紧张的静寂——在心中化为乌有”之前的诗句的标点是什么？二是“浸”字能否用“进”替代？

学生在讨论中明白：“浸”意思是泡在液体里，“一幅图像”指铁栏外面的大自然，那里本是豹驰骋的天地，它多么想出去，“四肢紧张”用力要冲出铁栏，但它冲不出去，它的郁结之情一下子爆发了，眼里饱含着泪水，大自然之景好像泡在眼泪里一样，发泄完了，还是出不去，不冲了，不想了，“静寂——在心中化为乌有”。

2.忽略交代背景的词

如萧红的《一条铁路的完成》，学生说校长是反动的、不爱国，因为她阻止学生参加爱国游行。学生错误的原因是没关注表示背景的词，在阅读过程中把它们屏蔽了。引导学生看课文，“壁炉”“双重玻璃”，由教室内的这些陈设学生会发现这不是中国教室所有的，这是一所女子教会学校，教会学校是培养淑女的地方，是为家庭培养的，自然不希望女生投入到社会运动中，这是忽略表示环境的词语导致学生认识上的错误。

读文章时，学生关注的是那些与文章中心有密切关系的内容，他认为与中心无关的，看过后在脑中不存留，这是可以通过提示解决的。

3.认知结构的清晰程度和组织程度出现问题

美国著名教育心理学家奥苏伯尔提出这样的命题：“影响学习的最重要因素是学生已经知道了什么，根据学生原有的知识状况进行教学。”学习的实质是利用已有的知识对新知识进行理解，使新知识纳入已有的认知结构中，实现同化并形成认知结构的过程。所谓认知结构是学生现有的知识数量、清晰度、组织方式等，是由学生目前能回忆出的事实、概念、命题、理论结构等构成。因此，学生学习主要是使学生目前的认知结构能更好地与新知识建立起非人为的实质性的联系，即进行有意义的学习。课堂上学习的最重要的因素是学生的认知结构，学生是否获得知识主要是取决于他们认知结构中的相关观念能否与新知识产生意义上的同化。

比如学生学鲁迅的《祝福》时，学生认同祥林嫂命运悲惨，但她反复讲阿毛的故事，鲁镇人烦她很正常。这个错误是学生思维不灵活造成的。解决这个问题的根源在于鲁镇人听阿毛的故事是不是出于对祥林嫂的同情。有些学生认为是，因为鲁镇人听完阿毛的故事，男人“没趣的走了开去”,女人“就一齐流下那停在眼角的眼泪”。还有的学生认为不是，找到“后来大家又都知道了她的脾气，只要有孩子在眼前，便似笑非笑的先问她，道：‘祥林嫂，你们的阿毛如果还在，不是也就有这么大了么’”这句话，学生能看出鲁镇人问这些话是不怀好意，但原因说不清。

我给学生出示初中所学鲁迅《孔乙己》中的一段话：“孔乙己一到店，所有喝酒的人便都看着他笑，有的叫道，‘孔乙己，你脸上又添上新伤疤了！’……他们又故意的高声嚷道，‘你一定又偷了人家的东西了！’……引得众人都哄笑起来：店内外充满了快活的空气。”学生知道短衣帮当众揭孔乙己的短是为了获得心理满足，他们的快乐是建筑在孔乙己的痛苦之上的。

同理，鲁镇人听阿毛的故事也只是为自己的生活增添点调味品。鲁镇人用祥林嫂最痛苦的事——失去孩子刺激祥林嫂，这么做的目的就是在祥林嫂的伤口上撒盐，看祥林嫂伤心，他们获得心理满足。学生即刻明白下文鲁镇人问祥林嫂额头上的伤疤的事也是为了获得心理满足。这样鲁镇人的劣根性就被揭示出来。激活学生原有认知结构中已有的信息，新学的材料就容易被学生同化。

当学生原有的认知结构中已经具备某些相关的知识信息，足以用来吸收或同化新的学习材料，教师只需要通过语言提示把学生已有的相关知识经验激活，迁移学生所学即可。

4.忽略总括性的话语

在庄子的《逍遥游》中，学生说蜩与学鸠是井底之蛙，但知足常乐有什么不好，有多大本事做多大的事。《普通高中语文课程标准（实验）》强调“个性化的阅读”，“充分调动自己的生活经验和知识积累，在主动积极的思维和情感活动中，获得独特感受和体验”。学生要成为意义的主动建构者，就必须把当前学习内容所反映的事物尽量和自己已经知道的事物相联系，并对这种联系加以认真的思考，“联系”与“思考”是意义建构的关键。

把生活经验带入对文章的解读中，这种阅读方式是对的，但怎么借助生活经验获得符合课文内容的情感体验。

这个学生不是优等生，文章中描写蜩与学鸠、斥鴳的句子打动了他。“我决起而飞，抢榆枋而止，时则不至，而控于地而已矣”，蜩与学鸠飞了，努力地飞了，但确实飞不高。自身条件就这样，不是不努力，而是努力了却实现不了。写蜩与学鸠的话写出了现今学生学习的普遍状态，他把自己的学习体验带入对课文的解读中，因此学生找到了情感共鸣。但学生的问题在于，在文中，蜩与学鸠之类是以井底之蛙的身份出现的，作者如果要表现知足常乐的心理，用语应是鹏笑蜩与学鸠，而文中是“蜩与学鸠笑”鹏，这样就不是知足常乐了。学生忽视了描写蜩与学鸠之类的总括性话语。如“蜩与学鸠笑之曰”“奚以之九万里而南为”等话，只关注了能引起其情感共鸣的话。

（二）思维的独创性问题

思维的独创性是指善于独立思考，不拘泥、不守旧，不满足于现成答案，敢于创新，能自主地提出问题和解决问题。

在建构主义的学习中，一切新的学习是一个依赖于先前知识和过去经验的累积过程。

思维定式导致结论错误。学生愿意由他熟悉的内容得出结论。如《狗儿爷涅槃》，学生认为狗儿爷是疯子。这个错误是由于学生思维独创性不强导致的。学生头脑中的农民形象是像闰土那样的，被生活的重担压得喘不上来气，畏畏缩缩的农民形象。再加上如今农民宁可到城里当农民工,也不愿在家种田。所以学生不理解狗儿爷为什么那么想得到土地。这时再介绍为了两亩地，狗儿爷的父亲及媳妇都搭上了性命的剧情，这让学生陷入认知失衡的状态中。然后我设计了两个问题，一是狗儿爷为什么要到风水坡去开荒；二是他为什么要孩子坚守门楼。探究后学生才明白土地是农民的命根子的意思。狗儿爷的终极理想是拥有像祁永年一样多的土地，把拥有门楼当作是拥有土地的标志，这种对土地的极度渴求源于对生存的清醒认识。这样学生原有的认知结构就发生了改变，对农民也有了新的认识。

（三）片面思维

当讲到《红灯记》时，学生看到《红灯记》的剧照，观赏到样板戏《红灯记》，学生一片哗声，直言太左了。听到“太左了”的呼声，我要求学生对《红灯记》进不进教材这个问题进行讨论。学生观点如下：“文革”产物，不能进，了解“文革”时期的文化沙漠现象，应该进；样板戏中人物形象太假了，没可学的不能进，样板戏中人物形象不真实，但人物身上的精神值得弘扬，应该进；打打杀杀的场面太多，不符合和谐社会的要求，不能进；没有打杀就不可能打败日本帝国主义，对侵略者就要痛打……让学生充分讨论，教师归纳学生观点时，对立地归纳，引导学生学习对历史现象要辩证地分析的思维方法。

这不仅培养了学生的思辨能力，而且学生对辩证思维记忆得尤其清晰。因为知识的建构是与他人磋商后形成的，他人的反馈点拨是对自己学习的对比、判断，用教学生成的机会鼓励学生“辩论”甚至“争论”来提升反思的层次，只有在深层次的反思中，个人的感悟才能被诱发出来，印象将十分深刻。

（四）思维的深刻性问题

思维的深刻性表现在善于深入地思考问题并预见事物的发展进程及自觉遵循思维规律，善于系统地把握事物的本质规律。

学生说别里科夫有社会责任感，因为他对柯瓦连科说："既然我是一个比您年纪大的同事，我就认为我有责任给您进一个忠告。"由于学生思维不深刻，导致只抓住一句话就得出结论。可以就着学生的思路让他深入思考，让学生在自相矛盾中调整思维。

让学生思考别里科夫做了什么事？学生从课文中得出他做的事都是当局规定让他做的，如果当局没规定，别人做了这事他就不能接受，他看到后会有很强的反应，比如他认为："如果教师骑自行车，那还希望学生做出什么好事来？他们所能做的就只有倒过来，用脑袋走路了！"这个逻辑很荒谬，但别里科夫却认为对，就因为当局没规定教师可以骑自行车。当局的规定就是套子，他用套子约束自己行为，实际就是包住自己、保护自己，这种生活对他来讲也是受罪。同时，他又用当局的规定要求周围人，如果周围人违反，他会主动地把这事向当局报告，这样周围人也只好按当局规定生活，但这种生活跟监狱生活是一样的，人们没有了自由。所以别里科夫的行为不能叫有社会责任感，而是以沙皇制度受害者的身份去自觉维护沙皇的统治。这样学生就理解了别里科夫形象的社会意义。

（五）思维的批判性问题

思维的批判性表现为冷静地思考问题，对前人的经验和书本知识能认真思考，不迷信、不盲从，敢于提出有理有据的合理见解。

如学生在学习加缪的《西西弗的神话》时，在探讨作者为什么认为西西弗是荒谬的英雄这个问题时，学生说西西弗明知石头推上去要掉下来，他可以不推石头呀。表面上看这个学生的思维批判性强，实际上是学生与作者不在同一话语场中。作者加缪论述西西弗的前提是先承认这件事荒谬。

文章哲理性很强，可以从作者举的例子引导学生思考。抓住作者分析俄狄浦斯的一句话"我认为我是幸福的"引导学生思考。俄狄浦斯如此不幸，为什么自己却说自己幸福。

在他不知情的情况下，犯了弑父娶母大逆不道乱伦之罪，违背了社会道德，这一切都是上帝安排好的，这就是命运。他受到良知的谴责，自己刺瞎双眼流放自己，他受到惩罚，他很痛苦，每天不断地拿他做的事折磨自己，这就不是接受命运，这就是荒谬。后来明白了："把一个上帝从世界中驱逐出去"，这事是我做的，但这是命中注定的，我无法改变的，我接受，但我不能每天这么痛苦地活。怎么办？"应该在人们之中得到安排的人的事情"，那我就不再用我做的事折磨我自己了，我瞎了，我也要好好活着，不再为这事痛苦。这不就是幸福吗？

再让学生找到文章中表现西西弗这种想法的句子。如"荒谬的人说'是'，但他的努力永不停息"。也就是西西弗接受命运，好好推石头。再如"他是自己生活的主人"，"最高的虔诚是否认诸神并且搬掉石头"。诸神惩罚西西弗，看西西弗痛苦地推石头，他们快乐，现在西西弗不痛苦了，把推石头当作享受。诸神要惩罚西西弗的目的没达到，所以西西弗把诸神否定了。

四、反思

语文教学应该是教师、学生、教育媒介（课本）三者皆到场且皆有话语权的生命对话过程。教师应树立起以学生发展为本的学生主体观。在阅读教学中，把学生的阅读学习当成是学生的积极情感体验过程和个性发展过程，当成是学生主动建构知识——把外部知识主动纳入学生知识结构的过程。

（一）在教育课程改革背景下

因为学生自主活动的时间多了，学生表达看法的机会多了，教师会遇到各种各样的问题，要想准确判定问题，调整学生思维，教师备课要有登顶精神。

（二）选取恰当的方式

知识性错误让学生查字典，或用提示性话语帮助学生；理解性错误可借助学生所学的相关内容给学生思维搭桥；观念性错误，用合作小组的方式讨论解决。对于学生情感态度价值观出现的问题，不是一次课就可以解决的，可以采用网络跟帖的方式，让学生发表自己的看法，还可以在活动中，让学生亲自体验，发挥群体评价的作用。

参考书目：

夏正江：《一个模子不适合所有的学生：差异教学的原理与实践》，华东师范大学出版社，2008 年。

第三篇
游弋活动中

第一章 评点杂志

语文活动是开发建设课程资源最好的方法，学生言语能力的提高要在言语活动中体验获得。

杂志兼有报纸和图书的特点，既能较快地传播科学文化知识信息，又能起到积累文化知识的作用。选择杂志作为阅读载体，操作性强。如何运用杂志为提高学生的语文素养服务呢？本文论述的使用杂志方式是评点。

《读者》是半月刊，栏目有卷首语、文苑、社会、人物、人世、生活、知识、看世界、点滴、交流。选文短小，内容层面涉及社会的各个方面，语言层面有一定的特色，情感层面涉及得较丰富，可读性强。

1.评点的含义

“评点”是指对书面上的诗文标上评论的文字并加以圈点。

2.评点角度

主要有三种。一是思想内容。二是写作方法。写作方法一般从七个方面评点。字法句法，章法结构，人物评价和塑造，艺术手法，发微抉隐：诗文有皮里春秋，有意在言外，挖掘微言大义，以便“通作者之意，开览者之心”（李贽论评点语）。作品比较是中国文章学、文学批评的传统。或就创作思想，或就创作方法，或就艺术风格，分析其间的异同优劣。最后是指瑕摘误。三是借题发挥，主要有发个人感慨，借古讽今等。

3.评点形式

（1）总评式

总评式的好处在于：从大处着眼，对一篇文章的主题、材料、结构、表达、语言及风格等方面的写作特点，进行简明扼要、提纲挈领式的总体评述，便于读者从整体上把握所评文章的优点和不足。

（2）旁批（或夹批）与总评结合式

先在原文的一侧或文中的几处，用简短的文字，对文中突出的优点或缺点逐一加以评论分析；然后在文末做总的评价。它实际上是在总评式评点的基础上，对所评文章进行了比较深入的评判，既顾及了文章大的方面的成败，又兼顾了文章较小的方面的得失，因而评价较为全面。

4.具体的操作要求

在介绍评点的相关知识后，要求学生阅读《读者》，画出好词好句子，评点。两周收一次，两周内有一节课讲评杂志评点。全班以四人为一合作小组，四人各有分工。一节课展示三组。

课堂呈现

教学活动是课程实施的主要途径，课堂在课程资源的开发和利用过程中起着不可忽视的作用。这也是语文教育资源运用不流于形式的重要标志。

1.展示

在上课前，展示小组要把展示的篇目通知老师和其他同学，以便老师备课和同学提问。

展示形式多种多样。文章介绍，分角色配乐朗读或概括文章各段内容；评点的文字，借助多媒体，以 PPT 为基础展示。

要求：

（1）三组评点的文章角度不一样。三组同学要对一本杂志的文章进行筛选，协调。

（2）展示形式要各具特色。

（3）要有结合语境的字词评点。

2.教师在课堂上的作用

教师在课前要对学生评点的文章认真地备课，课堂上教师的作用不仅是肯定学生用自己的情感、经验、眼光、角度去体验作品，还要尊重学生对作品富有个性的理解，同时要对学生的阅读感受和见解做补充、调整和修正。

3.其他学生

填写评价量表并对展示的文章提出疑问。

附：学生评价量表

汇报：第_____组　评价人：第______组　姓名______日期_____

评价项目		得分（注明减分原因）
汇报情况	声音洪亮	
	神态自然	
	评点角度恰当	
	字词评点得当	
	观点鲜明	
	例证充分	
	展示形式合理	
答疑情况	反应迅速	
	引用合理	
	表述通顺	
总分		

注：一项 10 分，满分 100 分。

学生最初的评点是：好，非常好；父子情深很感人，真挚的爱情让人羡慕；文章用比喻修辞，很形象，词语华丽值得学习。在不断地训练下，学生的评点有了进步。

以 ×× 杂志 2007 年第 16 期《老人与海》节选为例，学生的评点如下：

（1）“攮”字选得非常准确，把老人用鱼叉刺中鲸鱼的最软弱的部位——脑子并往下杵的过程形象地表现出来。

（2）老人不愧为捕鱼的好手，他用鱼叉十分准确地“攮”中了鲸鱼的最软弱的部位——脑子。作者运用反衬手法，以鲨鱼的巨大凶猛来衬托老人的勇敢。鲨鱼“肚皮朝天”“慢慢地沉了下去”，用白描手法表现鲨鱼死。

（3）从“它咬去了大约四十磅”到“他连一只鸟儿也看不见”，写老人杀死一条鲨鱼之后的心理活动。当马林鱼被鲨鱼咬去大约四十磅肉时老人还不曾沮丧，想的是:“可是一个人并不是生来要给打败的”，“你尽可把他消灭掉，可就是打不败他”，海明威就这样借主人公桑提亚哥的话表达了他认为的在当时人们应有的生存信念。在这一情节中，又插入老人想起棒球好手狄马吉奥勇战对手的一幕,来增添了他必胜的信心。

（4）这部小说表现了一种奋斗的人生观，即使面对的是不可征服的大自然，人仍然可以获得精神上的胜利。也许结果是失败的，但在奋斗的过程中，我们可以看到一个人如何成为一个顶天立地的大丈夫。

（5）这部作品语言质朴，平铺直述，让读者在简单的情节发展中体会人类的奋斗精神与对生命的尊重。故事的思想内核是坚强、忍耐、热爱、尊重，故事中的一切是那样的透明，没有任何人性的阴霾笼罩着作品，即使是贪婪的鲨鱼在老人的自言自语下也变得不那么残暴了。老人的心灵，像加勒比海上面阳光照耀的天空，光辉灿烂。

（6）海明威运用内心独白来刻画人物性格。在浩淼的大海上，老人身边一个人也没有，所以他的言语与快乐、坚强与奋斗不是做给别人看的，老人的自言自语可以说是他的精神真实的独白。

收效

以《读者》作为教育资源，学生的收获有以下三个方面。

1.知识积累

字词：学生评点每篇文章都要勾画好词好句。课堂展示时还要对字词有结合语境的分析揣摩。

事例 :《读者》中人物栏目里介绍的人物，特点配合着事例，学生好记忆。

2.能力积累

现代思维科学理论把人的思维大致分成三个基本层面，即分析性思维、创造性思维、实用性思维。与之相对应的语文能力是探究能力、审美能力和应用能力。把这种能力分类放在阅读文本中，可分为论述类文本、文学类文本和实用类文本。

基于建构主义学习理论而提出的思维科学理论认为，人的智力是分析的、创造的、实用的信息加工过程三者的平衡，它揭示了智力的用途。论述类文本侧重于培养分析性思维能力，文学类文本侧重于培养创造性思维，实用类文本侧重于实用性思维能力。评点要求学生在对文本整体把握的基础上，对文本的内容和写作方面做出合理的判断和评价，这个过程就是学生的应用、审美、探究能力培养的过程。

积累的事例用在作文中可以作为议论文中的论据。

审美能力是指感受美和鉴赏美的能力。它包括审美感受能力和审美鉴赏能力。审美感受能力是包括审美感知、审美想象、审美情感、审美理解等多种心理因素在内的协调活动能力。审美鉴赏能力是审美感受能力的深化，它使审美主体上升到一个能区分美与丑、崇高与卑下、高雅与庸俗的审美判断、鉴赏境界。

如评点《林中小溪》: 作者认为小溪是森林的心灵，他把小溪当作有感情、有灵魂、有人格精神的人来表现。小溪具有冲决一切障碍、不达目的绝不罢休的顽强精神，它鄙弃苟且求安的生活，向着“自由”的境地奋斗不息。这种精神是最美的。这样的评点就是学生审美能力的表现。

评点杨军《城市贫民阶层是一个信号》，有些同学对社会上的弱势群体开始关注。有合作小组对所在社区的农民工的生存状态做调查研究，学生的探究能力得以发展。

3.情感积累

在点评的过程中，学生的思想在不断地成熟，不断地净化。不仅关注亲情、友情、爱情，也有意识地关注社会民生，了解和接受多元文化。

如评点杨军的《城市贫民阶层是一个信号》：下岗职工、失地农民、库区移民、农民工、城镇和农村贫困人口，是掌握资源较少的群体。群体性事件成为影响社会稳定最突出的问题，关注社会民生，人应该有相当的社会责任感。

评点丁刚的《瑞典的受贿标准》：对贿赂的零容忍是一个国家健康发展的重要因素。

评点孙盛起的《文明，离我们还有多远》：国民养成教育的缺失是中国人不能戒掉陋习的重要原因。反观文中所提到的行为，我的身上何尝没有，自律是戒掉陋习的基础。

评点《人间随处有乘除》：人的可贵之处在于：心能收能放。曾国藩的雄心壮志，曾国藩的安于平淡，一切的一切都掩藏在他的一颗波澜不惊的心中。

评点《歌，一条无尽的路》：扎根边疆的军人们同山一样雄壮，而他们坚硬的外表背后，又何尝不是一颗柔软的心。

评点《往事的回忆》：文章结尾留有留白，让人不禁猜想，文章中的女人主公究竟怎么了，是离他而去，还是离开人世，设计巧妙。而其中所表现的爱情也令人回味。

第二章　社会生活评论与演讲

一、概念

1.社会生活评论

社会生活评论就是以议论、说理为手段，对社会生活中的现象、问题进行评判和议论。

社会生活评论，可以是洋洋数千言的大块文章，也可以是寥寥数百字的短文。它针对人们的思想、作风以及认识等，或表扬，或批评，用以引导人们的行为。

2.演讲

所谓演讲，是指在特定的时空环境中，运用有声语言和体态语言，公开向听众传递信息、表述见解、阐明事理、抒发感情的语言艺术。它是一种直接的带有艺术性的社会实践活动。

二、实施步骤

1.关注社会生活

社会生活中的任何现象、问题都可以作为评论的内容。但学生的现状不容乐观。下面是有关普通校普通班学生（42 人）对社会生活关注度的调查表。

附：

项目	内容
关注的新闻	娱乐 94%、体育 56%、社会重大事件 90%、社会突发事件 60%
获取新闻的方式	娱乐杂志 56%、电脑 43%、电视 31%、同学聊天 13%
记录新闻	不 100%
分析新闻	不 90%，想想 10%
思考社会现象产生的原因	不 92%，想想 8%
有写社会生活评论的想法	没有 100%

根据调查表显示内容，我们可以看出学生关注社会生活热点的价值取向，也可以得出把社会生活评论作为语文课程资源开发的必要性。

关注社会生活有一定的具体方法：要求学生在上下学路上，在课间休息聊天时，在吃饭看电视新闻时，休息时看报纸时留心生活中的现象；准备记事本，随时记录生活中见到的各种社会事件；抓点滴时间思考社会现象产生的原因。

2.评论社会生活

社会生活评论就是对社会现象和问题谈自己的看法。要求选取评论对象，确立评论论题。社会评论选取评论的对象要求真实、典型、新鲜，富有时代性。挖掘事物本质，确立评论论点。社会评论的观点要求准确、单一、集中、新颖。要展开逻辑严密的论证说理。

基本模式先概述事件，提出论点；然后用论据证明论点，要有结合论点的具体分析；还要分析事件产生的原因；最后要有结论。语言上要求学生以负责任的态度表达自己的真实想法。不写空话、套话、假话。[1]

三、课堂呈现

教学活动是课程实施的主要途径，课堂在课程资源的开发和利用过

1 李成谊主编：《实用沟通与演讲教程》，华中科技大学出版社，2005 年。

程中起着不可忽视的作用。这也是语文教育资源运用不流于形式的重要标志。评论社会生活的文章在课堂上呈现的方式可以采用演讲的形式。因为学生语文学习过程是学生通过自身的积极的言语活动主动建构自身言语经验的过程。

具体的操作要求

自己选择关注的社会热点，确定自己的观点，选择三个以上的论据证明自己的观点，要有结论，演讲时间三分钟，每位听讲的同学要为演讲的同学填写评价量表，并记录所使用的论据。

以学号尾数相同的组成合作小组，每次演讲完毕，教师随意说学号尾数，合作小组商议评分，请一位同学写出一百字左右评语在全班读，并宣布得分。教师做适当点评。

附：学生评价量表

汇报：第____组　　评价人：第____组　　姓名____日期____

评价项目	具体内容记录	得分
从社会现象提出的观点新颖、有针对性		
论据典型、新颖、能证明论点		
叙述论据详略得当、顺序合理		
论据后有分析		
使用引证法、喻证法、对比论证法		
采用横向、纵向或辩证地分析		
结论恰当		
语言顺畅		
是否清晰、声音洪亮		
脱稿		
总分		

注：一项 10 分，满分 100 分。

四、效果

1. 在活动（观察生活、写社会生活评论、演讲）中培养学生心怀天下、关注社会的意识。

学生涉及的社会现象有2008年中国汶川的地震，地震中学校倒塌严重现象，范跑跑该不该跑，明星捐款，南方的雪灾，奥运火炬传递，手足口病，奥运冠军免试上大学，北京实行“限塑令”，京剧唱段进课堂，郭德刚相声，选秀现象，王宝强成明星，姚明受伤，手机垃圾短信，乞讨现象，蟾蜍过马路，中航飞行员罢飞事件，中国大飞机制造业缺人才，生物燃料，夏时制，小事引发的血案，等等，灾难、死亡、爱国热情、公益、慈善、环保、责任、科学、青少年心理健康等话题进入学生们的思考范畴，学生开始有意识地关注社会。

2. 关注热点的变化有效地调整了学生的价值取向。

因为学生关注的社会热点比较广泛，一些原来很少进入学生视野的社会现象有了一定的受众面，学生开始关注有关社会民生的问题。

3. 积累了一定数量的论据。社会评论涉及社会生活的面较广，都是当代的、新鲜的材料，论据比较新颖。

4. 学习了议论文的基本写法。学生从观察生活确定选题，选择论据证明论点，结合论点进行分析，到写成文章，学生写作议论文的能力有一定的提高。

5. 建立了学生的自信心。在众人面前讲话学生经常表现为心跳加快、呼吸急促、颜面赤热，怯场是一种正常的心理反应。要求学生在演讲前对着镜子练习所写的社会生活评论。上台后要求学生对自己的演讲题材和演讲效果充满自信，要在精神上鼓励自己去争取成功。可以用如下语言反复暗示、刺激自己：“我的演讲题材对听众具有极大的价值，听众听到后一定会喜欢”；“我非常熟悉这类演讲题材，我一定会成功”；“我准备得非常充分了”等等，现实的实验心理学表明，由自我启发、自我暗示而产生的学习、行为动机，即使这动机是佯装的，也是导致学习、工作取得良好效果的有力手段。因为面对的是同班同学，学生基本上能把演讲内容讲完。

5. 合作小组评价后，发言的同学根据同学的评价修改发言稿，最后由课代表整理出一本社会热点期刊。

五、反思

引导学生正确地看待一些社会问题和社会现象

社会生活现象和社会问题是社会生活的反映，它的出现和存在有一定的社会原因和背景，学生的年龄和阅历有限，对社会问题和社会现象的分析不深入，有时甚至是偏激的，在讲评时，教师要正确引导。比如，京剧选段进入课堂问题，学生认为兴趣是最好的老师，喜欢流行音乐，并用流行音乐做对比，京剧节奏慢、内容陈旧、学起来难；民族、地域的艺术种类推广起来难免水土不服；京剧进课堂是推广普及民族艺术形式的一种方式。这个评论有一定的道理，但分析还停留在表面原因，深层原因是现代娱乐方式太丰富了，京剧不能满足大多数人的娱乐选择，因而受众面少。

社会生活随着人类的发展会越来越丰富多彩，它作为语文课程资源是取之不竭的，写社会生活评论以演讲的形式来使用，只是社会生活作为语文课程资源的一个取向。

第三章　吟诵古典诗词　涵养文人气质

中国是诗的国度，中国古代诗歌质量之高、数量之大、内涵之丰没有一种文学体裁可与之比拟。伴随着音乐产生的词在宋代是可以歌唱的，但词的唱法早已失传。而诗词不吟无以品其味，诗词不诵无以涵其情，要吟诵诗词，是当今语文教学必须承担的任务。

1.观看播音员吟诵诗词

让学生观看濮存新吟诵的杜甫《兵车行》，他拖长的语调，慢慢的吐字，高亢的情感，实起的强音，夸张的面部表情及肢体动作，让有些学生笑出声来。

听完后问学生感觉怎样，学生说这样朗读得不好听，感觉怪怪的。

因为学生很少欣赏过高水平的吟诵，不懂得什么样的吟诵是美，以致出现对这种吟诵不认同、以美为丑的情况。

2.教师引导学生解读诗作

增加一个教学环节，让学生根据注释自己读《兵车行》，并要求用一句话写出体验到的情感，学生写悲的较多。然后让学生找出最打动他的诗句，并说出理由。

教师以诗尾句“君不见青海头，古来白骨无人收。新鬼烦冤旧鬼哭，天阴雨湿声啾啾”做例子讲解。诗人先写“青海头”，读者脑中想到的是广漠的大地，而时间词“古来”把读者带进旷远的时间中，这样读者仿佛置身于巨大空间和深远时间交汇的背景中。看到“白骨”，人会毛骨悚然，但在“白骨无人收”中，却让人产生悲愤之情。因为在中国人的文化观念中，人死后入土为安。只有躯体入土了，灵魂才得以安息。

但历史长河中因战争而死的无数人，因无人收殓，尸体被风化露出白骨，这种场景与深植人心的观念构成巨大的反差，它所带来的情感冲击力，让人产生莫名的悲伤，自然会激起人对战争的无比仇恨之情。

而皇帝为了满足扩张的野心，这样的战争还在继续，无数刚战死的战士变成了鬼在怨恨着这场战争，无数因战争而死的鬼在哭泣，再加上天阴着，下着雨，阴天雨声怨声哭声交织在一起，营造出巨大的悲情场，它是无边的、有厚度的，这种情感压在读者心上令人窒息，只要真正进入诗境中就很难从这种情境中拔出。

然后让学生发现诗的语言特点及其表达的效果。根据分析，学生得出七言诗适用于表达深沉哀怨的情感，读时节奏要舒缓。

让学生再读《兵车行》，体会作者感情，不仅要读出悲，更要读出愤、恨、痛、苦等复杂情感。同时让学生标出读诗时发音情况：重音、强音、弱音、加长语气的音，根据标出的语音符号再读诗，学生也开始像播音员那样去读诗。这时再放播音员吟诵诗的录像，学生不再笑，而是静静地品味其美。

学生因不懂而发笑，教学行为中加一个“让学生发现原因”环节，正是这个环节让学生自己发现诗人用语言构建出的意境打动人心：懂而动心。再让学生把动心之诗用声音这种表现形式表现出来，学生用朗读符号标注诗，接受这样的表现形式：懂而受音。再懂而静听，进而感动并欣赏到其中蕴含的悲情美。

由此得出学生吟诵古典诗词五步法：不懂而笑，懂而动心，懂而受音，懂而静听，感而赏美。

选取自己最喜爱的诗词吟诵，不局限于课本，学生翻阅了一批诗词，在选择时学生不经意地解读了诗作。

吟诵要抑扬顿挫。可以借助肢体语言和面部表情来达到表达感情的作用。还可为诗词选用符合其意境的背景和音乐，如果配上那个朝代穿的衣服，表演效果会好。

3.练习

学生缺少在大庭广众之下演出的机会，为了消除紧张心理，鼓励学生到人多的场合练习朗诵。

4.演出

演出是学生华美绽放时，当学生穿上汉服吟诵唐诗宋词时，制作的背景符合诗词要表达的情境，灯光亮度恰好，学生登上台后，情感上自然走进诗人诗作的情境，变成诗人在吟诵作品，饱满的感情，朗读技巧的恰当使用，把现场的观众带进表演者吟诵的诗词中，跟着表演者一起走进诗词中。

5.评价

评价要多元，先制作出吟诵表现性评价表，然后请任课教师、现场观众做评委，还可以请教朗读的专业教师做评委。比赛结束后专业教师现场点评，既对表演者的吟诵提出改进措施，也能让现场观众受到审美教育。这样的评价公正合理，信服度高。

吟诵古典诗词作为一项语文活动，是语文课程资源中不可或缺的。这项活动带给学生的不仅是多读了些古典诗词，还让学生知道了什么是朗读美，更重要的是在这个过程中涵养了学生的文人气质，增加了学生的文化底蕴。

附：吟诵表现性评价表

评价要求	读音	停连	重音	语气			节奏	台风	感情	现场效果		
				语气色彩	语调	语势				PPT背景	服装	配乐
分值	10	10	10	10	10	5	10	10	10	5	5	5

评价细则：

1. 读音准确，不丢字句，不添字，不重复。

2. 停连合理。

3. 重音突出。

4. 语气的色彩符合诗词内容。

5. 语调重心明显。
6. 语势要求：句首句腰句尾明显。
7. 节奏有变化。
8. 表演大方，上下台得体，台风稳健。
9. 感情饱满，有激情。
10 .PPT制作的背景符合诗词的内容。
11. 表演者的服装得体。
12. 配乐恰当。

第四章　演绎经典剧目，体味人生百态

戏剧是舞台艺术，用表演的形式来组织学生学习戏剧，学生兴趣更浓。学生做演员，在大家的目光下要想演好角色，需要良好的心理素质。为了演好人物形象，学生往往要阅读整本剧本，对人物形象的理解也更全面。

一、布置戏剧演出

以北京版第四模块话剧单元为基础，布置戏剧演出的学习任务。鼓励学生自编自演。活动布置后，学生组建了演出团队。定导演、选演员、借服装、用电脑制作背景、联系排练场所，等等。这个过程中学生的不同能力得以全方位地展示，而且学生乐此不疲。分配角色后，担任导演的同学还借来人艺演出时的光盘带着演员们分析角色。演员们背台词，当演员们背熟后台词后，导演组织演员们对台词，导演还要对演员做个别指导，然后组织演员们合练。

2012 届学生就把当时流行的电视剧《奋斗》改编成了话剧。先改出剧本，然后在班内选演员，分角色，背台词，一遍一遍练，学生为了达到最佳的演出效果，利用周末的时间，所有演员集合到北海，找一个空场，对台词，有许多游客停下游玩的脚步看学生的演出，孩子们开始的不好意思、羞赧在“观众”面前慢慢地退去，声音洪亮，有模有样。在练戏的过程中，学生放弃了许多休息时间，一段一段地对台词，其他同学点评其演得好与不好，大家都能乐于接受意见，并努力去表现人物。我特意拿出课上时间，借到学校的礼堂，让他们在礼堂体会现场演出的感觉，他们演完后，同学点评，我再点评。在一遍一遍地提意见的过程中，演员们能接受批评，内化批评，这对学生的接受能力也是一种考验。

二、演出

1.再现情景

舞台上的道具，电脑制作的 PPT 显示出的背景，舞台上的人穿着演出服，构成的情境一下子使那个时代再现出来，学生穿着演出服好像穿越到那个时代，台词脱口而出，引着观众进入情境中，很多学生在观看演出时，脑中都在想同学塑造的人物形象是否就是我读剧本时看到的人物形象。

2.展现学生的创造力

剧本是一样的，但呈现方式历届学生都不一样，如每届学生都喜欢《茶馆》这个剧本，如对庞太监这个人物形象，每届学生都有不同的演绎方式。

2009 届，庞太监是由一个胖学生出演的，兰花指，细嗓音，一个瘦学生扮演小牛儿提着水烟袋。当庞太监用尖细的嗓音说出“就要活的，可不要死的”后，还加上带着颤音的怪笑“哈哈哈”时，因为他太胖，穿的又是丝绸制的戏服，略微紧了些，他笑时上身的肉都在动，再加上灯光昏暗，康顺子倒在台上，整个场景就像人间地狱，全场鸦雀无声，现场的观众全被庞太监这个人物带进剧中。

2012 届学生演《茶馆》时，庞太监的扮演者是个瘦子，当他在说“就要活的，可不要死的”时加上兰花指，同时这个兰花指指向康顺子，指时手腕特意往下压，然后扭着腰走，一边走一边用尖细的声音怪笑，现场观众同样被他带进情境中。

3.审美在校园

《普通高中语文课程标准（实验）》明确提出：“文学艺术的鉴赏和创作是重要的审美活动……语文具有重要的审美教育功能，高中语文课程应关注学生情感的发展，让学生受到美的熏陶，培养自觉的审美意识和高尚的审美情趣，培养审美感知和审美创造的能力。”戏剧演出这种形式对每个学生来讲，都可以让学生受到不同程度的审美教育。

三、点评

职业演员点评。专业演员就学生的演出做点评时，对如何演好戏做专业的指导，学生觉得艺术离他是那么近，学生的艺术情结容易被调动出来。

语文教师从塑造人物和对学生的了解层面对学生的演出做出点评，不管是演员还是观众，对老师的评价都非常在意，当老师说的和自己想的一样时，学生频频点头并连声说对，如果老师讲的和自己想的不一样时，学生拿出剧作对台词，继续体会台词。

戏剧演出后，每个学生都有话可说。有话可写，写的又是真话。这样的写作，文从句顺，有细节描写，有对同学的肯定、赞扬、欣赏，还有的是学习。

让全班学生在戏剧活动中动起来，让不同潜质的学生发挥其潜能，各类学生的闪光点得以充分展现，学生的各种能力得到充分锻炼，高中的戏剧活动成为很多学生学生时代不可磨灭的记忆。

第五章　开设经典作品选修课　优化学生的思维品质

一、问题的提出

在学阿尔贝·加缪的《西西弗的神话》时，我问学生为什么西西弗每天重复同样的劳动，加缪却说西西弗是幸福的？学生说西西弗自己觉得幸福；我再追问，西西弗怎么就觉得自己幸福呢？学生就不说话了。

在学司马迁的《信陵君窃符救赵》时，我问学生信陵君为什么能救赵却秦？学生说为救信陵君他姐姐。我再追问，秦在长平刚坑杀完赵四十万大军，信陵君个人怎么能与强秦抗衡呢？学生就不说话了。

在讲《齐桓晋文之事》时，我让学生说说孟子如何劝说齐宣王实行仁政的。学生说孟子举了几个例子，然后那么一说齐宣王就听了，再追问孟子怎么一说，学生就不说话了。

这些问题都与作者在写此文时对这些问题的看法有关，怎么让学生的思维品质优化些呢？我借助开设的《名作解读》选修课做了如下的探索。

二、借助选修课优化学生思维品质

《普通高中语文课程标准（实验）》规定："高中语文选修课程是在必修课程基础上的拓展与提高。"在作品的选择上尽量能有利于学生思维品质的培养。

所谓思维就是人脑对客观事物的一般特性和内部联系的反映。它是认识的高级阶段，是以已有的知识为中介进行推断和解决问题的过程。

这个过程包括：分析、综合、比较、抽象和概括等环节。思维的基本形式是概念、判断和推理；思维的基本特征是它的概括性和间接性。一个人在思维过程中表现出来的基本特点就是一个人的思维品质。良好的思维品质包括思维的灵活性、独创性、批判性、深刻性和敏捷性。

1.多角度看问题

钱锺书《窗》从三个角度写门和窗，得出窗的不同意义：门许我们追求，表示欲望，窗子许我们占领，表示享受；窗比门代表更高级的人类进化阶段；窗可以算是屋子的眼睛。对一个事物或问题能从不同角度思考，这是思维的灵活性的表现。

思维灵活性指思维变通流畅，不呆板僵硬。主要体现在：思维的起点灵活、思维过程灵活、概括迁移能力强、善于组合分析、伸缩性大、有多种合理而灵活的结论等方面。

在选修课中我选了司马光写的《淝水之战》，前秦苻坚在打晋之前，向人征求意见：尚书左仆射从晋无大恶的角度，太子左卫率石越从星象的角度，阳平公融从天道、晋、己方兵力的角度，太子宏从战争失败的角度，张夫人从天道民心的角度，坚幼子中山诜从忠臣反对伐晋的角度进谏，而苻坚都未采纳，最终导致战败。对同一个问题这么人都持反对态度，而且角度都不一样，因此在教学时，我设计了表格，让学生自读课文，概括每个人的反对理由，文章的思路清晰地呈现出来。又给学生布置作业，让学生找一个事物或问题，从不同角度思考，写一篇文章。

2.反面看问题

学生思维往往有定式。学林纾《游栖霞紫云洞记》时，学生写的初读感受是："作者的感受似乎与常人不太一样。'蝙蝠掠人而过，不十步，辄中岩滴'，这与作者所说的'紫云最胜'匹配吗？多么恐怖、阴森。作者还为紫云洞作画，简直不可思议。想一想，到处充满阴森恐怖的气氛，让人毛骨悚然。"这个看法就反映出学生的思维定式，在人的思维定式中，洞是黑暗可怕的地方，没有火把人不敢涉足的地方。因为黑，人不知前方有什么，突然出现活动的东西，比如"蝙蝠掠人而过"，这时人会心惊、害怕。而实际上紫云洞并不黑。思维定式是妨碍思维独创性的大敌。

思维的独创性表现在善于独立思考，不拘泥、不守旧，不满足于现成答案，敢于创新，能自主地提出问题和解决问题。所以在选修课上，我选了姜戎的《狼图腾》。在正式讲《狼图腾》之前，我把学生学过的杰克·伦敦《热爱生命》，蒲松龄的《狼》，伊索寓言中的《狼和小羊》，齐秦的歌曲《我是一匹来自北方的狼》放在一起让学生找其中的共性。学生在分小组讨论后明白：狼在人的眼中是凶狠、狡诈的动物，所以狼在人的思维定式中就是吃人的动物。

然后再让学生读《狼图腾》的片段。我特地选了陈阵误入狼群，小狼死时这两个段落让学生比较阅读，学生在初读感受中都写道：看完后很是感动。发现姜戎笔下的狼是好动物，它身上有很多优秀的品质，如尊严、忠诚、团队意识强、归属感、坚持不懈、顽强……接着我让学生讨论《狼图腾》为什么能让你感动。在小组合作讨论后，大家有一个共识：原来认为狼就是坏的代称，如狼子野心、狼心狗肺、狼狈为奸、狼奔豕突……而《狼图腾》却写狼的好，反向思维，作品有独创性。

最后我又找来史铁生写的《病隙碎笔》中写叛徒的一段文字让学生阅读，学生觉得耳目一新，追问其原因，原来一直认为叛徒就是坏人，就应该对其持鄙视的态度，从未从反面思考叛徒成为叛徒的原因。

3.对立统一地看问题

学习毛泽东写的《改造我们的学习》中，主观主义的态度和马克思列宁主义的态度是正反对比着写的。学生在作文中也能经常用到。这样就行了吗？我选了余秋雨写的《三峡》。《三峡》中写了三峡的自然景观，李白《早发白帝城》，刘备托孤，这三个是毫无联系的。余秋雨先把它们对立起来，一个是对大自然的崇拜，一个是对山河主宰权的争夺，表现出来的情感一个是对生命的珍惜，一个是对生命的毁灭，二者是对立的，最后余秋雨把白帝城放在华夏山河中，统一在人的文化生命是至高无上的价值上。这里面隐含的就是对立统一的思想。

在教学设计上，我先让学生写出他们对三峡的了解，学生写了学过郦道元的《水经注》，个别学生还能写出《水经注》的一两句话，大部分学生能写出李白的《早发白帝城》，别的就不知道了。然后我给学生印发了余秋雨写的《三峡》，要求学生在看的过程中思考作者是怎样把他提到的材料联系在一起的。独立思考完后以小组为单位讨论，要求每个小组派一个代表发言，学生觉得举得东西挺多的，也挺合适的，就是不知道为什么合适。我再带着他们把思路理出来，他们惊叹，哲学思想真有用。

4.理出内在逻辑

孟子的《齐桓晋文之事》内在逻辑顺序是这样的：齐宣王很想称霸天下，向孟子请教，孟子想仁政治国，所以他在谈话的初始就掌握了话语的主动权。提出保民而王的观点，接着用齐宣王以羊易牛的事例来谈的是齐宣王有实行仁政的心理基础，因为他有不忍之心。然后又举了很多例子谈不为与不能的区别，目的是说齐宣王有实行仁政的能力。而齐宣王不想实行仁政是因为他想行霸道，孟子就霸道谈危害，让齐宣王明白实行霸道对治国没有好处。而齐宣王又是有理想的君主，所以孟子告诉他实行仁政一样可以实现理想，并谈了实现仁政的具体措施。这就是孟子文章的内在逻辑。

我选了《三国演义》第五十回《诸葛亮智算华容　关云长义释曹操》。让学生思考关云长为什么要放曹操？关云长放走曹操对自己一点好处都没有，既违反军纪又对刘备不忠，而抓住曹操是忠于刘备的表现，孰轻孰重，关云长心里应该有数。有学生说这是诸葛亮之计，此时刘备还没有能力独霸天下，还得三足鼎立，所以放了曹操。我让学生从关羽与曹操的交往思考，学生明白关公放曹操是还曹操一个人情，因为关公从曹操手中走时曾过五关斩六将，曹操并未派人杀他，所以此时放他还他一个人情，以后再遇到时就可以心里没有负担地与之作战了。这正是内在逻辑的问题。

5.批判地比较

文章在选材时，很多人愿意选一样的题材。运用比较可以让我们分出优劣，这里面就要用到思维的批判性。思维的批判性表现为冷静地思考问题，对前人的经验和书本知识能认真思考，不迷信、不盲从，敢于提出有理有据的合理见解。

比如吴均的《与朱元思书》“水皆缥碧，千丈见底。游鱼细石，直视无碍”和柳宗元的《小石潭记》“潭中鱼可百许头，皆若空游无所依，日光下澈，影布石上”两句话。两句都写了水的清澈。刘基《活水源记》也写了水清：“其初为渠时，深不逾尺，而澄澈可鉴；俯视，则崖上松竹花木皆在水底。”孰优孰劣，我让学生比较这三句话。学生看出刘基这句写法并没有突破前人窠臼，仍是借外物（水中景物）写水清，但精彩在于水浅的渠能照出山上松竹花木的影子，而且让人产生错觉，不认为它是倒影，因为它们“皆在水底”，“在”在这句中是动词，用了“在”字，好像松花竹木长在渠底，水清到让人感觉不到水的存在。虽是“渠”，但不是人工开凿的水道，是“浸”的，自然形成的。水底就是土地，沾水就成泥，经过水多年的冲刷，泥瓷实了。而泥一般呈黑色，只有背景极深、水极清的情况下，你才可能见到倒影。由此可知活水源的水太清了。

在选修课上我选了归有光的《项脊轩志》，韩愈的《祭十二郎文》，史铁生的《合欢树》，三毛的《温柔的夜》和齐邦媛《世流河》中的《李弥将军的战马》，让学生阅读，要求从亲人、陌生人、朋友之间的情感角度做比较，然后写一篇文章。

学生在文章中写道：对亲人，因为朝夕相处，有亲情在，所以说爱很容易；对朋友，因为有接触，所以说关心也容易；但对陌生人，在我们的思维定式中，我们对陌生人易产生防人之心，当陌生人向我们寻求帮助时，我们首先想到的是陌生人会不会对我造成威胁，因而对陌生人很难有爱心产生。而在我们得知他们真的需要我们帮助时，我们却没有帮助他，我们的内疚之情自然产生。

6.挖掘事物的根源

思维的深刻性表现在善于深入地思考问题并预见事物的发展进程及自觉遵循思维规律，善于系统地把握事物的本质规律。

在学契诃夫《装在套子里的人》时学生说别里科夫有社会责任感，因为他对柯瓦连科说：“既然我是一个比您年纪大的同事，我就认为我有责任给您进一个忠告。”由于学生思维不深刻，导致只抓住一句话就得出结论。可以就着学生的思路让他深入思考，让学生在自相矛盾中调整思维。

让学生思考别里科夫做了什么事？学生从课文中得出他做的事都是当局规定让他做的，如果当局没规定，别人做了这事他就不能接受，他看到后会有很强的反应，比如他认为："如果教师骑自行车，那还希望学生做出什么好事来？他们所能做的就只有倒过来，用脑袋走路了！"这个逻辑很荒谬，但别里科夫却认为对，就因为当局没规定教师可以骑自行车。当局的规定就是套子，他用套子约束自己行为，实际就是包住自己、保护自己，这种生活对他来讲也是受罪。同时，他又用当局的规定要求周围人，如果周围人违反，他会主动把这事向当局报告，这样周围人也只好按当局规定生活，但这种生活跟监狱生活是一样的，人们没有了自由。所以别里科夫的行为不能叫有社会责任感，而是以沙皇制度受害者的身份去自觉维护沙皇的统治。

在选修课上，我选了张纯如写的报告文学《南京暴行——被遗忘的大屠杀》，让学生分析日本人这么做的原因。学生阅读后写了阅读笔记，小组内交流阅读笔记，每组选出代表发言。学生分析出以下原因：日本军人上级欺负下级是常态，日本人对中国人极端地蔑视，日本武士道精神中有暴力因素。

7.联系地看问题

思维的敏捷性是指思考问题时，思维主体能对客观事物做出敏锐快速的反应，它反映了思维活动中的反应速度和熟练程度。敏捷性强的前提是对所学都能联系在一起思考。在选修课上在每阅读一篇新的文章之前，我都会把与文章有关的、学生学过的文章让学生说一说；每阅读完一篇文章我都会让学生说说自己的初读感受；在听其他同学的发言时要求学生记录他人的发言，把这些内容结合起来思考。

在选择选修课所选的作品时，尽量选既有利于优化学生思维品质的，又跟学生学过的文章有些关联的文章，目的是让学生把这些内容联系起来思考，培养学生用联系的观点思考问题的方式。

三、反思

在选择教学方法时，我把阅读时间交给学生，同时给学生创设思考的台阶：或设计阅读表现性评价表让学生填写，或分小组讨论，或写阅读感受，或带着学生梳理文章思路。在学生学习的过程中，要让学生明确学的是什么。学完每一个分析方法，学生要用所学的方法写一篇文章。

语文学科是形象思维与抽象思维并重的学科，在语文教学中，优化学生的思维品质同样可以让学生聪明起来。

第六章　学语言文字应用　综合实践中使用

2011 年《全日制义务教育语文课程标准（实验）》提出："语文课程是一门学习语言文字运用的综合性实践性课程。"这句话告诉我们：

1. 语言文字的运用是要在语文课上学习的，而学习的主要载体是课文，当然也可以是其他适合学习语言文字运用的内容。

2. 语言文字是在使用中提高的。

3. 语言文字的运用不囿于课堂上，生活是学习语言文字运用的大课堂。

4. 只要有语言文字使用的地方就是学语文的地方，所以综合性实践性是语文课程的特点。

5. 学生生活中任何一项活动都可以是语文综合性学习的活动。只要教师设计合理都可以成为学生学习语言文字运用的综合性、实践性活动。

语文综合性学习是以语文课程的整合为基点，加强语文课程与其他课程的联系，强调语文学习与生活的结合，以促进学生语文素养的整体推进和协调发展。[1]

语文综合性学习与传统语文学习不同，它不强调语文知识的系统和完整，而是在学生参与综合性、实践性的活动中全面提高语文素养。

基于这样的认识，我为刚入校的高一学生设计了一个有关假期生活的综合性实践活动。因为已收到高中录取通知书，学生的假期时间宽裕

1　郑国民、冯伟光、沈帼威：《语文综合性学习的理论基础和基本特征》，北京师范大学《语文建设》，2002 年第 4 期。

些，课业负担不重，同时学生考上高中，家长的心情也不错。

一、布置学习要求

1. 学生跟其家长商量假期安排，并做出假期生活计划书。

2. 假期生活中的每项任务要有记录。如文字、相片、视频和实物，等等。

3. 活动呈现方式：开学后以演讲的方式，配上 PPT，把假期生活向全班同学做介绍，时间为 15 分钟。自拟题目，自选角度，自选主题，要能从假期生活中有所得。

二、学生假期活动

1. 外出旅游

2. 发展业余爱好

3. 写作业

三、汇报

1. 每位学生汇报时，其他学生手中有一张学生学习活动表现性评价表，借助评价表给汇报的学生赋分。每位学生讲完后，请一组学生做点评。

附：学生学习活动表现性评价表

项目	优	良	中
主题	明确	基本清楚	不明确
材料	丰富	较充实	不充实
结构	清晰，有过渡句	较清晰	不清晰
思考道理	能提炼出哲理	能有道理	不能提炼出道理
PPT	制作水平高	制作水平一般	有
演讲	脱稿、有激情、现场效果好	不能完全脱稿、偶有激情、台风较好	不能脱稿、没有激情

2. 根据学生的演讲，知道所有学生都去了外地旅游，并照了大量的相片。所有学生在讲各地风情时，特别注意了各地的环境和人口素质。当讲到各地风情时，学生的关注度极高。

3. 每个学生都展示了自己的业余爱好，如画画、做模型、演奏乐器、听交响乐、练跆拳道、读书、打游戏、看电影、收集动画片。音乐特长生在汇报时几乎都演奏了一段假期练习的曲目，演讲现场效果好。

4. 学生的 PPT 制作水平高低不同。配乐的居多，在 PPT 中加链接的不多。

5. 照相水平参差不齐。

6. 演讲水平普遍不高。现场发挥好的不多。有些学生能借助 PPT 提示的内容演讲，真正做到脱稿的很少。

7. 演讲的内容较为充实。结构大体清晰，大部分学生注意到内容的衔接。

8. 所有学生都能在演讲结束时，力求得出点哲理性的思考。大多数从环境保护角度提出号召，个别学生能从读到的书中提炼出有哲理味道的话，还有些学生能从自己的业余爱好中的不成功处得到经验教训。

9. 所有学生都对教师布置的学科作业用突击的方式完成。所有学生都愿意做自己喜爱做的事，并为之投入大量时间与精力而乐此不疲。

10. 学生为假期生活写的文字稿质量较高。内容充实，主题鲜明，结构清晰，文从字顺，有思考的痕迹。

四、反思

介绍假期生活的综合性学习以下几个特点突出：

1. 学生对一段时间有了整体构想。

做假期生活计划书，促使学生思考假期生活的目的。有助于学生养成规划意识，做事目标更明确。为了完成目标，要合理安排时间，要处理好学习、娱乐与休息的关系。

2. 学生与人交往的能力得到大幅提高。

在与家长商量假期生活时，学生试图与家长用一种平等的方式交流，试图从家长的角度考虑提的要求的合理性及实现的可能性。在劝说家长听从自己的建议时，使用了各种方法，尤其是语言技巧。

在外出旅游时，试着跟当地人交谈，锻炼了表达能力。

3. 学生从外出游玩收获更丰富了。

在假期的初期，大部分学生觉得记录是一种负担。但做起来以后却发现：用相机记录要考虑到构图，这里面有美的设计；同时为了照好相片，还要考虑相机的光圈与景深的配合，这里面有美学知识，还要涉及物理学知识。为了获得最佳的取景效果，还要选择好的角度，活动量挺大，没有好的身体还真吃不消。而照到一张好相片后自己获得的情感体验是无法言表的。

用文字记录，开始学生记录的是流水账。慢慢地，有学生把生活中遇到的独特的事详细地记录下来；再后来，记录完事件后，学生开始思考事件，记录下自己当时的所思，等做整理时再回顾才发现，思考带来的快乐也是无法言表的。

4. 表现性评价表为学生以后做类似活动提供了一下参考的依据，学生可以根据表现性评价表让自己分析问题的思维更清晰。

5. 学生明白在公共场合时，一个人的演讲才能是至关重要的能力。好的演讲者在现场的感染力强，听众能跟着他一起去体会他的情感；而演讲能力弱的学生，声音小，面红耳赤，再加上读稿，在台上显得特别尴尬。两相比较，学生明白演讲能力对人来讲是多么的重要。

参考书目：

[1]《普通高中语文课程标准（实验）》，人民教育出版社，2003 年。

[2] 郑国民、冯伟光、沈帼威：《语文综合性学习的理论基础和基本特征》，北京师范大学《语文建设》，2002 年第 4 期。

第四篇
徜徉网络海

第一章　应用信息技术促进语文教学的研究

一、问题的提出

传统的教学系统只有教师、学生和教材三个要素。教学模式是以教师为中心的教授式教学，在学习过程中学生一直处于被动接受的状态，教师是课堂教学的主宰。这种教学模式对系统知识体系的传授具有比较好的效果，但因其忽视了学生是学习的主体，忽视了学生在学习过程中的内在心理的发展和变化，因此在培养学生获取知识能力、创新能力等方面上有缺陷。现代化的教学系统中，多了一个要素“教学媒体”。按照系统论的观点，教师、学生和教材、教学媒体这四个要素是相互联系、相互作用的有机整体。

当前我国基础教育领域正在进行着一场意义深远的课程改革。当前深化学科教学改革的关键在于，如何充分发挥学生在学习过程中的主动性、积极性与创造性，使学生在学习过程中真正成为信息加工的主体和知识意义的主动建构者，而不是外部刺激的被动接受器和知识灌输的对象；教师则应成为课堂教学的组织者、指导者。建构“教师为主导、学生为主体”的教学结构的重要突破口之一是信息技术应用到学科中。在使用信息技术的教学模式中，强调学生的主体性，要求充分发挥学生在学习过程中的主动性、积极性和创造性。同时，在应用中，教师是教学过程的组织者、指导者、促进者和咨询者，教师的主导作用可以使教学过程更加优化。

但在应用过程中出现了一些偏离。

表现一:形式化地使用多媒体,忽视信息技术的服务特性。在课堂上,多媒体包办一切，课题的出示、教学板书、问题及答案全靠多媒体，多媒体呈现重点、难点以及所有知识，各种声音及画面的交替出现成了扰乱学生思维的“干扰源”。信息技术是为教学服务的,服务性是它的职能，教育性是它的生命，而由于认识上的偏离，造成信息技术在教学中的不恰当使用，反而冲淡了教学内容，教学效果不理想。

表现二：强调多媒体利用，忽视教师基本功训练。教师在课堂上只是进行演示，多媒体成为一个“高级玩具”。板书没有了，教师的基本功退化。教师备课缺少登顶精神，对课文理解不深入，更多的精力放在运用媒体上。更有甚者，没有了 PPT，教师不知讲什么。

表现三：忽视教学主体的参与性。由于信息技术的一大特点是可提供丰富的多媒体信息和资料，因此教师在课堂教学时，不是利用信息技术优化教学，而是一味地强调教学内容的信息量，这样大密度信息量的课堂教学，使学生思维处于高度紧张状态，由于陌生信息过多，学生学会的反而很少。

改变这种偏离必须正确应用信息技术促进语文学科的教学。

二、应用信息技术促进语文学科的教学

（一）概念

1. 信息技术（informationtechnology，简称 IT）是指信息处理过程中所运用的技术。信息技术的核心是计算机技术，目前，网络技术和多媒体技术正逐渐成为信息技术发展的热点。[1] 正因为网络技术和多媒体技术日趋完善，对于语文学科来讲，信息技术让语文教学的设计更趋于科学化。

2. 语文教学

（1）学科内容

语文教材是文选式，涉及生活的方方面面，每一篇文章都是作者创

1 张万辉：《信息技术导学》，湖北人民出版社，2006 年，第 7 页。

造性思维的产物，记录作者对生活的独特体验，反映作者世界观、人生观、价值观、审美观，所以课文传递的信息是作者的“自我”信息。解读这些信息，会有千姿百态的结论。

虽然语文知识序列清楚，但语文知识散落在课文中，读任何一篇课文学生都要用已知解决未知。“学习语文不是为了寻找所谓科学的结论，而是通过祖国的语言文字来认识生活，认识人生。”[1] 因此解读这些内容不能光靠一般的认知，不能光靠对某种结论或经验的机械接受，而要学习者有一种主动探究和积极的创造。要学生不断迁移所学，运用、品味、感悟所学，努力获得对课文的独特理解。在这过程中，教师要借助信息技术给学生思维搭台阶，以帮助学生理解。这个内化过程符合学生的心理需要。

（2）学生方面

学生是个性化的，知识背景、生活阅历、个人好恶、心理状态是不一样的。教材虽然有了大的改变，但每个学生对其的认识是不一致的，学生自身的内在需要是不一致的。在教学时，学生先前学习并建构的知识如何被激活，在学习探究的过程中如何让学生发挥自主性建构新知识，如何“尊重学生在学习过程中的独特体验”（《语文课程标准》，第 2 页），做到这些需要方法，信息技术可以提供解决工具。

（二）信息技术是语文“教”与“学”的工具

（1）把信息技术作为语文教学的资源工具

当电脑在城市家庭中已然成为生活必需品时，学生完全有能力讲解识记层面的知识。语文课资料性的东西多，比如作家情况、写作背景这些资料都是识记知识。校园网、互联网为教学提供了信息密集、形式多样、海量开放的资源库。学生上网这些资料都可以找到。教师可根据教学内容在课前将所需资源整理成文件夹，或内部网站，也可在虚拟光驱上设

1 时金芳：《语文教学设计》，社会科学文献出版社，2001 年，第 17 页。

置各种辅导材料，让学生根据各自的需要有针对性地选择有关信息。教师还可根据教学的实际情况，向学生提供一些教育网址。学生完全可以自己筛选信息介绍，把凡是学生可以自己做的事都交给学生做。组成合作小组，教师布置任务，学生分工合作，有上网找资料筛选的，有做PPT的，有上课讲的，有的小组为了增强效果特地配乐，在介绍时配上适当的音乐，让知识介绍成为美的享受。

（2）把信息技术作为语文教学的演示工具

“演示工具”是信息技术应用于语文教学的最低层次。也是最常见的使用方式。教师可从现成的计算机辅助软件或多媒体素材库中，选出与课堂相关内容，组编成讲演文稿或多媒体课件及图表、动画等形式，在课堂上讲解。

在教学过程中创设教学情境，集音、像、形于一体的多媒体能全方位地刺激学生的感官，通过文字、图像、声音信号将语言与实践相互融合起来，突破了传统的教学局限，使学生在愉悦的氛围中获取知识。

（3）把信息技术作为语文教学的交流工具

交流是语文教学的重要环节，因为语文课要求“能考虑不同的目的要求，以负责的态度陈述自己的看法，表达真情实感，培育科学理性精神”[1]的师生互动、生生互动是教学成功的重要因素。在具备互联网和局域网的环境下，教师可根据教学的需要和学生兴趣，选用聊天室等信息工具开设一些讨论专题，让学生在有趣的讨论中，各抒己见，这样做既可以全面理解知识，又可拓宽视野，还可以加强师生之间情感上的交流。比如讲完《荆轲刺秦王》，在论坛中设计荆轲为什么在战国四大刺客中知名度最高这个问题，学生的热情极高，跟帖一篇又一篇。学生在分析过程中，扣住原文语句分析，分析得有理有据。

（4）把信息技术作为语文教学的辅助工具

在讲课前让学生就课文提出自己的问题。教师要根据每个学生的个

1 《普通高中语文课程标准（实验）》，人民教育出版社，2003年，第9页。

性和智能特点，确定不同的学习内容和学习目标，因材施教，分类指导。在这个过程中，教师可设置不同层级的测试题，引导学生进行人机互动，学生在解答中得到了辅导和帮助，部分学生实现了个别辅导及个别化学习的目标。这样做，克服了过去那种“教师满堂灌、学生跟着转”的弊病，学生主动参与学习的积极性越来越高，逐步成为学习的主人，这样做才可能大面积提高教学质量。

在学习《这个世界的音乐》时，根据学生的特点留不同的作业。如让学生录一段动物或昆虫的叫声。学生录到了蟋蟀的叫声，在学生播放时，班里非常安静，只听得蟋蟀的叫声，在班内回荡，学生面部表情极为柔和，有学生在周记中写道，蟋蟀叫知天下秋，声音真美。学生说为了录这段音，他特意早起去公园，但因为公园晨练的人太多，声音嘈杂，周日叫家长带着去了郊外，他趴到草地上，用手机对准地面录到后极度兴奋。

不可否认，语文课品读语言是第一位的，但多种感官的互相作用让语文课堂有声有色。不能忽视学生作为孩子的特点，学生还做不到靠意志品质学习，需要创设各种媒介营造乐学的空间，让学生觉得学习是很好玩的。

（5）把信息技术作为语文教学的探究工具

探究是指探索研究，即努力寻找问题答案。而探究语文问题的答案不是寻找一个定论，而是从不同层面上得到对问题的理解。教师可根据课文内容，利用“加工工具”将所呈现的学习内容进行加工、分析、处理，整理成多媒体、超文本的学习资源，为学生创设一种直观形象、生动有趣、便于理解的情境，通过多种感官获取大量的信息知识等，让学生在这些情境中进行探究、发现、总结认识社会、人生的规律。

《杨门女将》宋仁宗如何由主和派转变为主战派是教学难点。选《杨门女将》第四场佘太君的视频，让学生欣赏。佘太君用表激越情绪的西皮小导板，中速节奏的西皮原板转节奏快而不急的流水板，历数杨家事。学生不仅知道了什么是京剧，而且在唱腔、伴奏、演员的表情、动作、服装、灵堂气氛等多种媒介综合出来的视听效果中帮学生解开困惑，明白杨家所有成年男性为大宋战死沙场，而今家中只剩下老、妇、小也要去抗击入侵的外族，这种为黎民江山舍身的牺牲精神是让宋仁宗转变的核心力量。这样立体地诠释了平面的语言文字，自然学生易于攻克难点。

（6）把信息技术作为设置语文教学情境的工具

传统教学对学习基本持“去情境”的观点，认为知识一旦从具体情境中抽象出来，成为概括性的知识，它就具有了与情境的一致性，反映了具体情境的“本质”。因此，对那些概括性知识的学习可以独立于现场情境而进行，而学习的结果可以自然地迁移到各种真实情境中。然而，情境总是具体的、千变万化的，各种具体情境之间并没有完全普适的法则。因此，抽象概念、规则的学习往往无法灵活适应具体情境的变化，学习者常常难以用学校获得的知识解决现实世界中的真实问题。

利用信息技术设置的语文教学情境生动、真实，让学生如见其人、如闻其声、如临其境，容易触发学生的想象，有利于培养学生的观察能力，有助于发展学生的想象能力、思维能力和创造美的能力，可以极大地提高语文课堂教学的效率。

如《荷花淀》中“夫妻话别”是表现水生和水生嫂性格的一个重要段落。要求学生表演情景剧。用电脑制作出背景：雾气迷蒙的荷花淀，下弦月挂在天上，小院、篱笆，其中有公鸡打鸣，在适当的情境中用电脑放出；再加上两位学生穿着当时的服装表演。学生在观看的同时对照课文比较，观察表演与课文描写不一致的地方，再发表看法，学生能较好地理解水生和水生嫂的行为。这比一句一句地分析课文更能吸引学生，同时也极大地提高语文课堂教学的效率。

再如李清照的《声声慢》写女词人晚年寡居生活的孤独、凄苦感受。愁情是抽象的，如何让学生体会这种愁情。录雨打梧桐叶上的声音，讲“梧桐兼细雨，到黄昏，点点滴滴”时放出来，让学生体会“点点滴滴”这个叠声词就是滴答滴答的声音，细雨打在枯梧桐叶上，声音是响亮的，在如此安静的时候，多么像一根针一样刺到词人的心里，一下一下又一下，心自然一抽一抽的，用雨声的凄清和连绵不断表达了词人深切不断的凄苦之情，生动形象。这个情境的设置既让学生理解了抽象的情感，还体味到李清照词的精妙。

三、应用信息技术促进语文教学的注意事项

在适当的时间、适当的地点选择适当的媒体形式是应用信息技术促进语文教学的难点所在。教师是教学的设计者，正确使用信息技术促进语文教学不仅对教师的信息素养要求高，更重要的是需要教师备课有登顶精神，在课前了解学生的问题，设计符合学生认知规律的问题，在教学过程中帮学生解惑。

信息技术已融入日常生活，信息素养已然成为现代人素养的重要组成部分。凡是学生借助信息技术可以解决的知识，不管是识记层面还是语言表达层面，都可以放手让学生做。

参考书目：

刘信平：《信息技术与课程整合的理论与技术》，中国地质大学出版社，2006 年。

第二章 双课堂促进语文教学实效性研究

课程改革的一个核心问题是教师教学方式与学生学习方式的转变，要由教师讲授为主的教学方式转变为以学生学习为主的学习方式。但现有课堂的教学方式不能有效地促使学生学习方式的转变。

双课堂改变了教与学的环境，能有效地把教师以讲授为主的教学方式转变为以组织学生开展自主、合作、探究性学习的学习方式。

一、双课堂概念

“双课堂”，即基于网络教育服务平台搭建的“虚拟课堂”与现实课堂。这二者的整合构成了一个新型的教学环境，凭借这样的环境所开展的教学可简称“双课堂”教学。[1]

教师用双课堂所构成的教学环境，组织学生围绕某项学习任务，完成一个自主性、主动性较强的学习过程。即把过去单向传输的教师讲授式教学，变成组织学生积极参与、充分发挥学生主体作用、全程优化学生学习过程的教学。

（一）虚拟课堂

虚拟课堂就是虚拟教室。所谓“虚拟教室”，指的是给班里每个学生在网上实名制注册——一个学生建一个网页，任课教师也建一个网

1 李长文：《什么是双课堂》，《中国多媒体与网络教学学报》，2012 年第 1 期。

页——所形成的与现实课堂人员构成完全一致的一个虚拟环境。[1]

在虚拟教室里，师生有公共平台，班级论坛，教师可在这里发布信息，提出学习要求；教师可发布主题帖组织学生讨论；可根据学生跟帖情况随时发布主题引导帖，调整学生学习思路、引导学生深入思考。教师可设置栏目，根据学习需要把学生提交的材料分门别类地呈现在平台上。

虚拟教室便于开展多样化、个性化的学习活动。虚拟课堂超越时空限制以及实时、多向互动等特点，便于各类学生参与到学习活动中来，而且每个学生都有均等的表达机会；便于学生根据自己的学习情况、知识掌握程度选择学习内容；便于学生对某一感兴趣的问题做深入的研究，能使学生的学习潜力得到深度开发。

虚拟教室可以链接到丰富多样的数字化学习资源。学生在这个平台下可以根据所需查阅相关资料解决问题，可把问题、作业随时发布到平台上，可根据自己的兴趣自由参与每一个栏目的学习。

凡是发到平台上的东西，全班都可看到。学生提的问题，其他学生如果感兴趣，就会跟帖；如果同学不同意也会再跟帖，这就有了合作探究，而想高质量地回答问题就要读文本，把读的东西内化为自己的语言再传上去，这样学生的学习积极性就会调动起来。而“生生互动”的及时性，又会激励学生主动地学习。

班级论坛可以全程记录学生学习的过程，这样学生学习思考的过程就清晰地呈现出来。教师就可以根据这些内容对学生进行有针对性的指导，能有效地提高学生的学习效果。

（二）现实课堂

在虚拟课堂的学习过程中，需要解决的共性问题，要在现实课堂中解决。

在现实课堂中，教师教学目标的设定要符合学生的学习需求，因为

---

1 顾德希：《谈谈双课堂》，《中国多媒体与网络教学学报》，2012 年第 1 期。

在虚拟教室学生已进行了自主性学习，教师从学生发布的主题帖，已充分了解了学生的认知表现，教师在此基础上进行现实课堂的教学设计。可在虚拟教室学生讨论的基础上提出值得讨论的问题，可在教学过程中以学生优质的学习成果来推进教学环节，还可有针对性地讲授，使学生对某些问题的理解更加深入。

教师教学的出发点是学生的问题，通过对问题的推进掌握着教学的方向。通过追问，为学生提供思考的基点和方向。最终目的是解决学生在虚拟教室中遇到的问题，同时要让学生的学习深入下去，真正使学生有收获。而且在生生、师生积极交流的基础上，教师对学生进行适时、适度的引导，引导学生关注自己的学习过程，促使学生学习方式转变。

二、双课堂教学模式

教学模式是指建立在一定的教学理论或教学思想基础之上，为实现特定的教学目的，将教学的诸要素以特定的方式组合成相对稳定且简明的教学结构框架，并具有可操作性程序的教学模型。

（一）双课堂下的单元教学

下面以北京版必修模块一写人记事文单元为例做个说明。

1.发布初读感受——了解学习起点

学生学习的起点是对单元的整体感知，让学生自主选择一篇小说写初读感受。这一单元包括《范爱农》《古文两篇》(《勾践灭吴》《游侠列传》)《一条铁路的完成》《故乡人》等五篇文章。学生根据自己的喜好自主阅读写初读感受。原来学生写初读感受，阅读者只是老师。在虚拟教室中，学生初读感受的阅读者是全体同学，学生在阅读其他人的初读感受时，为找到共识者而高兴，也为不同意见而思考。原来教师以初读感受作为教学的起点，所用的初读感受并不能涵盖全体学生。在虚拟教室，在教学设计时，教师要关注到每个学生的初读感受，这样初读感受能真正起到教师了解学生学习的起点作用。

2.确立研究主题——引导熟悉文本

教师根据学生的初读感受把这一单元的研究分为“人物”“社会”“情感”三个方面，同时教师设置三个栏目，同时推进学生的研究。教师引导学生根据自己的阅读情况，在栏目下设置主题帖，目的是使学生进一步熟悉文本，发现值得讨论的问题。

在这个过程中，可由教师把需要学生学习的资源推荐给学生，或者告诉学生怎样去查找，或者让学生自行查找，同时教师把需要学生思考的问题、完成的作业、讨论的题目等学习要求发布在虚拟教室的公共平台上，还可根据学生的学习需求随时加以调整。

3.讨论焦点问题——调整学习思路

在虚拟教室上了几次课后，学生熟悉了文本，大部分学生基本扫清了语言障碍，这时教师根据学生发帖的情况，调整学生学习的思路和重点。一、强化人物栏目。教师发布一些有引导性的主题帖，如“你喜欢范爱农吗？”“从《勾践灭吴》中,你看出英雄不同于常人之处在哪？”“你如何看待游侠？”“读《一条铁路的完成》你有身临其境之感吗？”“《故乡人》中你最喜欢谁？为什么？”目的是促进学生深入文本,关注语言。二、设置文言知识分类整理栏，帮助语言障碍大的学生尽快熟悉文本。三、设置“细读文本”等突出语言品读层面的栏目，引导学生发现有表现力和丰富内涵的语言，写一两句话点评；教师还可推荐名人写的有关这几篇文章的鉴赏文章，给学生提供示范。

这个学习过程主要是根据学生的学习情况来继续推进，最重要的是使学生围绕规定的任务“学”起来。

同时，教师通过阅读学生的帖子，了解每个学生对问题思考的角度，了解其认识水平。在回帖中，能针对每一个学生的现有状态就其问题与学生进行“实质性交谈”。所谓“实质性交谈”指教师与学生围绕学习的主题，进行拓展性谈话，形成深入的、共享的知识理解。[1] 教师参与

---

1 〔美〕珍妮·奥克斯、马丁·利普顿：《教学与社会变革》，华东师范大学出版社，2008年，第235页。

学生的讨论，主要是为学生搭建思考的台阶，帮学生够“最近发展区”，使学生获得成功的快乐。

4.深入研究问题——点拨课堂交锋

学生在虚拟教室中形成的个性化阅读经验是零散的，需要教师在现实课堂上使学生认识清晰化，同时教师要对其深入学习做引导。

如《故乡人》的现实课堂用一课时对人物形象进行解读。组织学生对在虚拟教室学习过程中梳理出的焦点问题进行深入探究，问题集中在学生不明白《打鱼的》写的是什么；金大力没什么本事，为什么写这样一个人物；王淡人傻不傻这三个问题上。在学生讨论过程中穿插学生网络平台作业帖，借助学生的学习经验来推进教学过程，生成新的教学资源，引导学生对人物有正确的认识，从而更好地理解人物的人性美。

因为在虚拟教室学生已进行自主性研读，教师从学生的初读感受及其发布的主题帖，已充分了解了学生的学习经验，如阅读兴趣、角度、阅读障碍、认识误区，等等，教师在此基础上进行现实课堂的教学设计，以期满足学生的学习需求。

教学目标集中在对人物形象的人性认识上。在具体的教学过程中，教师为学生搭建了学生喜欢的学习环境，讨论的问题全部来自学生在虚拟教室中的交流，教师只是把问题提炼出来。在学生的讨论过程中，教师充分尊重学生的主体地位，教师只是课堂阅读学习活动的组织者、促进者，问题的答案要求学生从文本中找，这样学生生成的新认识，比在虚拟教室学生跟帖高了一个层次，这个过程重在学生如何学习。

如对《故乡人》金大力这个人物形象的认识上，很多学生说金大力没什么本事，也没做过什么大事，根本不值得一写。有学生在跟帖中特别写道“担两桶水对一个成年男子来讲不算什么”，所以并不觉得金大力人性好。

在课堂上让学生查字典，一担是一百斤。“每天要挑二十四担水”，就是 2400 斤。工作量是很大的。再让学生读文本“你要是路过金家茶炉子，常常可以看见金大力坐在一根搭在两只水桶的扁担上休息”。就这句话让学生解读，学生才发现“常常”这个词，由此知道这个活对金大力来讲不是很轻松。挑水又是一件单调乏味的活，一挑就是“多少年”，多少年重复单调乏味的重体力活，就这样，人家要给他涨工钱，他还拒绝，这就是人性的美好。学生扣住文本分析，对人物形象有了深刻的认识。

在现实课堂上，教师关注的是如何引导学生继续深入研究，要在引导方式上下功夫，如可以采用教师点拨的方式，点评学生作品的方式推进学生学习的深度。

5.提交个性作业——关注兴趣小组

作业的形式不拘一格，评价的方式也可多种多样，但因为学生在虚拟教室中有了表达的意愿，所以大多数学生采用写文章的形式在虚拟教室中提交个性化作业。

虽然这一阶段的学习过程以提交个性作业作为结束，但有些学生的学习热情依然高涨，教师对想再深入学习的学生要关注，并为其提供学习思路。如有学生在学完写人记事文这一单元后，对汪曾祺的作品非常感兴趣，几个学生想设立一个栏目对汪曾祺的小说做深入探究，起了“淡香清远”的栏目名，也有学生愿意做版主，教师对这个合作小组做具体的引导。这样做不仅让这个合作小组的学生语文能力有提高，其发挥的辐射作用使得这个班的语文学习热情持久高涨。

（二）双课堂下的专题教学

课文是语文教学的载体，在高中语文教学中，教材的篇目多，单篇教学很难处理这么多篇目，能否把教材的篇目按类整合出专题，帮助学生形成自己的言语经验，我做了一个专题教学的研究。

下面就以羁旅行役诗词为例做个说明。

羁旅行役是古代文人生活的常态，在这个过程中产生了大量文质兼美的诗词，以这些诗词为切入点，学生不仅可以学习诗词知识，培养鉴赏能力，获得审美享受，增强文化底蕴，还可以全面了解人类丰富的情感。

1.根据经验自读——选材料按类分

教师按照情感、表现手法、意象、风格分类，从教材和课外选取20首羁旅行役诗词（王安石《葛溪驿》、张继《枫桥夜泊》、李商隐《端居》、孟浩然《宿建德江》、周邦彦《关河令》、张籍《秋思》、欧阳修《踏莎行》、柳永《八声甘州》、魏初《鹧鸪天·室人降日·以此奉寄》、周密《夜归》、王闿运《晓上空泠峡》、叶绍翁《夜书所见》、杜甫的《月夜》《江汉》《旅夜书怀》《登高》《绝句》、王禹偁《村行》、张可久《清江引》、苏轼《望江南》）发布到虚拟教室的学习平台上，要求学生自主阅读，写初读感受、提问题，并把问题和初读感受发布到虚拟教室公共平台上。

2.自主解决问题——提供参考资料

教师把学生的问题分类，根据学生的阅读感受，发现学生对诗词的字面理解不准确，同时还缺少诗词知识。在这种情况下，教师要求学生准备一本古汉语辞典，同时把介绍诗词知识的书籍（刘福元、杨新我著的《古代诗词常识》、袁庆述编著的《声律启蒙与诗词格律详解》）名字发布到虚拟教室公共平台上。要求学生在有选择地读参考书的基础上，自主解决学习的问题。在这个过程中，学生可以把学习中遇到的问题发到虚拟教室公共平台上，教师和其他同学可以回帖。

3.选角度写鉴赏——提供名家鉴赏

在学生对这20首诗词有了大体了解后，要求学生按情感、表现手法、意象、风格分学习小组，每组选出一个版主，并为栏目起名字。每个栏目具体学习的内容由组员商定，要求把学习的内容及收获以自己喜好的形式发到虚拟教室的公共平台上，同时要求学生找自己感兴趣的一个角度写鉴赏文章。

如情感组，栏目名字是羁旅情愁，从滞留他乡处境艰难、漂泊不定备感孤独、游子思乡思亲之情、个人遭际壮志难酬四种情感解读诗词。表现手法组的栏目名为品诗味词，从借景抒情、虚实结合、渲染、乐景写哀情、从对方落笔五个角度鉴赏诗词。意象组栏目名为物载情定，从月亮、浮云、秋风、梧桐、杜鹃、沙鸥、鸿雁、高楼等意象鉴赏诗词。风格组栏目名为异彩纷呈，从质朴清新、苍凉低沉、浑厚悲凉、深沉委婉等角度鉴赏诗词。

教师根据自己的阅读经验，以纳兰性德《蝶恋花·出塞》为例，用由景细读情的研读方法写了一篇鉴赏文章发布到虚拟教室的公共平台上。同时推荐学生借鉴名家作品，如王国维的《人间词话》、叶嘉莹《北宋名家词赏析》《南宋名家词赏析》、沈祖芬《宋词赏析》。

在这个学习阶段，教师要对每个栏目的学习提出具体可操作的要求。如对意象组，要求学生把羁旅诗中的意象按情感分类，并阅读使用了这些意象的其他诗作，比较意象承载的情感是否一样。

教师把需要学生思考的问题、讨论的题目、完成的作业等学习要求发布在虚拟教室的公共平台上，并且根据学生的学习需求随时加以调整。这个学习过程主要是根据学生的学习情况来继续推进，最重要的是使学生围绕规定的任务“学”起来。

4.深入研究问题——实施课堂教学

学生在虚拟教室中形成的个性化阅读经验是零散的，需要教师在现实课堂上使学生认识清晰化，同时教师要对其深入学习做引导。教师在阅读学生发的帖子过程中发现：学生研读羁旅诗的热情较高，在所有学习小组中，表现手法组作业质量最高，但每组学生自主研读水平并不均衡，所有组都存在没有用好由景细读情的研读方法的问题。基于以上情况，教师将学生自主研读阶段的主要学习成果和主要问题作为重要的教学资源引入实体课堂，设定本次实体课堂的教学内容：以表现手法组的部分作业为例，指导学生使用由景细读情的研读方法深入解读四首羁旅诗（杜甫《江汉》、柳永《八声甘州》、李商隐《端居》和欧阳修《踏莎行》），探究羁旅诗动人心弦的地方。

这四首羁旅诗词都是用景表达情感的，而且情景交融在一起；但学生在虚拟教室自读时，学生更关注的是对表现手法的确认，用意象的寓意去套诗人的情感，而对诗人所要表达的情感体悟不深。如学生在鉴赏李商隐《端居》的“阶下青苔与红树，雨中寥落月中愁”时，写“青苔与红树，两种景物放在一个画面中，应该挺美的，它们在月下被雨淋，因而发愁，使用了拟人的修辞”。再如学生在鉴赏柳永《八声甘州》“渐霜风凄紧，关河冷落，残照当楼”时写道：霜风、残照的意象表示哀愁、感伤之情，因而诗人选取霜风、关河和残照也要表达悲伤之情。

在实体课堂上，采用朗读的方法，让学生在脑中构想诗人所写的画面，学生对景物组成的画面有了一定的感性认识。再让学生就赏析过的诗句重新鉴赏。如“阶下青苔与红树，雨中寥落月中愁”，让学生用现代汉语语言习惯把诗人所写的景物描述一下。学生才看出原来这句用了互文手法，写在雨中、月下，阶下青苔与红树呈现出愁绪和清冷寥落的样子。

然后追问学生在诗人眼中青苔和红树为何而愁？学生马上明白原来是因为诗人的思亲之愁赋予了景物。

再追问学生雨中能见到月亮吗？诗人为什么把不可能同时存在的两个场景放在一幅画面中？学生陷入沉思中。教师要为学生搭建思考的台阶，如果诗人在夜雨中看青苔和红树时，想到月夜下看的青苔和红树会怎么样。学生有些明白了：实际上是诗人把眼前的实景和记忆中的景色交织在一起，这样达到的效果是无形中将时间的内涵扩展延伸了，暗示出诗人经常夜不成寐，思念远人也非一夕。同时，这三组词两两互文，后两组又句中自对，这样诗句产生一种回环流动之美。

教师再给学生搭建思维的台阶，如果把前两句“远书归梦两悠悠，只有空床敌素秋”与这两句联系在一起你又会产生什么感受？妻子从远方的来信是客居异乡的诗人的慰藉，但诗人已很久没有收到妻子的来信了。诗人想也许能在梦中相聚，但一觉醒来，只有空床独寝的人承受秋天的寂寥凄寒。“悠悠”二字，既形象地显示出远书难见、归梦难成，也传神地表现出希望落空时怅然若失的情态。

如果联系“远书”“归梦”“两悠悠”来思考，“雨中寥落月中愁”的青苔、红树，还可以让我们联想起远隔的双方默默相思的情景。雨中之夕，月明之夜，满怀愁绪而寂寥之情难遣的，又何止是羁旅他乡的诗人？

这样抓住景物细读诗句，学生不仅体悟到了诗人在诗中承载的丰富感情，更获得了审美享受。这样的实体课堂起到了让学生深入阅读的作用。

在现实课堂上，教师要关注学生学习的动态，根据学情随时调整教学内容和教学进度。教师要充分尊重学生的主体地位，在课堂上，教师只是学生阅读学习活动的组织者、促进者，教师关注的是如何推进学生学习的深度，要在引导方式上下功夫，如教师可以采用让学生由诗词中的字词联想的方式，让学生对诗词中的字词追问的方式，点评学生作品的方式引导学生继续深入研究。这样学生生成的新认识，比在虚拟教室学生跟帖高了一个层次，这个过程重在学生如何学习。

学生在实体课堂上完课后，教师再提供诗词鉴赏专业书籍，如《词学概说》《佩文诗韵》《诗词格律》《诗韵新编》《诗品》《词品》《古诗三百首》供学生学习。同时要求学生另外再找一首羁旅诗，选角度写一篇鉴赏羁旅行役诗词的文章。

5.提交鉴赏作业——组织评选佳作

要求学生阅读其他同学写的鉴赏文章，评选出最佳赏析文，并附上推荐理由。为了评价到位，学生要阅读其他同学鉴赏的诗作，同时看同学所选的鉴赏点，再看语言表达水平，最后写出推荐理由。教师对学生选出的佳作写出颁奖词，学生的阅读热情高涨。

这几个阶段，虚拟教室与现实课堂结合在一起。在虚拟教室，教师改变了教学方式，教学行为以组织学生学习为主；针对学生在虚拟教室不能解决的问题，教师在现实课堂中做具体的指导，两者结合起来共同为学生学会学习服务。

（三）双课堂下的写作活动

开展一项语文活动需要一段时间，语文活动的内容往往是多元的，可以容纳多条线索同时推进，而且语文活动的评价方式不是以考试的形式出现，因而学生喜欢参加活动。

《普通高中语文课程标准（实验）》要求学生要“学会多角度地观察生活，丰富生活经历和情感体验，对自然社会和人生有自己的感受和思考”；但学生总觉得每天的生活就是从家到学校，没什么可写的。针对学生的问题，借助双课堂的教学环境，就以学生上下学的路上、家中、学校为观察地点，设计一个为期五周的以“发现美好”为主题的写作活动。

1.布置任务

教师在虚拟教室的公共平台上设立三个栏目："在路上""在温馨的港湾""在学习的乐园"，学生按兴趣自愿结合成学习小组，选择其中的一个栏目做。具体要求：以五周为一期，在栏目要求的地点观察，发现一件美好的事。思考其美在哪里，然后把它写下来上传到虚拟教室的公共平台上。

2.观察记录

在第一周"发现美好"的活动中，学生大多记录的是对其他事物和人的羡慕之情。如"在温馨的港湾"组，有学生写道：今天我看着鱼缸里的鱼自由自在地游，觉得它们不用写作业可真美。"在路上"组，有学生写道：回家路上正好赶上一所小学放学，每个小孩子都是大人拿着书包，小孩子在前面吃着东西，真美！

针对学生发的帖子，我发了一个主题帖：先肯定学生在认真做这件事，然后把老舍《想北平》和郁达夫《故都的秋》中用细节描写的段落发到公共平台上，建议学生在叙事时加些细节描写。同时告诉学生美好的事物会让人内心温暖、感动、震撼……

3.方法指导

每天都有学生上传观察记录，多了细节，事件记叙也顺畅，但并不打动人心。比如，今天中午吃完饭，有同学把剩饭放回饭箱就跑了，剩饭撒在饭箱外。很多同学都从剩饭处迈过去，说一句"这是谁呀，这么不自觉"，但没有一个人去清扫。班长放饭盒时看见了地上撒的剩饭，什么也没说，拿扫帚把剩饭给扫了，还用墩布把地墩了，真让人感动，班长不愧是班长。还有的学生在活动的过程中出现了懈怠的情绪：为什么我发现不了美好的事物。

针对这种情况，我发了两个主题帖：①"人的行为是其内心的外化，撒在地上的剩饭看见的人很多，但只有班长一个人收拾，由这行为你想到什么？"②"发现是一个寻找的过程，寻找时需要耐心，在没有找到时要保持良好的心态，更要有发现的眼睛。送你一首小诗：'尽日寻春不见春，芒鞋踏破岭头云。归来笑拈梅花嗅，春在枝头已十分。'"

同时，把有关观察方法的文章发到虚拟教室的公共平台上。

4.观察思考

在第三周记录中，“在温馨的港湾”组的帖子质量不高。有些学生提出疑问：家中生活全是琐事，谈得上是美好吗？我马上跟了一个主题帖：孩子是在父母的呵护中长大的，父母每天为孩子做许多琐事，但并不表明父母该为孩子做事。你记得你父母的生日吗？你记得为父母做过什么事吗？你了解你父母的生存压力吗？

第二天有学生写道：今天刷了回碗，弄得满手都是油渍麻花的，真不好干。想想十几年来妈妈每天都要洗碗，这是多么单调的事。日子就这样一天天地过着，就像流水流淌，缓缓地却贮满温情，也许这就是母亲对家的爱吧。这个帖子发上去后，许多学生都跟了帖，纷纷回忆起家庭生活中的温情场景。

其他组的学生在这篇帖子的启发下，对“发现美好”这个写作活动态度也更积极。

5.实体课堂

整理学生三周来发的帖子，找到了学生的问题，决定在实体课堂上就共性问题做讲解。

具体的教学步骤：先展示学生发的帖子，师生共同寻找学生在活动中的问题：从语言中看不出发现的美好，缺少真情实感；然后确定这节课的教学重点是如何用清晰的语言把发现的美好表达出来，同时在记叙的过程中要能看出学生的思想认识；从三个栏目中各选一个例子，就这三个例子做修改；最后得出方法：要有细节描写，用动作表现内心；详写触动内心的地方。

6.修改作文

第四周让学生根据教师在实体课堂上的讲解，修改自己的文章，改完后上传到虚拟教室的公共平台上。小组组员对本组其他同学的文章做点评，提修改意见。学生根据小组组员的意见再修改作文，修改次数不限，直到自己满意为止，上交作业。

7.作品展示

语文学习成果的表现形式多以文字的形式呈现。在双课堂的教学环境下，学生呈现语文学习结果的方式也有了改变。有学生以摄影的形式把发现的美好表现出来，在图片下面写对联，写古典诗词；有同学把发现的美好以歌词的形式写出来，还自己谱了曲子；还有学生把自己五个星期发现美好的心路历程做成PPT发到公共平台上。以学生喜欢的方式呈现其学习的成果促使学生学习语文的积极性高涨。

在这个“发现美好”的写作活动中，学生的观察力得到明显的提高；重要的是学生开始有意识地思考人生、思考社会，开始有意识地关注现实、关注生活；同时很多学生理解了坚持的重要性，意志品质得到培养；更难能可贵的是学生以积极的态度看待生活中的问题，有了感恩的意识。

（三）双课堂下教师教学观念的转变

1.重视学生学习的过程

双课堂强调以学生为本，强调充分关注学生学习的主动性。在双课堂中，教师怎样让学生主动地学习，怎样在学生的学习过程中使学生的主动性不断增强，这既是双课堂教学的出发点也是双课堂教学的落脚点。对每个学生学习过程的关注，在适当的时间给予学生适当的点拨，适当的评价，对学生学习过程中闪光点的采撷与展示，都是很好的推进学生学习的方法。

2.关注每个学生

每个学生都应受到教师的关注。囿于实体课堂的局限，在实体课堂上教师不可能满足所有学生的学习需求。虚拟教室可以为不同的学生提供独立的学习空间，能满足不同学生的学习需求。其实每个学生都有适合自己的学习方式。有些学生是外向型，在实体课堂中他可能更愿意跟教师交流，愿意在大家面前表达自己的想法；但有些在教师看来显得蔫的学生，并不是对教师提出的问题不感兴趣，可能他是内向的学生，课堂的这种学习方式让他紧张。在虚拟课堂中，这样的学生心态会放松，面对电脑他不会紧张，也没有那么多的课堂限制，因此他的思想会更自由，想法也会更独特，虚拟教室为这样的学生提供了更好的学习空间，也为教师关注每个学生提供了可能。

而且在虚拟教室，教师可以实时回复学生的帖子，这种及时的、有针对性的反馈，学生获得的不仅是知识上的点拨，更重要的是教师可以用主题帖对其进行情感态度价值观的积极引导。师生在这个学习的过程中形成的情感互动又促进了学生的学习，使学生在学习的过程中能充分发挥能动性和自主性，学生真正成为了学习的主体。

3.平等地对待学生

学生在虚拟教室的公共平台上发布的看法无所谓对错之分，只是在这个学习阶段，学生的思维只达到这个水平，教师要想办法提高学生的认识水平。

同时，因为学生的回帖都在平台上，它集中呈现了学生的思考过程，教师可以找到每一个学生思考的盲点，对症下药，给予每个学生有针对性的指导，因而可以起到优化学生思维品质的作用。

4.对一段学习的内容要有阶段性设计

虚拟教室这种教学环境要求教师要对一段学习的内容有阶段性设计，这是教师转变教学方式的另一个重要方面。

围绕一定的教学任务，比如一篇课文的研读，或一个单元课文的学习，或者教材中某个作家的一篇或几篇作品的学习，或一门选修课的学习，或一个专题的学习，或专项内容的学习，或一次作文，或以某项学习活动（一次专题写作活动、名著阅读、时事述评）等当作开展自主性学习活动的依托，精心组织学生参与学习。所以，选择什么样的主题开展自主性学习，学习内容多元、多层地安排，为满足多样化的学习需求所需准备的必要资源，什么样的点拨适合推进学生学习是教师开展双课堂思考的重点。

5.评价主体的多元化

在虚拟教室的教学环境中，学生的作文每个同学都能看到，当同学看完别人的作文有话可说时都可以跟帖，这就改变了原来学生作文只面对教师这一个读者的局面，促使学生有意无意地做到《普通高中语文课程标准（实验）》提出的“以负责的态度陈述自己的看法”的要求。而同学们彼此的跟帖客观上又起了评价的作用。正是这种评价主体的多元化，促使评价更多地发挥诊断、激励和发展的功能。

（四）结语

双课堂突破了传统课堂的时空限制，支持多向、深度互动，支持分层教学、个性化教学，支持学生随时随地的小组合作学习、自主学习和探究性学习，可以实现传统教学环境下难以实现的个性化教学、优质资源共享等。

在虚拟教室中，教师以一定的教学任务为出发点组织学生学习，引导学生与大量语言材料接触，以问题为基点引导学生学习，或从阅读中提取有价值的内容，再用自己的语言表达自己的看法；或从学生写的东西中发现学生学习的问题给学生以个性化的指导。而不受时间、地点限制的交流方式，又促使学生加深对问题的思考，学生往往会阅读更丰富的语言材料突破自己认识的局限。在这不断的交流、学习的过程中，学生学语文的积极性得到极大的调动，同时教师的教学方式发生改变，教师教学的重点是如何组织学生推进学习，最终目的是促进学生提高语文素养。

现实课堂与虚拟课堂优势互补，虚拟课堂又能有效地弥补现实课堂的不足，将二者整合在一起的双课堂，有助于改变教师的教学观念，教学方式，提高教学的实效性，也有助于改变传统的学习方式，促进学生学会学习。

参考书目：

[1] 顾德希：《谈谈双课堂》，清华同方光盘电子出版社，2012 年第 1 期。

[2] 孙素英：《语文虚拟教室中的对话特征》，《中国电化教育》，2010 年第 12 期。

第五篇

真知自实践

篇首语　有的放矢

学生到学校是来学习的。学的最终目的是不需要教。所以摸清学习的规律再去教学，这是教师教学前必须要想明白的事。

每个学生都有自己的学识背景，获知学生的学识背景再去设计教学，这样的教学才会有的放矢。在阅读教学前，让学生写初读感受，了解学生学习中的问题是教学的第一步。课堂教学就是解决学生学习问题的。

而在解决学生学习问题前，教师要明确几个问题：学习是个过程，学习方式要培养，思考领悟是学习的核心，要想办法把解决问题的思维流程内化为学生自己的学习经验，应用是语文教学的最终表现。这些观念清楚后，再解决学生学习问题就会游刃有余。

课文大多是文学作品，文学作品都有其独特的地方。而这独特的地方往往是作家思维的外化，课堂教学需要教师引导的是对这种思维方式的认识。

学生学语文，最终要构建出学生自己的言语经验，在构建言语经验的过程中会把其认同的内化为自身的行为，完成对自己人格的塑造。

第一章　战争岁月　诗意人生——《荷花淀》教学设计

教学目标： 1. 学习对话和景物描写的作用。

2. 用合作学习的方式培养鉴赏小说的能力。

3. 认识白洋淀地区的抗日生活，激发学生的爱国热忱和革命乐观主义精神。

教学重点： 同教学目标 1

教学难点： 同教学目标 2

教学用具： 多媒体电脑

教学时数： 一课时

教学过程：

一、导入

读完《荷花淀》后，学生提了 41 个问题，归纳为以下 6 个问题。

1. 战争小说，为什么作者对战斗过程轻描淡写？ 6 人次

2. 这篇小说描写的是白洋淀的女人还是男人？ 7 人次

3. 文章三个部分中的对话、细节反映女人们怎样的内心和个性？20 人次

4. 前面写女人挺柔弱，为什么结尾要写女人配合围缴？ 9 人次

5. 白洋淀地形有什么特点？为什么写白洋淀抗日？ 18 人次

6. 四处景物描写作用。32 人次

二、鉴赏《荷花淀》

（一）战争场景

问题 1. 战争小说，为什么作者对战斗过程轻描淡写？与其他作家写的战争场景比较。

学生讲

教师搭思维台阶：作者如何写战争场景？

用女人们的听觉、视觉和嗅觉来表现这场战斗的："就在她们的耳边响起一排枪。整个荷花淀全震荡起来。"说明战争的规模不小。

枪声"清脆"，切合湖面开阔的特定环境。

视觉和嗅觉："三五排枪后，他们投出手榴弹，冲出了荷花淀。手榴弹把敌人那只大船击沉，一切都沉下去了，水面上只剩下一团烟硝火药气味。"

战士们训练有术，伏击战干净利落。

不从交战双方写，用女人听觉、视觉和嗅觉的感受粗线条地勾勒战斗场景，把重点放在战士打捞战利品，沉到水底捞大鱼的水性表演上，凸显战士的革命乐观主义精神，有浪漫主义色彩。

其他战争作品突出的是血肉横飞、流血牺牲的悲壮。而崇高的英雄主义、凝重的叙事风格成为战争文学的写作惯例。

孙犁写的战争场景将现实生活中残酷的战争场面高度浪漫化了。

推荐同学看两部战争小说：一是茹志娟的短篇小说《百合花》，欣赏其取材于战争生活而不写战争场面的写法；一是吴强《红日》，欣赏其宏大的战争场面。

战争，是一种生活的非常态：孙犁的《荷花淀》一方面不回避战争的非常态的描写，构成战争文学的基本情节要素均能从中找到；另一方面又把表现的重心定位在非常态之下的日常生活之中，通过对"战争 / 和平"的书写，显示出战争时日常生活中的人性、人情。

下面我们来看战争中的人。

（二）人物，解决以下三个问题

问题 2. 这篇小说描写的是白洋淀的女人还是男人？

问题 3. 文章三个部分中的对话、细节反映女人们怎样的内心和个性？

问题 4. 前面写女人挺柔弱，为什么结尾要写女人配合围缴，与全文中心有什么关系？

1.学生表演情景剧“夫妻话别”

参加演出的学生根据课文内容自评。

同学根据课文内容点评。

学生归纳人物性格：

水生嫂是一个是爱丈夫、体贴理解丈夫、勤劳、贤惠而深明大义的劳动妇女。

水生是一个以民族利益为重，爱家、爱妻儿、体贴妻子、鼓励妻子进步的革命战士。

2.学生分角色朗读“商量探夫”

朗读的学生根据课文内容自评。

同学根据课文内容点评。

教师点拨：

爱丈夫是四个青年妇女的共性，但爱的内容、表达爱情的方式却迥然不同。

“忘下了一件衣裳”，这显然是为探夫找借口，感情表达得既委婉又含蓄，是个聪明的青年妇女。

“我有句要紧的话，得和他说说。”什么话能比打仗重要。潜台词是我就是要看看丈夫。“哪里就碰得那么巧，我们快去快回来。”真碰上怎么办？没想。这位大嫂性格外向，爽朗豁达，心直口快。冒冒失失。

“鬼子要在同口安据点”，她的话似乎与爱丈夫、想丈夫相去甚远；“安据点”就说明“淀里的斗争形势就变了”，形势越紧张，丈夫就越无时间回来，因此就更该前去探望。水生嫂的话，显示了她谨慎、稳重的性格，说明她有较丰富的斗争经验。

最后一个妇女先表白“我本来不想去”，接着说明这是“俺婆婆非叫我再去看看他”不可的，最后还拉着长腔说“——有什么看头啊！”既不想去，又无看头，可是却积极聚会商量怎样前去探望，这不是自相矛盾吗？这正表现出她那用假话掩真情，遮遮掩掩、羞羞答答的个性特点。

在回来的路上遇到敌人，她们误入埋伏圈，看到了一场伏击战，有同学问多大的船在白洋淀能正常行驶，在荷花底下埋伏，敌人离我们多近时才能射中敌人？

学生展示制作的测量深度图。

根据《新安志》的记载，白洋淀蓄水在 9 米左右。

作者的描写是科学的。

3.学生分角色朗读“助夫杀敌后”

朗读的学生根据课文内容自评。

同学根据课文内容点评。

教师点拨：

终于见到丈夫了，丈夫对她们什么态度？

爱搭理不搭理的。

在诙谐、风趣的对话里，隐寓着妇女们热情而来，却遭“冷遇”的不满滋味。

这里有对丈夫的大男子主义的“批评”，间接地写出了游击健儿把抗日大事放在首位的爱国热情和忘我精神。

而经过战争洗礼后，女人们倔犟好胜的性格，誓与男子比高低的雄心壮志被激发出来，从背后默默支持丈夫，到积极投身参与到抗日的洪流中。

从四个妇女在不同场合的三次对话中，看出她们从支持丈夫参军的家庭妇女成长为要同男人一起并肩战斗的战士，这就真实反映出解放区的广大妇女在斗争环境中日益觉醒、迅速成长的心理变化轨迹。

4.教师总结

本文主人公是水嫂为代表的女性。

孙犁把妇女的活动作为贯穿全文的主线，而把水生和其他战士的活动作为鼓励青年妇女走上抗日战场的一个重要因素和力量来写，这个构思是有见地的。

因为在中国历史上，广大劳动妇女是被压在社会最低层的，描绘生活在解放区的妇女怎样行动起来参加革命斗争，这不仅深刻地反映抗日是何等深入人心，而且预示着战争的胜利是指日可待的。正像毛主席1939 年 7 月 25 日在延安中国女子大学开学典礼上讲话所说的 :“全国妇女起来之日，就是中国革命胜利之时。”

问题 5. 白洋淀地形有什么特点？为什么写白洋淀抗日？

学生发言

教师点拨 :

古白洋淀是新生代以来差异地壳断陷下沉所造成的冀中拗陷盆地。经过三万年左右的变迁，白洋淀是华北平原上最大的淡水湖泊。地处京、津、保三角地区，交通方便，具有战略地位。

日寇占领白洋淀，想“鲸吞”我冀中根据地，先后对冀中进行了五次围攻，出动战车、飞机、坦克、大炮扫荡和屠杀白洋淀抗日军民，在端村杀害群众 63 人，烧毁房屋 1036 间 ; 在吴城村，使用毒气，当场毒死 4 人，枪杀 100 多人。1938 年 7 月，利用汛期扒开大清河南岸河堤，使白洋淀地区遭受严重水灾。1939 年 2 月 15 日，日寇占领新安城，实行“强化治安”，以献铜、铁为名，强令猎户交出猎枪，因此白洋淀人建立了水上游击——队雁翎队。

（张泽 :《白洋淀斗争史》，南开大学出版社，1991 年）

30 多人，20 副鹰排（小船），40 支大抬杆。大抬杆是一种大型火炮，一管能装 200 多粒铁砂，打出去一大片，百米之内杀伤力很大。在中国共产党的领导下，利用淀区芦苇荡遍布、沟河交错的有利地形，开展机动灵活的游击战，以弱胜强。1939—1943 年的 4 年中，雁翎队在 35 次战斗中，有 16 次是一弹未发而制胜，所以有“淀上神兵”之称。他们打日寇、杀汉奸、端岗楼、打伏击，进行大小战斗 70 余次，击毙、俘获日伪军近千人，被当地百姓形象地称为“水上飞将军”。作家徐光耀撰写的《小兵张嘎》就取材于“雁翎队”。孙厥、袁静的《新儿女英雄传》均以淀区为题材。

PPT 图片：架着冰床的雁翎队“土坦克手”和雁翎队员伺机歼敌。

① 白洋淀是华北明珠，物产丰饶。

② 白洋淀有反帝反封建的光荣传统，1926 年在北冯村建立了党组织，白洋淀是革命根据地，这里为人物成长提供了一个合理的环境。

问题 6. 四处景物描写作用。

（三）景物

1.月下小院编席图

学生展示根据月下小院编席段画的水粉画。

小组成员讲构图思路。

学生根据课文内容点评。

教师点拨：

作者描绘的画面有什么景物？

明月，凉爽干净的小院，苇眉子，“银白”的水面，水面上的雾，轻风，还有荷叶荷花。

这幅画的底色是什么色？

白色。

作者用白色为我们描绘出一个水天一色的透明世界。在这清丽柔和的背景上，一个女人在编席，劳动场面的单调与艰辛被淡化，劳动诗意化了。作者描绘了一幅意境优美的图画。

注意第 1 段，“苇眉子又薄又细，在她怀里跳跃着”，“跳跃”这个词仅表现女人编席熟练吗？

“跳跃”是女人当时心理的外化，因为丈夫开会，女人心里不知会的结果，但也大体猜到斗争形势紧张，所以心里七上八下的，“跳跃”这个词很好地表现了女人七上八下的心理。

注意第 3 段，“她像坐在一片洁白的雪地上，也像坐在一片洁白的云彩上”。两个优美动人的比喻，把一个普通的劳动妇女刻画成了飘然欲飞的仙子，于是，我们自然要同她一起来感受“雾”的湿润、“风”的凉爽和“荷叶荷花”的清香了。意境多美。

作者由静态写到了动态，由色写到了香，进而由景物美写到了人情美，勤劳的水生嫂“有时望望淀里”，望什么呢？

在思念着心上的人……这就起到推动情节发展的作用。

还需要注意的是：第二段作者没有实在地写出茫茫的苇地和茂密的苇子，而以设问的方式写出白洋淀“芦花飘飞苇叶黄时”，“全淀的芦苇收割，垛起垛来，在白洋淀周围的广场上，就成了一条苇子的长城”，这个比喻会使你想到什么？

你的视野自然地伸展到无边无际的白洋淀边，体会到白洋淀的丰饶物产。体会到安居乐业的白洋淀人对于家乡的热爱与自豪。

我的建议：这幅画要有“留白”，留出空白，切合原文，给我们留下想象空间。空白是产生意境、引发联想的条件之一。音乐中的“休止”、小说中的“虚笔”等都是一种空白的艺术。

2.淀上正午风光图

学生朗读课文，学生小提琴伴奏。

同学根据课文内容点评。

教师点拨：

“晌午”热，映衬找不到亲人烦躁。

她们思念丈夫的热切愿望就好比闷燥的天气里“从稻尖上苇尖上”吹过一丝儿南风，凉爽，舒惬，看不见，摸不着。

天空“万里无云”，水面“没一只船”，“水像无边的跳荡的水银”。景物给我们什么感受？

辽阔而寂静。

女人失落的程度像万里无云的天空，像无边的水一样，太辽阔了，这样抽象的失落之情就用具体可感的形象展示出来。

天空空，水空空，心空空，作者描绘的淀上正午风光图给我们留出了极大的空白，让我们去想象。

女人们失落，对亲人的牵挂，全融在这幅辽阔而寂静的水上风光里。

各种乐器都可表现失落情绪。如古筝《秦桑曲》第二乐段第 21~28 节，用颤弦表现失落情绪。

3.划船弄菱特写图

学生讲解。

教师点拨：

第 28 页倒数第 5 段第二行，“女人们尤其容易忘记那些不痛快。不久，她们又说笑起来了”。小说人物的心理又由失望转为兴奋，又开始“七嘴八舌”，但当谈到丈夫“一到军队，他准得忘了家里人时”，那失落之情、牵肠挂肚的思念之情又涌上心头。

注意“她们轻轻划着船，船两旁的水，哗，哗，哗。顺手从水里捞上一棵菱角来，菱角还很嫩很小，乳白色，顺手丢到水里去。那棵菱角就又安安稳稳浮在水面上生长去了”这段话。

由于失落，不会有心采菱角，所以“顺手捞”“顺手丢”；“捞”牵肠挂肚的思念，“丢”失落：菱角安安稳稳地长在水上，丈夫也在水上打游击，他们又是否安稳？“捞”、“丢”很好地表现了女人们当时细致入微的心理变化。

在情节上，景物描写使小说的故事叙述张中有弛，紧中有松，“忙”中行“闲”，使小说富于节奏感、韵律感。小说写这两处景物描写，故事止而描写行，节奏又是一弛，为下文遇到敌人的“紧”做了铺垫。

4.荷花荷箭战斗图

“那一望无边挤得密密层层的大荷叶迎着阳光舒展开，就像铜墙铁壁一样。粉色荷花箭高高地挺出来，是监视白洋淀的哨兵吧。”

“铜墙铁壁”做喻体，密密层层的荷叶成了千万群众的象征，给人坚不可摧的感受；

高高地挺出来的荷箭是“哨兵”的比喻，不正表现了根据地人民同仇敌忾的心理和克敌制胜的信念吗？

其意境正与毛泽东同志的“枯木朽株齐努力”（《渔家傲·反第一次大“围剿”》）相似。

人格化、诗化的自然景物描写易于让人由“铜墙铁壁”联想到千万群众，由“哨兵”联想到根据地人民，进而想到同仇敌忾的心理和克敌制胜的信念。

5.学生总结景物描写作用

（1）为人物创设活动背景。

（2）一切景语皆情语。景物中蕴含着有关人物的丰富情感。

（3）画面情景的转换，可以推动情节发展。

（4）渲染气氛。

三、总结

在抗日战争这个非常态的生活中，战争的血腥与残酷转化为胜利后沉入水底捞大鱼的水性表演与嬉戏；人物温柔、细腻、含蓄的内心世界，伶俐、性急、冒失、谨慎、羞涩的个性，巾帼不让须眉的豪情，让我们看到人性的纯美；人物成长在纯美的水乡，意境优美的自然环境与人物成长的心理轨迹自然融合，共同构成了一种诗意生活。

善良的东西，美好的东西，能达到一种极致。在一定的时代，在一定的环境，可以达到顶点。我经历了美好的极致，那就是抗日战争。我看到农民，他们的爱国热情，参战的英勇，深深地感动了我。

家乡的山水，从来没有像抗日战争时期变得这样美，抗日已成为一种公认的美德。

我看到了抗日的境界与美的境界完全一致。

（孙犁：《文学和生活之路——同〈文艺报〉记者谈话》,《孙犁研究专集》，江苏人民出版社，1983 年）

这就是孙犁对他所经历的战争岁月的独特解读。我是否可以这样说人生的诗意正从这美的极致中产生出来。这就是战争岁月的诗意人生。

附：板书设计

荷花淀

孙犁

浪漫	战争岁月
人性	诗意人生
意境	

第二章　叙事中抒情——《故乡人》教学设计

教学目标： 1. 以《故乡人》的解读为基础，了解汪曾祺小说的特点。

2. 引导学生归纳汪曾祺小说的特点。

3. 感受淳朴的人情美、人性美。

教学重难点： 同教学目标 1

教学方法： 教师引导，学生归纳

一、导入：学生的初读感受

初读这篇文章，我的第一感觉是平淡，作者既没有过多地评论人物，也没有刻意地抒发感情，只是把它写出来而已。又细细读了一遍文章，我发现其实根本无须评论，作者想要表现的已经在文章中了。我仿佛能感受到打鱼人生活的艰辛、悲苦；金大力的憨厚、质朴，安于贫困；钓鱼医生的善良、慷慨，丝毫不考虑自己的利益。我想，也许只有这平淡的语言才能表现出故乡人的平淡生活吧。

吴紫薇

读了这篇文章，汪曾祺故乡人的淳朴给我留下了深刻的印象。他们与鲁迅先生在《故乡》中描述的故乡人相差极远。尽管都是为了生计而奔波，但至少他们是人而非躯壳。他们从不计较个人得失，比如说那位医生王淡人，为了救人耗费了不少家产，却认为应该这样做。这才是普度众生，为医之道。"淡人"这字也好。淡是一种心境。

当我们利欲熏心时需要淡泊，当我们焦躁时需要淡定。淡了，忘却了得失，才能返璞归真，这才是故乡之人，故乡之魂。

杨宇霁

文章写得很随意，但是能看出作者文学底蕴深厚，与初二所学的《端午的鸭蛋》文风相仿。如，“喝！这条大鳜鱼！烧出来以后，哪里去找这样大的鱼盘来盛它呢？”汪老先生的幽默，令人会心一笑。同时还引用了文言，使之文白夹杂，韵味悠长，如“一庭春雨，满架秋风”。

李奥隆

第一篇文章《打鱼的》我怎么也读不懂，文章怎么着也要讲究详略啊？就算是汪氏文章随意，也应当写明白一点，到底要说什么啊？我也不知道他是为介绍如何打鱼，还是感叹打鱼人的如何辛苦，或者是要表达对父亲的谴责，对女儿的同情。前半段介绍，后半段记叙，不知所云。

王瑀

问题：

1.《打鱼的》开头写“女人很少打鱼”这句话能否删掉？

2. 为什么详细介绍几种打鱼的方式？

3.《金大力》结尾写“不，他也老了。他的头发已经有了几根白的了，虽然还不大显，墨里藏针”，这句话在文中有什么深刻含意？

4.《钓鱼的医生》结尾写“你好，王淡人先生！”这句话能否删掉？

5. 文章为什么要选这三类人？文章的中心是什么？

二、解读《故乡人》

（一）阅读《打鱼的》，思考问题 1《打鱼的》开头写“女人很少打鱼”这句话能否删掉？

1. 填写有关几种打鱼的方式表格。

打鱼方式	地点	工具	人数	鱼类	鱼量	特点
拖网捕鱼	大湖	两只三桅大船之间挂拖网	船主、伙计若干	大铜头鱼、大青鱼	上千斤	豪迈壮观
鱼鹰叼鱼	运河	二十只鱼鹰歇在船的木架上	一个撑船、一个管鹰	鳜鱼	二十多只，一尺多长	快快乐乐
张网赶鱼	静止的浅水（护城河）	八尺宽的兜网，下宽上窄的梯形竹架	一个赶鱼、一个张网	鲤鱼拐子 鲫瓜子 鲶鱼 罗汉狗子 猫杀子	不到半斤、不到二寸，薄得无肉	平平淡淡

2. 思考“她一定觉得：这身湿了水的牛皮罩衣很重，秋天的水已经很凉，父亲的话越来越少了”这句话在文中有什么深刻含意？

明确：“这身湿了水的牛皮罩衣很重”牛皮罩衣重，湿了水的牛皮罩衣更重，“秋天的水已经很凉”天冷站在冰凉的水里，极不舒服。“父亲的话越来越少了”父亲很少说话。因为父亲心里很难过，老婆干的是男人干的活，很苦；老婆死了，女儿才 15 岁也来干男人干的活，比妈还苦，我作为一个男人我还说什么，让我的老婆和女儿受苦，我心里实在是难受。

“她”——女儿能想到这些，她就深深地理解了父亲的不易。尽管工作服穿着太累，秋天站在冰凉的水里很不舒服的，但她也要和父亲一起撑起养家的鱼网，“一步一步地往前走”。还未成年的女孩子就承担了“打鱼的”职务，正是生活所迫。这句话渲染了悲怆的气氛。

3. 作者为什么要创设这种气氛呢？合作小组讨论。

“女人很少打鱼，女的赶鱼，她来顶替她的职务了，她一定觉得”这四句话构成小说的悲怆的气氛。有了这气氛，人物长什么样，说什么话，故事情节都可以淡化了，这种气氛已勾画出了在那残酷的现实中与命运苦苦奋斗的几代人的缩影。我们已清晰地知道了打鱼人的性格特点：不论男人还是女人都要默默地承受生活的重压。这才是真实的生活。汪曾祺在《短篇小说选》自序中说“我以为气氛即人物。一篇小说要在字里行间都浸透了人物。作品的风格，就是人物性格”所谓气氛，既包括作者的情感、情绪的自然流露，也包括自然风光、民情风俗的生动描绘。但汪曾祺看重风俗描绘，他“以为风俗是一个民族集体创作的抒情诗”。风俗自然地流露出一个民族的天性，作者总是从这里去寻找人物性格的源头。凡与人物有关的风俗，作者从来不吝笔墨，大笔挥洒。我推荐有能力的同学读汪曾祺的代表作《受戒》和《大淖纪事》。

下课读汪曾祺的《榆树》，体会气氛即人物的特点。

（二）阅读《金大力》，思考问题

《金大力》结尾写“不，他也老了。他的头发已经有了几根白的了，虽然还不大显，墨里藏针”，这句话在文中有什么深刻意思？

1. 什么人能当瓦匠头？用原文回答。

“得要年高望重，手艺好，有两手绝活，能压众，有口才，会讲话，能应付场面，还得有个好人缘儿。”

2. 金大力为什么人缘好，从文中找答案。

（1）“他一辈子经手了数不清的砖瓦石灰，可是没有得过一手钱的好处。”不贪财

（2）勤快：每天，金大力都是头一个来，比别人要早半小时。砖头捡回砖堆，归置归置，为干活方便；清除“脚手”板子上的石灰，捆紧“脚手”绳都是为瓦匠安全考虑。

（3）甘心干小工活，不逞能卖嘴。知道自己吃几两干饭。

（4）用自家水给伙计沏茶。减少自家利益为东家、伙计服务。

（5）晚走，检查安全。把东家活当成自家活干。

（6）拿的工钱很低。知足。

3. 为什么还写金家茶炉的生活场景？请同学读第 9—11 段。

（7）金大力每天要挑 24 担水，给四周店铺人家带来极大的方便。

24 担水是 2400 斤。工作量实在是太大了。所以作者写“你要是路过金家茶炉子，常常可以看见金大力坐在一根搭在两只水桶的扁担上休息”，“常常”说明这个活对金大力来讲也不是很轻松。挑水又是一件单调乏味的活，一挑就是“多少年”，多少年重复单调乏味的重体力活，就这样，人家要给他涨工钱，他还拒绝，这说明他的人性好。

4. 最后一段“不，他也老了”，“不”是对上文哪句话说的？

对上文“金大力不变样，多少年都是那个样子”说的。

这句写金大力变样了，长白头发了。这时候我们要注意作者用词，长了“几根”白头发。“几”是大于一少于十的不定数目，根据我们的认知背景，几根白头发在黑发里是看不出来的。作者看到，“虽然还不大显，墨里藏针”。我们把关联词补全应该是“虽然还不大显，（但是）墨里藏针”，这句话的表意重点在“但是”后面。东西“藏”起来是不容易被人发现的，但因为“墨”是黑的，在这里指黑发，“针”一般由金属做成，有光泽，黑里的白又容易被人看见。

5. 作者为什么对一个人长白头发这么关注？

因为作者对金大力身上所表现出来的勤劳、实在、体恤他人、不贪财、知足的做人准则深表认同。所以作者在结尾用叙写金大力长白头发了这种方式，表达的是对金大力人品的赞美。这就是叙事中抒情。

汪曾祺的文字，把白话“白”到家了，借沈从文研究者凌宇话说：“读汪曾祺的小说，你会为他的文字的魔力所倾倒。句子短峭，很朴实，像在水里洗过，新鲜、纯净。‘清水出芙蓉，天然去雕饰’。”

金大力沉默寡言，本分厚道，能吃苦耐劳。他手艺不好，但干活总是早到晚走，勤勤恳恳，踏实，他身为瓦匠头，拿的工钱却和小工差不多。同伴过意不去，要给他加薪，他坚决不接受。每次和雇主打交道，也从不占便宜。金大力长年累月地重复着挑水的生活。汪曾祺把他不平凡的单调一一叙来如话家常，那些生活的沉重与辛苦都在知足中消解掉了，留给我们的是不尽的人性人情之美。

下课请同学阅读汪曾祺的《鉴赏家》《故里三陈·陈四》。

汪曾祺说：“在写作过程中要随时紧紧贴着人物，用自己的心，自己的全部感情。什么时候自己的感情贴不住人物，大概人物也就会‘走’了，飘了，不具体了。”[1]

作者用自己的心贴住了金大力，所以我们没有读到跌宕起伏的情节，但我们依然能清晰地看出金大力的人品。

（三）阅读《钓鱼的医生》，思考问题

《钓鱼的医生》结尾写“你好，王淡人先生！”这句话可以删掉吗？

“你好”是问候语，“先生”是对知识分子和有一定身份的成年男子的尊称。由此可以看出这句话表达的是作者对王淡人的赞美。

但文章中“有人说王淡人很傻”，作者也说“王淡人是有点傻”，王淡人做的傻事有哪些？

1. 治病不收钱。

2. 发大水，他拦腰捆四根铁链去孤村救人，置生死于不顾。

3. 主动为一破落子弟治病，外加供饭、供大烟。

不管这人是穷人，还是跟我无关的普通的人，甚至这人是社会道德评价体系中已定性的坏人，只要是人，就有生存的权力，如果我能让他活下去，我就不能袖手旁观，我就要尽我所能帮助他，哪怕我个人的利益受损，这体现了什么思想？

人道主义，如果从中国的思想体系讲这属于儒家提倡的仁人爱人的思想。王淡人的傻恰恰是王淡人人品高尚的表现。

这个医生为什么几乎每天钓鱼？为什么特意在院子里种瓢菜？

生活不是很富裕，但人不能仅满足低层次的活法，要讲点生活情趣。钓鱼是一种生活情趣，是诗意。鱼竿插在塘岸上常立着一只钢蓝色的蜻蜓，仿佛一幅八大山人的画。种瓢菜是为了配合上他医室里挂的郑板桥的对联。由此我们可以看出他所追求的是道家提倡的淡泊。

“王淡人就是这样，给人看病，看‘男女内外大小方脉’”这是写他的职业。“做傻事”写王淡人做的事不以挣钱为目的。“每天钓鱼”写他

---

1 《汪曾祺〈大淖记事〉是怎样写出来的》，载《读书》1982 年第 8 期。

的生活情趣。“一庭春雨，满架秋风”是“一庭春雨瓢儿菜，满架秋风扁豆花”的省略。瓢儿菜、扁豆花都是蔬菜，种着为吃，说明王淡人家境并不富裕，如果不写瓢儿菜、扁豆花，剩下的就是一庭院的春雨，满架子的秋风，这是景色吧。连种着要吃的蔬菜王淡人都要与郑板桥的对联配上，说明他讲究生活中的诗情画意，“一庭春雨，满架秋风”体现了知识分子尽管穷，也要诗意地生存的生活态度。

这种生活态度是作者非常欣赏的，作者结尾写：“你好，王淡人先生！”“你好”是问候语，先生是对王淡人的尊称，汪曾祺在写到这里时情绪很激动，他多么想当面对王淡人表达赞美之情，所以不能删掉。

王淡人以文人的情致雅趣为日常生活增添了诗情画意，一面治病救人，不为赚钱，一面河边垂钓，淡泊超脱，王淡人身上显然从道家思想中获得了一种人生的诗意，平淡地看待尘世的得失，但同时他身上也有儒家的仁人爱人思想，有对百姓真切的关爱。王淡人是一个淡泊超脱的儒医。

课下读汪曾祺的《岁寒三友》。

（四）问题

文章为什么写这三类人？文章的中心是什么？

汪曾祺总是以深深的敬意和温柔的亲切感，把故乡那些名不见经传的普通百姓作为自己作品中的主人公。他绝不以高人一等和怜悯的态度看待这些自食其力的劳苦大众，而是去发掘蕴藏在这些父老乡亲身上的人性美、人情美。劳动是这些普通百姓赖以生存的基本方式，汪曾祺在作品中充分肯定他们所从事的劳动职业，并赞美他们的人生价值。

淡泊无为、清高风雅原是中国古代文化，尤其是失意文人欣赏、追求的人生志向，这也是一种审美情趣，在汪曾祺笔下，这种志向、情趣已经渗透到社会各阶层的人物身上。知足平淡、乐天知命的人生态度，使人不管处于顺境还是逆境，都能在生活中保持人情美、人性美。这种逆境中的美，正是作家旷达人生态度的反映。

三、合作小组总结汪曾祺小说的特点

1. “小说应该就是跟一个可以谈得来的朋友很亲切地谈一点你所知道的生活。”[1] 而自己真正意义的“所知道的生活”，通常都只能是过去的生活。过去的生活也就是“回忆”。

2. 汪曾祺小说“打破了小说和散文的界限”，“我的小说的另一个特点是：散，这倒是有意为之。我不喜欢布局严谨的小说，主张信马由缰，为文无法。”（《汪曾祺短篇小说选 · 自序》）

语言总是“想到哪儿说到哪儿”，大量用概述描写人物和事物的常态，有随意散漫无边际的特点。

结构上则表现为在主体情节框架中有不相干情节的段插入。如《打鱼的》前面 2/3 写四种打鱼方式。如《金大力》中写兴建动工的风俗。他在有意造成结构的散漫无边际，目的是用驳杂的信息显现生活的丰富。

小说散文化更符合现实生活，因为现实生活也不是每天都惊涛骇浪，现实生活更多的是平平淡淡。

3. 气氛即人物。他用大量的笔墨描写自然风俗画，再把人物点缀其中，人与景构成和谐的意境。如《钓鱼的医生》写钓鱼，“一只钢蓝色的蜻蜓落在他的鱼竿儿上了”，王淡人的字、家里的匾，院子里的扁豆和瓢菜，自己炮制“散”，这些共同构成一种气氛，表现王淡人的人品。

4. 汪曾祺小说的结尾含蓄。推荐有能力的同学阅读《珠子灯》《职业》《侯银匠》《金冬心》《八千岁》等小说体会。

四、总结

汪曾祺用那似散漫淡泊却深藏底蕴的笔，在散发着苏北水乡的气氛中透过现状发掘着弥漫在劳动人民身上的质朴、勤劳、高尚、坚韧不拔的情愫。他们的生活并无多少欢乐而言，但他们在各自微贱的生

---

1 《作为抒情诗的散文化小说——汪曾祺与施叔青对谈录》，《上海文学》1988 年第 4 期。

活中以自己的劳动创设了一种美的境界。小说要表达的是充满诗意的人生境界或生命存在。而我们也应该像他所描写的人物一样，诗意地生存在大地上。

五、作业

阅读推荐的汪曾祺的小说，写一篇《我说汪曾祺小说》的作文。

附：板书设计

故乡人

汪曾祺

气氛即人物

叙事中抒情

诗意地生存

第三章 “一切景语皆情语”专题网络教学设计

一、教学背景分析

1.教材分析

本专题出自人教版必修模块二第一单元写景状物单元，由朱自清的《荷塘月色》、郁达夫的《故都的秋》和陆蠡的《囚绿记》组成。朱自清的《荷塘月色》写了特定环境下的景物让他的心灵获得自由；郁达夫的《故都的秋》由自己感觉到的季节之景，表达出秋天带来的死亡本身就是美好的，作者沉浸其中，并不觉得悲苦，而感觉是一种人生享受，感受到秋的衰败和死亡是人生的高雅境界；陆蠡的《囚绿记》写了非常态的景，常春藤被不可抗拒的外力控扼时，它仍按照它的生存本性去生存。三篇文章的共性是作者借景表达出独特的审美认知。

2.专题设计

通过对写景抒情文的学习，借助概括景物特点学生思维流程表现性评价表，学习梳理景与情的关系，引导学生感受、品味景物中呈现出的独具特色的情感认识，引发学生对自然、社会、生命深入思考，形成积极健康的人生观、价值观和生命观。

3.学情分析

能力储备：学生在初中学习过朱自清的《春》和《背影》，在必修一第三单元学习了写人记事单元，初步掌握了揣摩人物言行心理，体会作者在描写叙述中抒情的方法。

情感储备：学生对清新、明静的景能感觉到美，对静谧朦胧的景、悲凉的景、处于困境中的景看不出美在哪里。

二、教学目标

1. 学习从写景的文字中读出作者感情的方法。
2. 在言语活动中梳理景与情的关系。
3. 体会作者独特的情怀。

三、教学流程

1.准备阶段

教师准备：

（1）细读朱自清的《荷塘月色》、郁达夫的《故都的秋》、陆蠡的《囚绿记》和老舍的《济南的秋天》。

（2）阅读相关的鉴赏文章。

学生准备：

分组，写感受提问题、写景物鉴赏的语段，在网上讨论、阅读相关资料。

2.学习阶段

（1）学生自己阅读三篇文章，整理字词及不懂的文字。在网络平台上写初读感受，提出问题。

（2）用一课时把问题归类，疏通文字。

（3）网上学习：

①理清三篇文章的思路。

②针对自主研读过程中没有解决的疑难问题，查阅资料自行解决，并将解决的过程记录下来，以便下一阶段学习用。

③分组研究。可分为景物组、情感组、表现手法组，对《荷塘月色》《故都的秋》《囚绿记》文章做研究，希望学生能得出自己的认识。

④小组每位同学就所研究的内容写400字的学习所得传到网络平台，小组长组织小组同学讨论，选出本组同学最满意的学习心得上课研讨用。一课时交流，发现学生由景读不出作者的感情。

（4）确定以“一切景语皆情语”为专题做探究。两课时。

师生研讨，深入钻研，形成认识。

3.论文写作

以所读的学习材料为中心，围绕写景抒情文的某一共性特点，自主设题，完成论文，在网上交流。教师选出佳作用以课上评析。一课时。

“一切景语皆情语”专题网络教学设计

一、导入

清代学者王国维先生在他的《人间词话》中说“一切景语皆情语”，写景状物文是写景的，如何从写景的文字中读出作者的感情？

这节课我们就以人教版第二模块第一单元写景状物文为例，学习从景与情的关系这个角度来鉴赏写景状物文。

学生初读感受：

读完这篇文章后，我感受最深的就是一个字“美”。作者用大篇幅的文字来描写荷塘和月色，并且运用了多种修辞手法，真实地描绘出荷花和月色的特点。“正如一粒粒的明珠，又如碧天里的星星，又如刚出浴的美人”这句话用比喻的手法，写荷花纤尘不染的特点。我想作者那一刻一定暂且抛却了烦恼，但在这种平静喜悦之后更多的好像是一种淡淡的忧愁。这篇文章很能带动我的情绪，仿佛我也身临其境一般，与作者一起在那个夏夜，欣赏着那一池被月色所笼罩着的荷花。

张梦涵

《荷塘月色》很美，能让她身临其境。

作者本是南方人，但是他却独爱这“故都的秋”。作者写秋，用了对比手法，把北国的秋和南国的秋做对比，表现出作者对北国秋的喜爱。作者先写秋景，比如“陶然亭的芦花，钓鱼台的柳影，西山的虫唱，玉泉的夜月，潭柘寺的钟声”，作者对这些景物的了解，比生在北京、长在北京的我还要透彻，我从没有想过这些景物所蕴含的文化底蕴，但是作者却很好地诠释了它们。最后作者用“若留得住的话，我愿意把寿命的三分之二折去，换得一个三分之一的零头”这句话表达了对北国秋的向往与喜爱之情。

王天予

读出作者对北国之秋的喜爱之情，陶然亭的芦花作者是写它蕴含的文化底蕴吗？留待我们思考。

读了陆蠡的《囚绿记》，我感觉这篇文章写得十分真实。由“我占据着高广不过一丈的小房间”发现“圆窗外面长着常春藤”，再到把常春藤挪到屋子里来，囚禁着绿色，走时放了它，并在离开居住地很久之后还怀念着常青藤，还想回到北平看常春藤。句句皆是作者真实的感受，基本没有什么华丽的辞藻。

陈丰

文章结构梳理得比较清楚，认为文章写得真实。

学生对景物的感受呈现笼统而模糊的状态。下面我们做三个言语活动，看看能否让同学们鉴赏写景状物文的思路清晰些。

二、学生言语活动

（一）《荷塘月色》

借助“概括景物特点学生思维流程表现评价表（一）”，由景物特点读出作者的感情。

概括景物特点学生思维流程表现评价表（一）

<table>
<tr><td rowspan="2">评价项目</td><td colspan="2" rowspan="2">思维流程</td><td rowspan="2">每步流程的思考</td><td>有（√）</td><td rowspan="2">记录</td></tr>
<tr><td>无（×）</td></tr>
<tr><td rowspan="3">景物</td><td colspan="2">能标出文段中的句子序号</td><td colspan="2"></td><td></td></tr>
<tr><td colspan="2">能提出句子的主干</td><td colspan="2"></td><td></td></tr>
<tr><td colspan="2">能梳理出写的景物</td><td colspan="2"></td><td></td></tr>
<tr><td rowspan="6">景物特点</td><td rowspan="3">能准确判断使用的修辞</td><td>知道修辞的名称</td><td colspan="2"></td><td></td></tr>
<tr><td>知道修辞的表达效果</td><td colspan="2"></td><td></td></tr>
<tr><td>能用自己的话说出文本中使用修辞的表达效果</td><td colspan="2"></td><td></td></tr>
<tr><td colspan="2" rowspan="2">能判断使用的表现手法，如动静结合</td><td colspan="2"></td><td></td></tr>
<tr><td colspan="2"></td><td></td></tr>
<tr><td colspan="2">能概括景物特点</td><td colspan="2"></td><td></td></tr>
<tr><td colspan="3">能由景物的特点得出作者的感情</td><td colspan="2"></td><td></td></tr>
</table>

学生填完表后传上来，请学生说说由景物特点读出的作者感情。

教师根据学生的回答点拨。

教师总结：

这段文字中叶子“像亭亭的舞女的裙”，这舞女的裙一定是舞女旋转后裙摆撑平了，“羞涩”是难为情，写出花含苞的样子；微风过处送来淡淡的清香、叶子与花的一丝颤动以及由此带来的波痕；还有作者看不见流水，也听不到流水声，由见到叶子的风致，猜想能长出这样美的叶子的水一定是含情的。所以这段景物的特点是静谧的。

作者能看到如此细微的动态之景，说明他此刻心在景上，而他见到的又是静谧的美景，他此刻的心情随着静谧之景而宁静下来。情由景生。景成了作者情感的外化。

当心里不宁静时，可以到自然中排遣，自然之美会让人心静下来，这是朱自清排遣不好心情的方式。

（二）郁达夫的《故都的秋》

进入郁达夫《故都的秋》的作业项。

阅读郁达夫的《故都的秋》和老舍《济南的秋天》，把下面的表格填写完整。

比较点	故都的秋		济南的秋天	
秋的特点	清、静、悲凉		清、静	
总的印象	景物	特点	景物	特点
	陶然亭的芦花 钓鱼台的柳影 西山的虫唱 玉泉的夜月 潭柘寺的钟声		有个中古的老城，有睡着了的大城楼，有狭窄的古石路，有宽厚的石城墙 环城流着一道清溪，倒映着山影，岸上蹲着红袍绿裤的小妞儿	
具体景物	牵牛花 颜色 原句		山 颜色 原句	
	我以为以蓝色或白色者为佳，紫黑色次之，淡红色最下		山脚是镶着各色条子的，一层层的，有的黄，有的灰，有的绿，有的似乎是藕荷色儿	
	落蕊		水	
作者的欣赏角度				

填完后传上来，找一份全班点评。

学生讲表是如何填的。教师根据学生填表情况做点拨。

实际教学中学生得不出落蕊的特点。

让学生进入网络平台，点开“概括景物特点学生思维流程表现评价表（二）”，解读落蕊特点。

概括景物特点学生思维流程表现评价表（二）

<table>
<tr><td rowspan="2">项目</td><td colspan="2" rowspan="2">思维流程</td><td rowspan="2">每步流程的思考</td><td>有（√）</td><td rowspan="2">简单记录思考的内容</td></tr>
<tr><td>无（×）</td></tr>
<tr><td rowspan="3">分层</td><td colspan="2">能标出文段的句子序号</td><td colspan="2"></td><td></td></tr>
<tr><td colspan="2">能提出句子主干</td><td colspan="2"></td><td></td></tr>
<tr><td colspan="2">能把句子意思联系紧密的归纳在一起</td><td colspan="2"></td><td></td></tr>
<tr><td rowspan="7">确定文段重点句，分析重点句，读出“我”的感觉</td><td rowspan="4">句子结构</td><td>能标出关联词，得出分句间的关系</td><td colspan="2"></td><td></td></tr>
<tr><td>能注意标点符号</td><td colspan="2"></td><td></td></tr>
<tr><td>能思考副词在句中的意思</td><td colspan="2"></td><td></td></tr>
<tr><td>能找出指示性代词在文句中对应的内容</td><td colspan="2"></td><td></td></tr>
<tr><td rowspan="3">重点词在句中的意思</td><td>能调动已知，想出字面义</td><td colspan="2"></td><td></td></tr>
<tr><td>能把字面义带进原句中</td><td colspan="2"></td><td></td></tr>
<tr><td>能联系前后句思考语境义</td><td colspan="2"></td><td></td></tr>
<tr><td colspan="3">能用自己的语言归纳景物特点</td><td colspan="2"></td><td></td></tr>
<tr><td colspan="3">能判断作者的审美取向</td><td colspan="2"></td><td></td></tr>
</table>

让学生根据评价表说说落蕊特点：

早晨落蕊铺满地，人脚踩上去，听不见声音，闻不到气味，只有那特别敏感的人才能感到踩着东西了。而扫街的一阵扫后，灰土上只留下大扫帚扫过后的细细的丝纹，能清楚地看到土的质地，而槐蕊离枝，生命逝去，人本能地会觉得冷落、凄凉。古人早就说过梧桐叶落天下知秋，秋天叶落是生命周而复始的自然现象，这种现象也启示人去思考生命的周期。作者不敢肯定他的思考是对的，但他确实感受到了。

所以生命老去，这样的消逝是美的，因而悲凉也是美的。这是郁达夫独特的审美取向。

《故都的秋》所写景物的共性是淡雅宁静的。北平是繁华的大都市，文化古迹多，美景也多，郁达夫怀念的却是乡野的宁静，自然的境界。冷色调的牵牛花再配上枯草，是生命衰败的表现。因此残败之景也能使人获得审美体验。

（三）《囚绿记》

德国作家歌德《发现》中有这样的诗句："我看到荫处 / 小花一朵 / 好像是明星 / 又像是明眸 / 我想采下它 / 它婉言道 / 难道采下我 / 让我枯掉？"

参考《发现》中的诗句，阅读《囚绿记》，用 120 字写出"我"囚住常春藤的原因，常春藤被囚后的样子，"我"当时的心情。

示例：

我太喜欢绿色了，想把绿色占为己有，于是把常春藤从玻璃的孔隙处拽进屋。它开始长得跟原来一样，伸长、攀缘、舒放，但它的尖端总朝着太阳的方向让我很不高兴，尽管它的颜色变浅，越长越蔫，我看着它觉得它挺可怜，但我就关着它不放它走。

阅读原文，说说由景物变化看出作者借景物变化表达什么样的感情？

当一个顽强的生命体被不可抗拒的外力控扼时，外力只能控扼住它的躯体，但不能使这个生命体不按照自己的生存本性去生存。这是作者独有的感受和独有的思考。

三、归纳景与情的关系

景是情产生的基础。即感情会随着景物而产生。

在这个专题里有两种情况：

一是静谧的景，人会觉得美而让心宁静；衰败的景也会让人产生审美愉悦，让人觉得悲凉也是一种美，景与情有生成关系，这是触景生情。

二是景物变化，作者借景物的变化表达出自己独特的认识。景与情有结构的关系，如借景抒情。

而景与情的关系中有许多种：

1. 景与情的生成关系，如触景生情、缘情而发。

2. 景与情的结构关系：借景抒情、寓情于景、情景交融。

3. 景与情的内在关系：情景正衬（以乐景写乐情、以哀景写哀情）情景反衬（以乐景写哀情、以哀景写乐情）。

这节课先得出：

景与情的生成关系：触景生情。

景与情的结构关系：借景抒情。

至于《荷塘月色》作者为什么心情不宁静，《故都的秋》作者为什么会以悲凉为美，《囚绿记》还会让我们获得什么哲理，留待下节课再探究。

四、作业

从景与情的关系角度入手，借助概括景物特点学生思维流程表现评价表，任选本专题文章中的一段写景文字，写出你读出的作者的感情。

附：板书设计

景　　生成

情　　结构

济南的秋天

老舍

济南的秋天是诗境的。设若你的幻想中有个中古的老城，有睡着了的大城楼，有狭窄的古石路，有宽厚的石城墙，环城流着一道清溪，倒映着山影，岸上蹲着红袍绿裤的小妞儿。你的幻想中要是这么个境界，那便是个济南。设若你幻想不出，许多人是不会幻想的——请到济南来看看吧。

请你在秋天来。那城，那河，那古路，那山影，是终年给你预备着的。可是，加上济南的秋色，济南由古朴的画境转入静美的诗境中了。这个诗意秋光秋色是济南独有的。上帝把夏天的艺术赐给瑞士，把春天的赐给西湖，秋和冬的全赐给了济南。秋和冬是不好分开的，秋睡熟了一点便是冬，上帝不愿意把它忽然唤醒，所以作个整人情，连秋带冬全给了济南。

诗的境界中必须有山有水。那么，请看济南吧。那颜色不同，方向不同，高矮不同的山，在秋色中便越发的不同了。以颜色说吧，山腰中的松树是青黑的，加上秋阳的斜射，那片青黑便多出些比灰色深，比黑色浅的颜色，把旁边的黄草盖成一层灰中透黄的阴影。山脚是镶着各色条子的，一层层的，有的黄，有的灰，有的绿，有的似乎是藕荷色儿。山顶上的色儿也随着太阳的转移而不同。山顶的颜色不同还不重要，山腰中的颜色不同才真叫人想作几句诗。山腰中的颜色是永远在那儿变动，特别是在秋天，那阳光能够忽然清凉一会儿，忽然又温暖一会儿，这个变动并不激烈，可是山上的颜色觉得出这个变化，而立刻随着变换。忽然黄色更真了一些，忽然又暗了一些，忽然像有层看不见的薄雾在那儿流动，忽然像有股细风替“自然”调和着彩色，轻轻地抹上一层各色俱全而全是淡美的色道儿。有这样的山，再配上那蓝的天，晴暖的阳光；蓝得像要由蓝变绿了，可又没完全绿了；晴暖得要发燥了，可是有点凉风，正像诗一样的温柔；这便是济南的秋。况且因为颜色的不同，那山的高低也更显然了。高的更高了些，低的更低了些，山的棱角曲线在晴空中更真了，更分明了，更瘦硬了。看山顶上那个塔！

再看水。以量说，以质说，以形式说，哪儿的水能比济南？有泉——到处是泉——有河，有湖，这是由形式上分。不管是泉是河是湖，全是那么清，全是那么甜，哎呀，济南是“自然”的情人吧？大明湖夏日的莲花，城河的绿柳，自然是美好的了。可是看水，是要看秋水的。济南有秋山，又有秋水，这个秋才算个秋，因为秋神是在济南住家的。先不用说别的，只说水中的绿藻吧。那份儿绿色，除了上帝心中的绿色，恐怕没有别的东西能比拟的。这种鲜绿色借着水的清澄显露出来，好像美人借着镜子鉴赏自己的美。是的，这些绿藻是自己享受那水的甜美呢，不是为谁看的。它们知道它们那点绿的心事，它们终年在那儿吻着水波，做着绿色的香梦。淘气的鸭子，用黄金的脚掌碰它们一两下。浣女的影儿，吻它们的绿叶一两下。只有这个，是它们的香甜的烦恼。羡慕死诗人呀！

在秋天，水和蓝天一样的清凉。天上微微有些白云，水上微微有些波皱。天水之间，全是清明，温暖的空气，带着一点桂花的香味。山影儿也更真了。秋山秋水虚幻的吻着。山儿不动，水儿微响。那中古的老城，带着这片秋色秋声，是济南，是诗！

第四章 情感价值与实用价值——《哦，香雪》课堂教学实录

小说《哦，香雪》以火车在台儿沟停留一分钟展开叙述，写了香雪登上火车用鸡蛋换自动铅笔盒的故事，表现了在闭塞山村中生活的农村姑娘对都市文明的向往，具有浓郁的乡土气息。

第一节 教学设计思路

一个自动铅笔盒能带给主人公人格意识的觉醒，由物品解读人物，进而探究小说主题。

1.教学目标

（1）学习从物品入手分析小说主题的解读方法。

（2）品味词语，理解人物形象。

（3）理解人喜好美好事物的感情，体会人类追求美好事物所付出的努力之情。

教学重点：同教学目标（1）（2）

教学难点：同教学目标（3）

2.教学设想

（1）教学理念

学生是学习的主体，在班级教学中，教师组织学生学习，为学生营造出帮助其理解的学习情境，最大限度地调动学生学习的积极性，是教师教学的关注点，所以本课采用小组合作的学习形式。

（2）学情分析

①《哦，香雪》在京版选修模块二专题四文学与乡土单元，乡土文学中所描述的农村生活和农村人的情感离城市生活的学生较远。

②学生在高中必修模块已学过四个小说单元，在选修模块（三）和（四）学生还要学习外国小说和京味小说，学生已掌握了阅读小说的基本方法，但学生不会从物品入手分析小说主题的方法。

③学生在课前已读过课文，写出初读感受并提出问题。

（3）内容预设

学生对以下两个问题有困惑：一是带磁铁的铅笔盒在现在城市孩子眼中是极平常的学习用具，它不能成为学生的愿望，对农村姑娘花这么大力气换铅笔盒的行为极其不理解。二是现实生活中女性与男性的交往和小说中凤娇与“北京话”的交往有质的不同，理解凤娇对“北京话”的情感对学生来讲有难度。

（4）教学方法

采用小组合作学习的方式，最大限度地给学生创造发言交流的机会，营造轻松的学习情境帮助学生学习。

（5）管理方法

以学习小组长与教师共同管理的方式。小组长组织小组讨论，让小组中的每个成员都有任务，在小组学习记录表中把学生的思考外化，教师巡视观察学生学习的进度，然后组织全体学生交流。

（6）预期效果

学生在小组中表达自己对人物的理解，组内达成共识；每个小组的看法最好不一致，小组发言时引起争论，这时教师带着学生细读文本，在品读语言的过程中引导学生解决认识上的困惑，纠正情感上的偏差，加深对人物形象的理解，探究出小说的主题。

3.教学过程和内容

（1）以学生初读感受导入，教师归纳学生问题。

（2）以小组合作的形式解决学生问题。

①第 85 页第 4—5 段，火车来了对台儿沟的生活有什么影响？由此可以看出台儿沟姑娘有什么共同特点？

②第 86 页第 13、15 段，凤娇为什么要跟“北京话”接触？

③第 87 页第 43 段，从凤娇与“北京话”交往的几件事，看出凤娇有什么特点？

④第 88 页第 59 段，香雪为什么要换自动铅笔盒？

⑤第 89 页第 63—64 段，第 90 页第 72 段，香雪为了铅笔盒付出了什么？

⑥第 90 页第 68—78 段，香雪从西山口走回台儿沟，在这三十里路上，香雪的心理有什么变化？

4.教师总结

5.布置作业

第二节 《哦，香雪》课堂实录

一、用学生的初读感受导入

刚开始我还以为文章很枯燥，但渐渐地我沉浸其中。我觉得整篇文章给我的感觉很舒缓，自始至终都是一种“夜晚”的感觉。小说着重描写了香雪，并由她反映出穷山沟里人的心态，表现出农村姑娘的单纯、善良和美好。总体来讲，我很喜欢这篇文章。

赵笑笑

由香雪的表现看出农村姑娘的特点。

一个在城市孩子眼中再普通不过的铅笔盒，引出一个山村姑娘无限的渴望，一种最普通的交通工具——火车，吸引了整个山村的好奇心。文章带给我的感受有喜有忧，喜的是偏远山区里有如此纯真的女孩，她对父母的孝顺让我惭愧；忧的是闭塞让山里人贫穷、没见识。时代在发展，我们不能仅看着大城市，更要想着偏远的山村。

周善鑫

由铅笔盒、火车引出山村人的渴望。

看完文章很是感动。火车到来了，山村姑娘们试图与外部世界沟通。香雪代表了山村的人，为一个铅笔盒不顾一切地登上火车，这足以表现她对外面世界的渴望。而处在小山村的香雪被“陌生的风”改变着，乡村文化最终也会被替代。火车的到来影响了乡土文化，其中的利弊不得而知。

孙雨田

火车穿越农村，对乡村文化有影响。

读完本文后我觉得台儿沟的人很淳朴善良，同时也为他们的落后而惋惜。火车仅停留一分钟连做买卖的时间都没有。还有城市孩子的攀比以及歧视也影响了这里的人，所以在发展农村的同时，不能让香雪这样的人因为攀比不惜说谎，这是人性的泯灭。

陈炎泽

火车把人性不好的一面带到农村。

这 4 位同学分别从人物、主题等方面写了初读感受。在小说中香雪和凤娇除了表现出单纯和善良外，还有什么特点，香雪换铅笔盒的行为是虚荣心在作怪吗？我们在学习的过程中验证。

二、学生学习的问题

同学们的问题集中在人物形象凤娇和香雪上，有17位同学不明白文章为什么要用大量篇幅写凤娇这个人物，她为什么要跟“北京话”交往？还有24位同学对香雪的做法提出了疑问，如为什么她一定要换铅笔盒，她从西山口走回台儿沟的路上心理为什么会产生变化。

根据同学们提的问题和问题的难度，我们分成三个大组，就凤娇和香雪这两个人物进行分析。

PPT阅读下列段落，回答以下问题：

（1）第85页第4—5段，火车来了对台儿沟的生活有什么影响？由此可以看出台儿沟姑娘有什么共同特点？

（2）第86页第13、15段，凤娇为什么要跟“北京话”接触？

（3）第87页第43段，从凤娇与“北京话”交往的几件事，看出凤娇有什么特点？

（4）第88页第59段，香雪为什么要换自动铅笔盒？

（5）第89页第63—64段，第90页第72段，香雪为了铅笔盒付出了什么？

（6）第90页第68—78段，香雪从西山口走回台儿沟，在这三十里路上，香雪的心理有什么变化？

三、解决学生问题

1.分小组合作学习

要求：自己找到对应的语句分析，三分钟；然后小组讨论四分钟。每组记录员做好记录，确定发言人。

2.小组发言

要求：

（1）其他人记录发言人的观点。

（2）其他小组评价发言人的分析。

3.教师第一次点拨

分析凤娇

（1）火车来了对台儿沟的生活有什么影响？由此可以看出台儿沟姑娘有什么共同特点？同学们阅读第85页第4段和5段。

“每逢列车疾驶而过，她们就成帮搭伙地站在村口，翘起下巴，贪婪、专注地仰望着火车。”

由“翘起下巴，贪婪、专注地仰望”可以看出脖子抬太久会很不舒服，但她们专心注意地看火车，还觉得看不够，看出她们对精神生活的渴求是多么的强烈，也看出她们的精神生活极度匮乏。

阅读第85页第5段。

①“从前，台儿沟人历来是吃过晚饭就钻被窝。”

②“如今，台儿沟的姑娘们刚把晚饭端上桌就慌了神，她们心不在焉地胡乱吃几口，扔下碗就开始梳妆打扮。”

由此可以看出火车的到来改变了台儿沟的生活习惯。给她们带来了接触外界文明的机会。

③“她们洗净蒙受了一天的黄土、风尘，露出粗糙、红润的面色，把头发梳得乌亮，然后就比赛着穿出最好的衣裳。有人换上过年时才穿的新鞋，有人还悄悄往脸上涂点胭脂。尽管火车到站时已经天黑，她们还是按照自己的心思，刻意斟酌着服饰和容貌。”

火车到站时已经天黑，她们打扮完谁看得见啊？为什么还打扮？

“才”副词，表示只有在某种条件下然后怎样。“过年”是很重要的民俗，在农村最重视的节日时才穿的鞋，在看火车时，她们穿了，说明她们打扮不是为别人看的，而是她们重视看火车这件事。

由于在闭塞的深山里生活，台儿沟很少有机会了解外面的世界，生活习惯才是“吃过晚饭就钻被窝”，由此看出台儿沟人的精神生活极度匮乏。当火车穿越这里，她们结伴去看火车，看出她们对精神生活的渴求是多么的强烈。尽管火车到站时天已经黑了，火车上的人看不清她们的样子，甚至也不会去注意她们，她们仍“刻意斟酌着服饰和容貌”，表面上看是农村姑娘爱美，更深层的原因是她们把看火车当作了解外面世界的机会，这是一种精神享受，她们重视这个机会，每天才以极高的热情，以最美的样子去看火车，这是农村姑娘积极向上的生活态度的外在表现，这就是乡土之美。正因为火车停留一分钟，农村姑娘们才有机会用物物交换的形式换来现代的物品。凤娇才有机会接触到列车服务员“北京话”。

（2）凤娇为什么要跟“北京话”接触？

找到写“北京话”的句子。

第 86 第 15 段：“那个白白净净的年轻乘务员真下车来了。他身材高大，头发乌黑，说一口漂亮的北京话。”

第 13 段：“是想叫那个小白脸和你搭话了吧？”

“白白净净”是白而洁净；“漂亮”是出色；“小白脸”指皮肤白而相貌好看的年轻男子（含戏谑意）。农村姑娘说话随便，说明关系亲密。

你概括一下“北京话”有什么特点？

健康、年轻、好看的外表和声音好听。

凤娇对“北京话”的情感来源于对其健康、年轻、好看的外表和声音好听的吸引。外形好能吸引异性的注意，这是人的正常情感。

正因为“北京话”外形好，凤娇对其产生好感，然后凤娇主动接触“北京话”。

（3）读 87 页第 43 段，由凤娇与“北京话”交往的几件事，看出凤娇有什么特点？

重点看三句话。

①她经常故意磨磨蹭蹭，车快开时才把整篮的鸡蛋塞给他。

②只有这样才对得起和他的交往，她愿意这种交往和一般的做买卖有所区别。

③难道非得相好的才能这么做吗？

这三句话都使用了一个复句关联词。什么复句关联词？

“才”。

条件关系。

为什么使用条件复句关系，好在哪里？

这是做这事的唯一条件。

我们来看这唯一的条件是什么？

故意磨蹭车快时才把鸡蛋给他，不给他付钱的时间；“这样”指代什么？“北京话”假如给凤娇十斤挂面，凤娇一定抽出一斤还给“北京话”，把自己东西的价格降一些。

交往中考虑钱的因素少些。

当别人问她“北京话”如果有相好的她怎么办，凤娇认为“北京话”有没有相好的不关她的事，她又没想过跟他走。“难道非得相好的才能这么做吗”是反问句，也就是不是相好的也能这么做。

交往中没考虑从对方身上获取什么。

这三件事的共性是凤娇就是对“北京话”好，究其原因是人对美好的事物都有爱慕之心，这也是人的正常情感。尽管凤娇是穷山沟里的姑娘，她也有对美好事物的爱慕之心，更可贵的是她对美的认知没受到世俗名利的沾染，而这种认知来源于她生活“在大山那深深的皱褶里”。

凤娇是农村普通姑娘的代表，作者借火车的穿越为我们展示了农村姑娘美好而丰富的内心情感。火车的实用价值只是交通工具，但在《哦，香雪》里，它成了台儿沟精神生活的承载物，让现代文明走进台儿沟的生活中。它承载的情感价值远远大于实用价值。

香雪与凤娇的不同在于“香雪是学生吧，是台儿沟唯一考上初中的人”。她关注的事物，对事物的认知与普通的农村姑娘是不同的。

分析香雪。

4.小组发言

要求：

（1）其他人记录发言人的观点。

（2）其他小组评价发言人的分析。

5.教师第二次点拨

（1）第 88 页第 59 段香雪为什么要换自动铅笔盒？

“她第一次意识到这是不光彩的，因为贫穷，同学们才敢一遍又一遍地盘问她。”

由“才”字可以看出同学盘问她的唯一条件是也贫穷。

因为在学校里自动铅笔盒成为香雪被人瞧不起的触发点，铅笔盒让香雪意识到“台儿沟是贫穷的”，而贫穷是不光彩的。这是她人格意识的第一次觉醒。为了不让人瞧不起，她也希望自己能有一个自动铅笔盒，这里有攀比的因素。还有同学认为她可以不考虑同学的看不起，努力学习将来考上好大学，走出大山。这也是一种办法，但让仅有初中文化水平的农村姑娘有如此高的认识能力不符合人物性格。

（2）第 89 页第 63—64 段，第 90 页第 72 段香雪为了自动铅笔盒付出了什么？

她登上火车用 40 个鸡蛋换回一个自动铅笔盒。

先看这 40 个鸡蛋对香雪家意味着什么？

看第 90 页第 72 段，“爹不是盼望每天都有人家娶媳妇、聘闺女吗？那时他才有干不完的活儿，他才能光着红铜似的脊梁，不分昼夜地打出那些躺柜、碗橱、板箱，挣回香雪的学费。”

由“才”字，看出做这事的唯一条件，父亲干活是不惜力的，但十几户人家怎么可能总娶媳妇、聘闺女，说明父亲挣钱太难了。由此可知攒 40 个鸡蛋对于她这样的家庭来说也不是很容易就攒到的。

再看香雪登上火车，对香雪意味着什么？

看第 89 页，看 63—64 段，“她打算以最快的速度跑进车厢，以最快的速度用鸡蛋换回铅笔盒。”由两个“以最快的速度”看出，她并未考虑到火车会开走。

“列车已经缓缓地向台儿沟告别了。香雪扑在车门上，看见凤娇的脸在车下一晃。看来这不是梦，一切都是真的，她确实离开姐妹们，站在这又熟悉、又陌生的火车上了。她拍打着玻璃，冲凤娇叫喊：‘凤娇！我怎么办呀，我可怎么办呀！’”

“可”是副词，用在反问句里加强反问语气。她根本不知怎么办。

可以看出列车开走对香雪来讲是一件多么可怕的事。

6.小组发言

要求：

（1）其他人记录发言人的观点。

（2）其他小组评价发言人的分析。

7.教师第三次点拨

香雪从西山口下车到走回台儿沟的这三十里路上，香雪的心理有什么变化？

害怕、满足、愧疚、定位人生、害怕、勇敢、感动、骄傲

①香雪很害怕。怕陌生的西山口，怕黑幽幽的山，怕寂静地听到心跳，怕小树林发出的窸窣的声音。还有三十里山路。害怕能走回家吗？不能，心理在什么条件下变化了？

②拥有自动铅笔盒，不再害怕，变成什么样了？第 90 页，第 71 段，忽然感到心里很满。

“满”是全部充实，达到容量的极点。心“满”后有什么不同？

她眼中的景物变得明净、温暖，树叶的声音也变成歌唱了。

“她不再害怕了，在枕木上跨着大步，一直朝前走去。大山原来是这样的！月亮原来是这样的！核桃树原来是这样的！香雪走着，就像第一次认出养育她长大成人的山谷。台儿沟呢？不知怎么的，她加快了脚步。她急着见到它，就像从来没有见过它那样觉得新奇。台儿沟一定会是‘这样的’。”

“原来”是副词，表示发现真实情况，“一定”是副词，表示坚决或确定，必定。

有了铅笔盒，才发现家乡真实的样子，对家乡的看法都发生了改变：她坚信台儿沟的未来必定会是姑娘不求人，用不着回答人家的再三盘问，因为物质富足；火车上的漂亮小伙子都会求上门来，因为家乡姑娘自身条件好；火车也会停久一些，因为与外界有频繁的交往。总之，因台儿沟物质和精神的富足，人们愿意来。

由于有了铅笔盒，她对她生活的地方有了重新认识。这是她意识的第二次觉醒。

③为什么景物又黯淡了？

40个鸡蛋是家里的共有财产，她在不经过父母同意的情况下换了铅笔盒，此时她眼中的景物又变得黯淡了。她能想到这些正说明在得到铅笔盒后她深切地理解父母养育她的不易。她有愧疚之情。

从父母角度想，在任何一个孩子的成长过程中，父母都要为孩子犯的各种错误埋单。

回忆小时候她不曾因贪吃而骗母亲，说明香雪是个懂事的好孩子，今天“也许现在应该骗娘吧”，“也许”是副词，表不确定的语气，说明这种欺骗行为的不对,但为什么还要骗？从她“要告诉娘”的话中找答案。

“这是一个宝盒子，谁用上它，就能一切顺心如意，就能上大学、坐上火车到处跑，就能要什么有什么，就再也不会叫人瞧不起……”

这是个假设复句，这句话用了四个“就”，“就”的意思是在某种条件或情况下自然怎么样，在这句中就是在有铅笔盒的情况下会怎么样。归纳这四种“怎么样”，这是什么？

是她对未来生活的描述。

世界上不可能有宝盒，但以娘的认知能力或者叫理解水平，娘相信这种说法，这样可以减少家庭矛盾，可以说这是善意的谎言。但从另一个角度看，这个说法代表着一种美好的期望。这是香雪为自己人生定的奋斗目标。每个人都期望自己的未来过得好，这也是人的正常情感。这是她意识的第三次觉醒。

在她眼中，自动铅笔盒不再是普通的铅笔盒，它承载着她的未来和希望。

这时她眼中的景物又变得明快了。小溪的流水声成了歌声，小溪的流动成了奔跑。撞击着水中的石块,不时溅起一朵小小的浪花。多美啊！

④过隧道时她害怕吗？

当过隧道时，她仍然害怕，但因为她得到铅笔盒，她有了不再被人瞧不起的动力，外加小小的迷信行为“将草茎插在小辫里”让她有勇气冲过隧道，完成又一次心理挑战。

⑤最后为什么用“哦，香雪，香雪”收尾？

当她看到姐妹们来迎她，她深切地感受到姐妹们的友谊，“心头一紧”，感动得哭了，三十里路很远，走着很累，当然腿会异常沉重了，但毕竟走回来了,所以她骄傲。当姐妹们看清是香雪时“都停住了脚步”，看到香雪拿着铅笔盒向她们跑去时，她们醒悟香雪是为铅笔盒才被火车拉走的，所以用表示领悟的叹词“哦 ò”，然后招呼香雪，叫她的名字，两声是反复，强调终于找到了，欢呼声在山谷中回荡，也点了题，群山的回声与姑娘们的欢笑构成了一个美好的情景，令人回味无穷。

香雪拥有了铅笔盒后，在从西山口走回台儿沟的三十里路上，她产生了害怕、满足、愧疚、定位人生、害怕、勇敢、感动、骄傲等心理变化，这心理的变化正是她成长的过程，而且她所见到的景物都随着她的心理变化而变化，所以说景物描写是人物心理的外化。

王国维在《人间词话》里把这表述为“有我之境，以我观物，故物皆着我之色彩”。

香雪用 40 个鸡蛋换回的不仅是一个能自动开启的铅笔盒，更是换回了一种尊严——与同桌平等的尊严；换铅笔盒的过程也是她成长的过程，她独自战胜了一个又一个的内心恐惧，对她的家乡产生了更深切的挚爱之情，更深切地了解父母养育她的不易，更深切地感受到姐妹们的友谊；同时，她还换回一种可能——改变台儿沟祖祖辈辈的生存方式的可能；更由铅笔盒唤起了一种渴望——超越封闭的生存层面，追求和享受更丰富多彩的生活的渴望。

四、方法总结

铅笔盒、火车是物品，但在作品中它承载着人物的思想和情感，它的情感价值远远大于实用价值。

像这样的小说，我们学过哪些？

1. 小学学过契诃夫的《万卡》，万卡在信中向爷爷倾诉自己在鞋铺当学徒的痛苦生活，再三哀求爷爷带他离开这里，但由于万卡写的地址太笼统，信是不可能被爷爷收到的。信的实用价值是零。可万卡以为爷爷一定能收到，它的情感价值是救命。由此可以看出在沙皇统治下的俄国社会穷苦儿童的悲惨命运。

2. 初中学的张之路《羚羊木雕》，羚羊木雕是贵重物品，我送给了同学，代表我们的友谊，结果我父母非让我要回来，同学还给了我，情感价值没有了。

3. 高中必修模块一学的莫泊桑的《项链》，项链是假的，从实用价值来讲很低，虽然项链使玛蒂尔德在舞会上出了一夜风头，但由于丢项链而造成的后果使她付出了十年的青春代价，这个情感价值是无价的。她由一个爱慕虚荣的女人变成了一个讲究实际的女人。

4. 高中必修模块三学的鲁迅的《祝福》。祥林嫂花钱捐门槛，目的是为了能够参加除夕祭神——端福礼。如果从实用价值来讲不参加祭神不是更轻松吗，身体应更健康啊。但从情感价值来讲，捐门槛可以让她重新获得她生活的圈子对她的认同。最后她捐了，人们仍然没有接受她，就能看出封建礼教、封建迷信正是害死祥林嫂的凶手。

5. 鲁迅小说《药》，本来革命烈士的鲜血的全部价值在于唤醒群众的觉悟，激发他们的革命感情，却被用来当作医治肺病的药物。揭露了群众的愚昧而不觉悟、对革命不理解的思想本质。

正是由于这种实用价值和感情价值发生了错位，构成了对比，小说才有了强烈的震撼人心的力量和发人深思的启发性。

由物品入手分析小说，分析实用价值与情感价值有无对比，能得出小说的主题。

这篇小说，从头到尾都是诗。它是一泻千里的，始终如一的。这是一首纯净的诗，即是清泉。它所经过的地方，也都是纯净的境界。

（孙犁：《谈铁凝的〈哦，香雪〉》，《小说选刊》，1983 年第 2 期，第 71 页）

香雪的心灵苏醒不免使人心生酸楚，然而这种因匮乏而渴望，因渴望而追求，其痛苦的诗意，正是一首净化人心灵的歌！这其中我们更多体会到乡土之美。

火车的到来带来现代文明，它打破农村闭塞落后的生存环境是历史的进步，但现代文明进入山村之后，对山村产生了影响，农民也走出了大山。

时间过了近三十年，吴晓东在《文学的诗性之灯》这样写道：

在《哦，香雪》中，那穿越偏僻的山村的两条铁轨也正是现代性的具体象征。一方面，火车唤醒了香雪们对山外面的大千世界的憧憬和渴望，今天遍布都市大街小巷的亿万农民工正是走出了山村的香雪们；而另一方面，香雪已往的那种终老故土恒久不变的生活方式也必然被走出大山之后城市生活的喧嚣动荡以及不可预知性所替代。

（吴晓东：《文学的诗性之灯》，上海书店出版社，2010年，第180页）

香雪们追求的是什么呢？终老故土，走出大山，还是……留待我们去观察，去思考。

五、作业

1. 阅读铁凝写的《孕妇和牛》，要求从石碑入手分析小说的主题。

2. 有能力的同学阅读铁凝写的《马路动作》，要求从窗户入手分析小说的主题。

附板书设计：

哦，香雪

铁凝

物品

实用价值≠情感价值

第三节　教学反思

由学生的初读感受和学生的学习问题做教学的起点，采用小组合作学习的形式帮助学生解决学习的问题。在学生思维困惑处用品读语言的方法帮学生搭思维的台阶，在解读文本的过程中帮助学生解决学习的问题，提高了教学的有效性。

在教学中，小组合作的学习形式能有效地调动学生的学习积极性。既给了学生独立学习的时间，又给了学生交流的时间。在小组讨论的过程中，学生能充分地发表意见。小组讨论记录表把学生思考的结果外化。在小组代表发言时，让其他小组对小组代表的发言做评价，这种形式起到让学生注意倾听他人发言的作用，同时还能使学生原有认识有些许改变。

小说里香雪为得到自动铅笔盒所付出的努力与凤娇对“北京话”的情感，学生理解起来难度大。我在课堂教学中的点拨引导很重要。带着学生对重点词语品读，尤其带着学生品读副词“才”，学生逐步理解了凤娇和香雪的行为；对香雪得到自动铅笔盒后情感变化理解得更加深入。同时，笔者由一篇文章的教学引导学生归纳出一类小说的阅读方法，起到教师的主体作用。

第四节　学生学习后感受

学完《哦，香雪》，对香雪这个人物有了重新的认识。在初读课文时觉得农村姑娘为了得到自动铅笔盒费这么大劲，不值得，因此对她的行为不理解。凤娇对“北京话”的情感更让人费解。在小组学习时，虽然大家也讨论了，但不能说服我。在老师带着品味语言，尤其品读副词“才”时，我一下子明白了人物的情感，没想到一个小小的副词能让我们读出这么多意思。

还有老师带着我们去品读香雪因没有自动铅笔盒让人瞧不起，登上火车去换铅自动铅笔盒，独自在深夜走三十里路这些情节里的重点句子，体会香雪的心理，我渐渐明白了她的做法。

最后老师带着我们回忆所学的小说得出从物品入手分析小说主题的解读方法，让我们收获颇丰。

岳垚

第五章　赏景　品情——《滕王阁序》教学实录

教学目标： 1. 在理解的基础上，鉴赏《滕王阁序》中所描绘的景和所抒发的情。

2. 在鉴赏的过程中，让学生发现《滕王阁序》的诗意美。

3. 学习王勃乐观豁达的心态。

教学重点： 同教学目标 1

教学难点： 同教学目标 2

教学用具： 多媒体电脑

教学时数： 三课时

教学过程：

第三课时

一、导入

我们做了一个问卷调查，喜欢《滕王阁序》的同学有 28 人，认为《滕王阁序》不错、还行的有 4 位同学，认为《滕王阁序》一般的有 3 位同学，还有 16 位同学不喜欢《滕王阁序》。喜欢《滕王阁序》的同学认为文章的文笔好，是一篇美文，用词华丽，对仗工整，用得典故多，读得顺口，感觉像在读诗，有诗的意境，值得回味。尤其景物写得很生动，抒发的感情有起伏变化。不喜欢《滕王阁序》的同学有的认为文章写得乏味、枯燥，有的认为宴会上只写怀才不遇，煞风景，还有的认为王勃不可能现场写出有如此多典故的文章。

这节课我们一起来探讨这篇文章景物写得怎么好，在感情方面是只写了怀才不遇吗？

二、鉴赏景与情

下面，由我来读第 2、3 段，你们闭起眼睛，一边听一边在脑中把作者描绘的景物构想成画面，然后我请同学来说说第 2、3 段给你的整体感受是什么？

这两段景物描写很多，但滕王阁在这幅画面里并不显得突兀，与周围的自然环境已经融合为一个整体，显得自然和谐。

根据我的调查，这两段中同学们喜欢的句子和认为值得鉴赏的句子按选票顺序排列为：

落霞与孤鹜齐飞，秋水共长天一色。44 票

潦水尽而寒潭清，烟光凝而暮山紫。31 票

层峦耸翠，上出重霄；飞阁流丹，下临无地。31 票

渔舟唱晚，响穷彭蠡之滨；雁阵惊寒，声断衡阳之浦。30 票

闾阎扑地，钟鸣鼎食之家；舸舰弥津，青雀黄龙之舳。12 票

披绣闼，俯雕甍，山原旷其盈视，川泽纡其骇瞩。12 票

鹤汀凫渚，穷岛屿之萦回；桂殿兰宫，即冈峦之体势。11 票

俨骖騑于上路，访风景于崇阿。临帝子之长洲，得天人之旧馆。9 票

云销雨霁，彩彻区明。1 票

下面我们就根据这个顺序来鉴赏。

问题 1. 借助想象和联想，用自己的语言描绘“落霞与孤鹜齐飞，秋水共长天一色”“潦水尽而寒潭清，烟光凝而暮山紫”的意境。给两分钟时间。

要求：（1）描述出景物特点（把景物的具体形态写出来）；（2）用词上要体现出作者的感情；（3）有画面的美感；（4）不少于 80 个字。

把要说的话简单地写写。

例 1. 潦水尽而寒潭清，烟光凝而暮山紫。

在七色光中紫光的频率最高，穿透能力最强，所以透过浓重的雾气，

我们看到的山反射的太阳光中紫光的成分最多，所以呈现紫色。

深秋的傍晚，骤雨刚过，路边蓄积的雨水已渗入土里，地面还有些湿痕。从潭边走过，深深的潭水越发显得清澈，寒气袭人；抬头眺望远处的山峦，暮霭越积越厚，淡淡的斜阳温柔地照在上面，山峦仿佛穿上紫色的外衣。

例 2. 落霞与孤鹜齐飞，秋水共长天一色。

运动是相对的，作家既能站在自己的角度看到孤鹜向天上飞，又能站在孤鹜的角度，感到霞在向下落，作家是站在两个参照系上（不同的角度）描述这个图景的,用简练的语言把在动的和不动的都描述出动感。

夕阳西下，红色的晚霞向天边缓缓飘动，一只野鸭从水面上拍翅而飞，它越飞越远，此时此刻，落霞与孤鹜仿佛一起飞向远方，澄碧宽广的江面上没有一丝波纹，与辽阔的蓝天连成一线，一派迷蒙，分不清何者是天，何者是水，浑然一色。

问题 2. 为什么作者描述的画面如此美?

（1）潦水尽而寒潭清，烟光凝而暮山紫。

从什么角度鉴赏？联系我们学过的诗句，有没有描述的意境与之有相似的。

①注意形容词:寒、清、紫，寒意，清凉，紫色。描绘出潭水很深，潭水、暮山的色彩，还有质感。

由“寒”可以想到学过的：碧云天，黄叶地。秋色连波，波上寒烟翠。(范仲淹《苏幕遮》)

这湛碧的高天、金黄的大地一直向远方伸展，连接着天地尽头的淼淼秋江。江波之上，笼罩着一层翠色的寒烟。烟霭本呈白色，但由于上连碧天，下接绿波，远望即与碧天同色而莫辨。“寒”字突出了这翠色的烟霭给予人的秋意感受。“寒潭”的“寒”突出了深潭给予人秋意的感受。

“紫”:《望庐山瀑布》日照香炉生紫烟，遥看瀑布挂前川。

②从动词入手：“凝”，本义是水结成冰，这里用其引申义“收聚、聚在一起”。感觉暮霭越来越厚重，突出秋天傍晚的山的特点。想到柳

永《雨霖铃》"千里烟波，暮霭沉沉楚天阔"中的"暮霭沉沉"。

③"潦"句写秋水澄碧、清寒，"烟"句写秋山暮霭浓重，加上紫色，在水光山色中，深秋景物的特征凸显出来，被前人誉为"写尽九月之景"。

（2）层峦耸翠，上出重霄；飞阁流丹，下临无地。

①找动态效果极强的词。"耸"，想到高高地立着，把层层叠叠的高山形象地表达出来。"流"，想到水的流动，红色太亮了，人仰着头，眼睛长时间看红色时，一瞬间的错觉，感觉朱红色的油彩仿佛要流下来。山的高，飞阁的颜色自然表达出来。

②抓住表示颜色的形容词。"翠"是绿色，"丹"是红色，山的绿，飞阁的红，色彩对比非常鲜明，两个物象的特点被表现出来。

③注意使用修辞。层峦再高，也不可能向上插入高空，飞阁再高，往下看也不大可能看不到地面。用夸张的修辞，写滕王阁的规模，给人宏伟挺拔之感。

④观察角度。由"出"字，高耸入云之感自然产生，这两句是仰视；由"临"字，仿佛有下不见地的幻觉，这是俯视，一仰一俯，就好像电影中自上往下的一个摇镜头。这种视觉角度的有意识对比，十分恰当地表达出滕王阁的高峻。

（3）落霞与孤鹜齐飞，秋水共长天一色。

这句是由北周庾信《三月三日华林园马射赋》中的"落花与芝盖齐飞，杨柳共春旗一色"句变化而来。为什么能成为千古名句呢？

①关注动词"飞"。

落霞本无生命，当其自近及远飘向天边时，使人产生"飞"的错觉，无生命的落霞与有生命的孤鹜齐飞。有动态的美感。

想到写鸟飞的诗句有：

刘禹锡《秋词》："晴空一鹤排云上，便引诗情到碧霄。"

杜甫《绝句》："两个黄鹂鸣翠柳，一行白鹭上青天。"

②抓物象隐含信息。

物象隐含的内容很丰富，可以想到落霞红色，孤鹜黑褐色，秋水碧绿，长天蓝色，红霞黑鹜衬以蓝天碧水，有色彩的美感。

③考虑数量词“一”。

落霞的背景是天，孤鹜的背景是水，余晖渐消的长天与孤鹜渐去的秋水上下相连，用“一”字，把水天浑然一色的整体美感表现出来。

想到学过的诗句有：

孟浩然《望洞庭湖赠张丞相》：“八月湖水平，涵虚混太清。”

范仲淹《苏幕遮》：“碧云天，黄叶地。秋色连波，波上寒烟翠。山映斜阳天接水。芳草无情，更在斜阳外。”

（4）渔舟唱晚，响穷彭蠡之滨；雁阵惊寒，声断衡阳之浦。

写的是眼前之景吗？

不是实景而是想象之景，鄱阳湖距离南昌50公里，衡山不在江西，而在湖南。渔歌、雁叫是实写，“响穷彭蠡之滨”，“声断衡阳之浦”是虚写，虚写给人们提供更为广阔的想象空间，有悠远无穷的意境。有一种虚实相衬之美。

把这两段景物合起来看，作者在描写景物的层次上有远近变化之美。写景由近向远，逐渐延伸。“鹤汀凫渚”四句，是写滕王阁周围景物背山临水，这是阁外的近景。“山原旷其盈视”六句，视野更为开阔，景深更为辽远，是写中景。“云销雨霁”以下写远景，水天浩渺，极具空间的深度感。

（5）PPT选宋代画的《滕王阁》、1989年10月8日建成的滕王阁的画片。

与作者描绘的景比较，会发现作者描绘的景更有意境。

这幅画里有苍翠的群山，宏伟挺拔的滕王阁，辽阔的原野，迂回的河水，繁华的市井，港口华丽的舟楫。作者以诗人特有的敏感捕捉住落霞、孤鹜稍纵即逝的“齐飞”，水天相融的迷蒙，渔歌如同美酒，让人沉醉在生活的芬芳中，深秋季节，寒意袭人，嘹亮凄厉的雁鸣，牵惹多少游子的哀愁。这有声有色的远景，与雕梁画栋的近景配合，构成一个完整立体的滕王阁画面。所以文字比画片更吸引人。

请同学有感情地朗读第2~3段。

《滕王阁序》中描绘的景有浓郁的诗意，《滕王阁序》中所表达的情更能拨响与王勃有类似体验的读者的心弦。

请同学朗读第 4、5 段。

其他同学思考第 4、5 段作者只抒发了怀才不遇吗，还有什么感情？

喜：遥襟甫畅，逸兴遄飞。（景美，心旷神怡）

爽籁发而清风生，纤歌凝而白云遏。（宴会场上热烈的氛围感染了他）

睢园绿竹，气凌彭泽之樽；邺水朱华，光照临川之笔。（与豪爽善饮、有才气的人在一起，高兴）

四美具，二难并。良辰、美景、赏心、乐事，四美全有，贤主、佳宾，难得却得。（世间的好事全感受到了，高兴）

问题 3. 作者在高兴时，为什么会有悲伤的感情产生？请结合第 4 段语句具体分析。

大凡美景盛事，都极易引发人的愁思和感慨，如《兰亭集序》中，王羲之“是日也，天朗气清，惠风和畅，仰观宇宙之大，俯察品类之盛，所以游目骋怀，足以极视听之娱，信可乐也”。乐终哀至：“向之所欣，俯仰之间，已成陈迹。”悲情产生。

王勃想到自身，产生悲情。

天地之大，宇宙无穷，感叹人生无常。西、东、南、北，全方位地写出宇宙的广漠洪荒，反衬出人生道路渺茫，世事难测之慨叹。雄关、高山本来难以翻越，再迷失了道路，他内心的痛苦有谁知？浮萍无根，随水而漂，背井离乡在外谋生的人与浮萍一样，形象地写出离家在外的人内心的孤独感。借用屈原《离骚》“吾令帝阍开关兮，倚阊阖而望予”和李商隐《贾生》“宣室求贤访逐臣，贾生才调更无伦”。而王勃说自己连皇宫的守门人都望不见，无限期地等待皇帝的召见。写出自己报国无路，怀才不遇。

这实际上把封建文人羁旅行役、颠沛流离的苦楚做了概括，他们到处奔走，流落他乡，目的是建功立业，但可惜怀才不遇。这段话王勃说出了大多数文人的心里话。

问题 4. 第 5 段用了大量典故，结合自身阅历思考，他所抒发的感情能否引起你的情感共鸣，为什么？举例来谈。

1. 用历史上怀才不遇的名人冯唐、李广、贾谊、梁鸿的例子，冯唐和李广都经历了文帝、景帝、武帝三朝，贾谊的皇帝是汉文帝，梁鸿的皇帝是东汉的汉章帝。

汉文帝、景帝开创了文景之治，汉武帝建立了当时世界上最强大的国家西汉帝国，东汉的汉章帝开创了明章之治，这三位都是历史上的明主，处明主有才之人还有这么多仍怀才不遇，那没遇明主怀才不遇之人得多多。用这来宽慰包括自己在内的失意之人。

2. “所赖君子见机，达人知命。老当益壮，宁移白首之心；穷且益坚,不坠青云之志。”前两句语出自《易经》中的“君子见机而作”和“乐天知命故不忧”，后两句则借用东汉马援“大丈夫为志，穷当益坚，老当益壮”的名言，表达了自慰自勉的意思。关键是君子要坚持自己的理想和志向。

“酌贪泉而觉爽，处涸泽以犹欢”，强调“失路之人”不要因年华易逝和处境困顿而自暴自弃。

3. 以超越空间、追赶时间为喻，表现出不甘沉沦的豪情壮志。

4. 作者用孟尝、阮籍的典故写出自己虽怀才不遇，但仍为实现抱负而奋斗的情怀。

教师总结：

典故分四步使人的情绪由低沉逐步转为高涨。

作者发出“嗟乎！时运不齐，命途多舛”的感叹，大有生不逢时之感。但他很快就又释然,难道生在圣君盛世就一定会受到重用吗？冯唐、李广、贾谊、梁鸿都生在圣主明时，不是一样受尽委屈？关键是要“老当益壮，宁移白首之心；穷且益坚，不坠青云之志”。坚持自己的志向，哪怕“酌贪泉而觉爽，处涸泽以犹欢”，在困境中也要矢志不渝。“北海虽赊，扶摇可接。东隅已逝，桑榆非晚”，以前失去的，要在后来的努力中去获得。珍惜现在，不学阮籍，一到无路可走时就痛哭吗？尽管刚才还在为怀才不遇而悲伤，这会儿已变成了乐观豁达。

问题 5. 如何理解王勃抒发的感情？可以结合他的身世思考。

PPT 简介王勃。

王勃（650—676），字子安，绛州龙门（今山西河津）人。博学多才。未成年即被司刑太常伯刘祥道赞为神童，向朝廷表荐，对策高第，授朝散郎。666 年为沛王征为王府侍读，两年后因戏作《檄英王鸡》文，被高宗怒逐出府。随即南游巴蜀，漂泊西南。返长安后，672 年补虢州参军，因擅杀官司奴曹达当诛，遇赦除名。其父亦受累贬交趾令。676 年赴交趾省亲，渡海溺水，受惊而死。

王勃此时很不顺，仍有这般“穷当益坚”的乐观豁达情怀，确实难能可贵。

根据我们的鉴赏，下面我们请同学有感情地朗诵第 4、5 段。

这是一篇典型的骈文。骈文的主要特点是要求通篇文章句法结构相互对称，词语对偶。在声韵上，讲究运用平仄，音律和谐。修辞上重藻饰和用典。束缚很多。但王勃却能纯熟地驾驭骈文的形式技巧，在写景、抒情中表现了自然变化之趣。

三、总结

鉴赏，要通过想象和联想再现作品中所描绘的艺术形象，在对艺术形象的感知过程中，要注意作者塑造形象所运用的方法，并结合自己的阅历和知识、经验对艺术形象产生某种相应的情感体验之后，再做出判断。

四、作业：有感情地朗读课文

附：板书设计

滕王阁序

王勃

赏景　　穷且益坚

品情　　怀才不遇

第六章　选择平凡事物，抒写内心感受

——老舍《想北平》习作教学设计

一、说明指导思想与理论依据

1. 老舍先生写的《想北平》用嫩蜻蜓、草茉莉、韭菜叶表达了自己对北平的感受。选择平凡事物，抒写内心感受，这与《课标》“能考虑不同的目的要求，以负责的态度陈述自己的看法，表达真情实感”的要求是一致的。

2. 用以读带写的方法先让学生明白什么是选择平凡事物，抒写内心感受；再用这种写作方法练习写文，培养学生的应用能力。

叶圣陶先生指出：“语言文字的学习，出发点在‘知’，而终极点在‘行’；到能够‘行’的地步，才算具有这种生活的能力。”

（《叶圣陶语文教育论集》，教育科学出版社出版，1980 年。）

二、说明教学背景

1.《想北平》在北京版必修五第一单元议论性抒情散文里。

2. 议论性抒情散文可以让学生学习如何对自然、社会、人生有更深刻的思考和认识。

3. 学生已经学习了写人记事文、古今应用文、写景状物文三个散文单元，在必修五里学生还要学习说理论世文，这五个单元的顺序合乎学生认识事物一步步深入的过程。

4. 高二的学生经过高中一年的学习已有了学习高中语文的方法，已积累了一定的知识，具备了一定的阅读能力，但学生还不会用平凡的事物来抒写内心的感受。

课前已经让学生观察了一个自己喜爱的事物。

三、说明教学目标

1. 品味语言，学习选择平凡事物，抒写内心感受的方法。

老舍先生能用平凡的事物表达出对北平的热爱之情源于他对北平深厚的爱，这种爱是要在品味语言时才能感受的，而这种选择平凡事物，抒写内心感受的方法要让学生在与文本对话的过程中发现探究到。

2. 在写作的过程中内化选择平凡事物，抒写内心感受的方法。

方法是要应用的，要学生在写作的实践中把选择平凡事物抒写内心感受的方法内化成一种能力，这是这节课的教学重点。

3. 引导学生认识真情最能打动人心，学习表达真情实感。

真情实感最能打动人心，这是老舍《想北平》最大的特点，而学会这点，做一个敢于表达真情实感的人是这节课的教学难点。

四、说明教学过程

（一）导入引趣，品味语言

1.导入

白菜、扁豆，大家经常见到，它们在我们眼中太平凡了，但它们到了作家笔下却成了经典，带给我们审美愉悦，比如老舍先生《想北平》里写的带泥点的韭菜叶，带霜的玉李，它们寄寓着老舍先生对北平的爱。他是如何做到这点的，下面我们一起走进《想北平》中，去发现探究选择平凡事物抒写内心感受的方法。

2.品味语言

阅读第 4~6 段，由作者写的北平景物看出作者什么感情？

在这个学习过程中学生可能遇到的问题：

（1）学生看不出第 4 段作者写“嫩蜻蜓”跟作者抒发的内心感受有什么关系。

解决策略：

① 抓虚词。

② 借助学生所学帮助学生思考。

“小草偷偷地从土里钻出来，嫩嫩的，绿绿的。”（朱自清《春》）

我们来看这句：

面向着积水潭，背后是城墙，坐在石上看水中的小蝌蚪或苇叶上的嫩蜻蜓，我可以快乐地坐一天，心中完全安适，无所求也无所怕，像小儿安睡在摇篮里。

抓虚词“或”,表明“嫩蜻蜓”与“小蝌蚪”是选择关系。由“小蝌蚪”可知道，这是春天，同时从“小”字看出作者的感情是喜爱，可以推出作者用“嫩”字有喜爱的感情。

再借助《春》中“嫩嫩的”，可以看出写的是草的初生。

把这两点结合在一起思考我们就可以看出，蜻蜓是平凡的事物，但作者抓住刚初生的蜻蜓嫩的特点，他一定是长时间快乐地坐在石头上看着，他才能写出这个特点。

（2）学生不能体会第 6 段青菜之类平凡事物抒发的作者感情。

解决策略：

①用比较的方式把“大多数是直接由城外担来而送到家门口的。雨后,韭菜叶上还往往带着雨时溅起的泥点”这句话中的“送”换成“摆”，“带着”换成“沾着”比较动词的表现力。

“摆”有不买不行的意思，“送”是含着感情的，你愿意买；“沾着”是“脏”，而“带着”是韭菜新鲜，让人看着喜兴。

这是真实的北平生活，而真实是最打动人心的。

②哼，美国的橘子包着纸；遇到北平的带霜儿的玉李，还不愧杀！

用朗读叹词“哼”的方法让学生体会作者的感情。

对包着纸的美国橘子的轻视正能对比出对北京的爱。

这样学生就理解了什么叫选择平凡事物，抒写内心感受。而怎么才能做到选择平凡事物，抒写内心感受。

下面引导着学生阅读第 1 段到第 3 段。

（二）探究情感，发现方法

问题：

1. 第 1 段写了什么？

2. 第 2、3 段中的三个“说不出”情感一样吗？

学生可能会出现的问题：

不能准确说出这三个“说不出”表达的情感。

策略：

（1）梳理两段的思路。

（2）抓住“几乎是要说”“只有”“可是”三个词在句中表达的意思，帮助学生理解三句话的感情。

①“这个爱几乎是要说而说不出”是言语不够表达感情。

②“这只有说不出而已”是东西太多了，感情太深了，怕说不全。

③“可是我说不出来”是为说不出对北平的爱而自责。

这些真情是逐层深入表达的。由此追问学生 1—3 段与 4—6 段的关系。学生会发现对北平的爱是作者选择平凡事物抒写内心感受的基础。

让学生总结出选择平凡事物抒写内心感受的方法：

①熟悉事物，抓住事物特征。

②要有感情。

③选用有表现力的词。

探究发现选择平凡事物抒写内心感受方法后，在实践中运用才能养成能力。

（三）写作交流，培养能力

要求学生选择一个平凡事物表达自己的感情。

具体要求：

1. 词要有表现力。

2. 用 5 分钟完成 50 字左右。

在交流的过程中发现学生可能出现的问题：

写的文段缺少真情实感。

解决策略：

1. 引导学生抓住所写事物的特征。

2. 用有表现力的词与学生使用的缺少表现力的词做比较。

3. 教学生适当使用感叹词。

以合作小组的形式交流，推荐发言人，全班赏析。

每个人再改，再全班赏析。

（四）评价总结，布置作业

1. 点评作文。

2. 总结：

老舍先生能用白菜、青菜、扁豆这些平凡的事物抒写出他的感受源于他对北平深厚的爱，我们也生活在这片土地上，当我们爱这片生我养我的土地时，我们也会发现选择平凡的事物能抒写内心真实的感受。

3. 作业：

选择平凡事物，抒写真情实感。

五、说明教学辅助手段及板书设计

帮助学生学习选择平凡事物，抒写内心感受的方法。

板书突出本课的重点。

附：板书设计

想北平

老舍

情

第七章 铺陈描写，尽书真情

——艾青《大堰河——我的保姆》人物形象与作者情感

一、说明指导思想与理论依据

1. 艾青用真情在《大堰河——我的保姆》中塑造了他的乳母，一位一生悲苦的农村女性形象。读出人物形象与作者情感，这与《课标》提出的“能感受形象，品味语言，领悟作品的丰富内涵，体会其艺术表现力，有自己的情感体验和思考”的要求是一致的。

2. 能朗读好《大堰河——我的保姆》，也就能理解人物形象，体会作者情感。这与《课标》提出的“能用普通话流畅地朗读，恰当地表达文本的思想感情和自己的阅读感受”的要求也是一致的。

3.《课标》指出学生应在感受、鉴赏、思考、领悟上有所发展。

二、说明教学背景

1.《大堰河——我的保姆》在北京版必修模块二第二单元。

2. 这一单元是中国现代诗歌，学习这一单元学生可以逐步加深对个人与国家、个人与社会、个人与自然关系的思考和认识。

3. 这是学生在高中必修模块学的唯一的中国现代诗歌单元。要让学生了解学习抒情诗可以从人物形象与作者情感的角度解读。

4. 学生在九年级下册学过艾青的《我爱这土地》，对艾青和他的诗作有些许了解。学生经过两个月的高中学习，已经有了学习高中语文的基本方法，但学生还不能对诗歌的人物形象与作者情感准确把握。

在课前学生对《大堰河——我的保姆》的人物形象与作者情感写了初读感受，提了问题。

三、说明教学目标

1. 学习鉴赏人物形象与作者情感的方法。

《课标》指出在阅读鉴赏中，了解诗歌的基本特征及主要表现手法。诗人用真情抓住细节描写塑造了大堰河这个人物形象，让我们感受到大堰河人性的美好，也体会出诗人的情感。这是学生要积累的知识。

2. 在品味语言、朗读的过程中感受人物形象，体会作者情感。

在朗读、品味语言的过程中，学生能更好地感受人物形象，体会作者情感。这是教学的重点和难点。

3. 学习做一个人性美好的人。

人性的美好最打动人心。这是《大堰河——我的保姆》中人物形象与作者情感最突出的特点。学习这点，做一个人性美好的人。

四、说明教学过程

先出示学生的初读感受和提的问题。

下面我们就一起走进《大堰河——我的保姆》中，去共同感受人物形象，体会作者情感。

（一）一读，整体感知全诗

要求学生顺畅地朗读全诗，设计意图是让学生在感受鉴赏前对大堰河这个人物形象与作者情感有个整体认识。

（二）二读，感受人物形象

预设学生可能出现的问题：学生能说出大堰河“用厚大的手掌把我

抱在怀里，抚摸我”，说明大堰河爱乳儿，但学生没有走进大堰河的内心世界。

解决策略：

1. 朗读，抓细节描写。

比如第 4 节，让学生抓住作者写的八个“在你……之后”的句式。这八句写了大堰河的劳作。这些工作是繁重的，在繁重的工作后根本没必要抱我，而大堰河却抱了我，因为乳儿给大堰河带来了快乐。

2. 由细节描写推出大堰河爱我的深层原因。

比如第 9 节，大堰河死前为什么“轻轻地呼着乳儿的名字”？

学生能说出因为乳儿是她一生最大的牵挂，而她死时乳儿却不在她的身边。这对大堰河来讲是多么的伤心。由“乳儿不在她的旁侧”可以看出大堰河的失望，同时也看出诗人为没在大堰河去世时在她的身边而遗憾终身。

由此推出尽管大堰河社会地位低，但她身上也有着劳动人民的质朴，这种质朴其中有高贵的因素，就是超出血缘关系的爱，这是大爱。而在她的爱影响下，我也有着丰富的情感世界。

（三）三读，鉴赏作者情感

预设学生可能出现的问题：

1. 学生不理解“我”对家人的感情。

解决策略：

（1）朗读第 6 节。让学生品味“新客”这个词。

学生读完“我摸着、看着、坐着、吃着”就明白了尽管我自己家里生活条件好，但缺少的是像大堰河那样的干完那么繁重的体力活后还愿意抱着我、抚摸我的在家里才能感受到的亲情。

（2）补充资料：

在《艾青选集·自序》中作者写道：“我出身于中国东南部的一个地主家庭，在一个贫苦的农妇家里抚养到五岁，感染了农民的忧郁回到家里，在被冷漠与被歧视的空气里长大。”

这样学生就能理解诗人对家人的情感。

2. 一般情况下人能含着笑生活，就可以做到含着笑死去，但作者为什么写大堰河含着笑生活却含着泪死去?

解决策略：

（1）朗读第 7 节。抓住 6 个“含着笑”,让学生思考为什么大堰河“含着笑”干活。

学生朗读后可知因为她干完活后可以见到乳儿。正是这种真挚的爱支撑着大堰河笑着生活。

（2）朗读第 10 节，概括五个“同着”的共性。

学生朗读后可知五个“同着”的共性是大堰河一生从没得到过人的待遇，而用“含泪”一词正是对她一生生活际遇的概括。

学生认为这就可以回答这个问题了，这时追问学生大堰河含泪去了的根本原因是什么。

学生可能会摸不着头绪，给学生思考搭一个台阶，提示学生读第 11 节。

（3）朗读第 11 节，抓虚词、抓关键词。

学生读完后就会发现在写完大堰河家人悲惨的生活后，诗人用了一个转折连词“而”，写到“我”，根据语法知识，学生可以知道转折连词的表意在后面，诗人表意的重点在“我”。

这时追问学生为什么诗人把表意重点放在“我”这儿?

根据前面写大堰河家人的情况，后面写“我”，一方面说明我把自己当作大堰河的家人；另一方面由“我”的行为可以看出大堰河的家人还是像大堰河那样地生活。

再追问学生这时“我”在干什么。

学生能抓住“写着给予这不公道的世界的咒语”，抓住“写咒语”学生就能看出“我”在思考大堰河们生活得如此凄惨的原因，是这个黑暗的社会。由此说明“我”对社会有着清醒的认识。“我”有着极强的社会责任感。

而我回到故土后，尽管大堰河已经死了，但我与大堰河的儿子们更亲密，更能说明“我”是一个人性美好的人。

（四）四读，获得独特体验

大堰河是贫苦的农村女性，童养媳，为酗酒的丈夫养育了五个儿子，平时丈夫打骂她，她要做饭洗衣喂猪，照顾一大家子人的生活，穷到还要靠出卖自己的乳汁来养家，但她却有着丰富而美好的内心世界。作者写了她真实的生活。而作者正是在大堰河的哺育下，才对社会有着极强的社会责任感。

下面让我们带着感情再读一遍诗，体会苦难的大堰河美好的人性，理解作者的情感，获得自己独特的感受和体验。

作业：有感情地朗读《大堰河——我的保姆》。

五、说明教学辅助手段及板书设计

辅助手段帮助学习读出人物形象，读出作者情感。

板书为了突出教学重点。

图书在版编目（CIP）数据

凝语思教辙迹深 / 柴荣著. —北京：文化艺术出版社，2013.5
ISBN 978-7-5039-5590-7
Ⅰ. ①凝… Ⅱ. ①柴… Ⅲ. ①中学语文课—教学研究—初中
Ⅳ. ①G633.302

中国版本图书馆CIP数据核字（2013）第070541号

凝语思教辙迹深

著　　者　柴　荣
责任编辑　刘晋飞
装帧设计　姚雪媛
出版发行　文化艺术出版社
地　　址　北京市东城区东四八条52号　100700
网　　址　www.whyscbs.com
电子邮箱　whysbooks@263.net
电　　话　（010）84057666（总编室）　84057667（办公室）
　　　　　84057691—84057699（发行部）
传　　真　（010）84057660（总编室）　84057670（办公室）
　　　　　84057690（发行部）
经　　销　新华书店
印　　刷　国英印务有限公司
版　　次　2014年5月第1版
印　　次　2014年5月第1次印刷
开　　本　710毫米 × 1000毫米　1/16
印　　张　17
字　　数　250千字
书　　号　ISBN 978-7-5039-5590-7
定　　价　28.00 元
